正徹物語

現代語訳付き

正徹
小川剛生 = 訳注

角川文庫
16702

凡例

一　本書は国文学研究資料館蔵本（一一・二八。列帖装《れつちょうそう》一帖。江戸前期写）を底本とした。

二　底本の本文を忠実に翻刻するようにつとめたが、底本には章段分けがないので内容により二一三の章段に区切り、番号を振った。また諸本により本文を改めた箇所は校訂箇所一覧に示した。

三　本文の表記は、文庫としての性格上、読みやすさを考慮して次のような処置をとった。

1　句読点・濁点、会話符をつけ、段落を設けて改行した。送り仮名の足りない箇所にはこれを補った。

2　漢字・仮名の表記は底本にこだわらず適宜改め、宛字・異体字の類は通行の字体に改めた。踊り字も漢字・仮名に開いた。

3　難読の漢字には読み仮名を施した。また歌題などの漢文体には返り点・送り仮名を施した。

4　和歌は二字下げとした。

四　脚注は簡略を旨とし、長文にわたるものは補注とした。他の章段を参照すべき場合は↓によって示した。歌集類の本文・番号は新編国歌大観に、家集は私家集大成に拠った。なお万葉集の歌番号は旧国歌大観の番号を用いた。文献名は日葡辞書を「日葡」とするなど適宜略称を用いた。

五　現代語訳は原文の理解に資することを第一とした。そのため全体に直訳調の生硬な文章となっている。但しやむを得ない場合、語順を換えたり、言葉を補って訳した箇所がある。なお「侍り」「候」を敬体に訳すことは、原文の出現に忠実に従った。そのため、同じ章段でも「です・ます」調と「だ・ある」調が混在することがある。

六　解説では作者・成立・内容・諸本などについて簡潔に述べた。

七　主要歌書解説として、脚注・補注に引用した歌論書・歌学書・一部の家集について作者・成立・内容・翻刻校注本などを解説した。

八　校注と現代語訳にあたっては先行注釈書の御学恩を受けたが、とくに参考としたのは以下の書である。〈　〉内は本書で用いた略称である。

日本古典文学大系65『歌論集　能楽論集』（岩波書店、久松潜一ほか校注）〈大系〉

歌論歌学集成11（三弥井書店、稲田利徳ほか校注）〈集成〉

和泉書院影印叢刊32（和泉書院、田中裕編）〈叢刊〉

新編日本古典文学全集49『中世和歌集』（小学館、井上宗雄訳校注）〈全集〉

目次

正徹物語

1

この道[1]にて定家[2]をなみせん[3]輩《ともがら》は、冥加《みやうが》[4]もあるべからず、罰をかうむるべき事なり。その末流、二条[5]・冷泉《れいぜい》[6]両流と別れ、為兼《ためかぬ》[7]一流とて三つの流れありて、魔醯首羅《まけいしゅら》[8]の三目のごとくなり。たがひに抑揚[9]褒貶《はうへん》[10]あれば、いづれをさみし[11]、いづれをもてなすべき事にもあらざるか。これらの一流[12]は皆わづかに一体を学びえて、おのおのあらそひあへり。全くそのみなまた[13]には目をかくべからず。叶はぬまでも定家の風骨《ふうこつ》[14]をうらやみ学ぶべしと存じ侍《はべ》るなり。「それは向上一路[15]といふやうに、凡慮の及ぶ所にあらず」とて、「その末葉の風体《ふうてい》[16]を目にかくべきなり」と申す輩侍れども、予《よ》が存じ侍るは、「上たる道を学んで、中たる道を得る」と申し侍れば、及ばぬまでも無上の所に目をかけてこそ、かなはずは中たる道をも得べけれと存ずるなり。仏法修行も仏果《ぶつくわ》[17]

【1定家への信仰告白】

1和歌の道。

2藤原俊成男。正二位権中納言。新古今集・新勅撰集の撰者。一一六二～一二四一。→補注1

3無みす。軽んずる。

4目に見えぬ神仏の加護。

5定家の孫為氏に始まる歌道家。

6定家の孫為相に始まる歌道家。

7藤原為教男。定家曾孫。二条家に対抗し京極派を立てた。玉葉集の撰者。一二五四～一三三二。

8古代インドの神、大自在天のこと。三目八臂で三叉の戟を手にする。定家子孫の二条・京極・冷泉三家の争いを三目に譬えた。

9 10ともに褒め誹ること。

11褊す。誹り侮ること。

12各家一つの歌風のみ信奉し墨守することを嘲る。193段参照。

13分派、末流。了俊弁要抄の「近代の上手達のかかりをぞ叶はずまでも学ぶべき。うち越えて為氏・為世の風を学べとの教へは不足か」という教えを受けるか。

にこそ目をかけて修行すべけれ、「弱々しき[18]三乗道《さんじょうだう》にてさて果てん」とこころざして修行すべきことにはあらざるか。但し、その風体を学ぶとて、[19]てにはこと葉をにせ侍るは、かたはらいたき事なり。いかにもその風骨心づかひをまなぶべきなり。

[20]八月廿日は定家卿の忌日なり。我々幼少の頃は、[21]和歌所《わかどころ》にこの日は訪《とぶら》ひに歌をよまれしなり。

[22]明けばまた秋のなかばも過ぎぬべしかたぶく月のをしきのみかは

の一首を[23]一字づつ一首の歌のかしらに置きて詠まれけるなり。この歌には[24]らりるれのなき故なり。これにて詠まれしなり。

2

[1]家隆は[2]詞利きて[3]颯々《さつさつ》としたる風体をよまれしなり。定家

14作歌精神、または天性の作風。

15「向上一路、千聖不レ伝」（伝燈録）。禅語で、真実絶対の悟りの境地は仏祖も説き得ず、伝えられないの意。詩人玉屑巻一にも所見。

16詠歌のスタイル。

17修行の成果である悟り。

18声聞乗・縁覚（独覚）乗・菩薩乗。衆生を各自の能力に応じて悟らせる教法を乗物に譬えたもの。

19助辞などを表面的に模倣する。

20仁治二年（一二四一）没。

21冷泉家の和歌所。↓補注2
22拾遺愚草・六七八、新勅撰集・秋上・二六一。

23古歌や経文の一字を頭字にして詠む冠字和歌。定家を神仏に准じたことになろう。

24和語にはラ行音を頭音とする語がないため。161段参照。


【2家隆の歌風と亡室体】

1藤原光隆男。従二位宮内卿。新古今集の撰者。一一五八～一二三七。

も執《しつ》し思はれけるにや、[4]新勅撰には家隆の歌をおほく入れられ侍れば、家隆集のやうなり。但し少し[5]亡室《ぼうしつ》の体のありて、子孫の久しかるまじき歌ざまなりとておそれ給ひしなり。

3 [1]雅経《まさつね》は[2]秀句をこのまれしほどに、[3]あるまじき事の少しはありけるにや。又[4]同類を存ぜられずして、人の歌をおほく取りてよまれけるにや。

4 [1]現葉集《げんえふしふ》は、[2]打聞《うちぎき》にて侍るか。家々に皆打聞とてその頃の歌をあつめて集を作りしなり。

5 [1]為相《ためすけ》は[2]安嘉門院四条《あんかもんゐんしでう》腹の子なり。[3]安嘉門院へ[4]まゐりし間、安嘉門院四条といふなり。[5]為守《ためもり》もこの腹なり。安嘉門院四

2言葉を使いこなして。

3気品があり爽やかな様。

4定家が嘉禎元年（一二三五）に完成させた九番目の勅撰集。家隆は四三首入集。

5寂滅感の漂う風体。「家隆卿は…歌の姿にはなはだおそるべき事あり。亡室体と申す風体の見え侍りし」（愚秘抄・巻上）。211段参照。

【3雅経は歌泥棒】
1藤原頼経男。従三位参議。新古今集撰者。飛鳥井家の祖。一一七〇～一二二一。
2縁語・掛詞などの技巧を凝らした、人目を惹く表現。
3人の句を剽窃した。↓補注3
4等類。表現構想の似た歌。努めて避けなくてはならない。

【4現葉集】
1二条為氏撰の私撰集。散逸。↓補注4
2私撰集のこと。

条を出家の後、阿仏《あぶつ》と申しけるなり。[6]教月坊《けうげつばう》は浄土宗にてありけるなり。

6

伏見院[1]御消息は枯木[2]のやうにてうつくしきもなきなり。ちとも筆をつくろはずあそばしければ、人のまなぶべき物にはあらず。

7

人丸[1]の木像は石見国《いはみ》と大和国[2]にあり。石見[3]の高津《たかつ》といふ所なり。この所は西の方には入海ありて、うしろには高津の山がめぐれる所に、はたけなかに[4]宝形造《ほうぎやうづくり》の堂に安置申したり。片手[5]には筆を取り、片手には紙をもち給へり。木像にておはすなり。一年《ひととせ》大雨の降りし頃は、そのあたりも水出でて、海のうしほもみちて海になりて、この堂もうしほか波かにひかれて、いづちともゆきかたしらずうせ侍り

【5為相の母と弟】

1為家男。正二位権中納言。冷泉家祖。一二六三～一三二八。

2阿仏尼。平度繁女。為家の後妻となる。？～一二八三。

3後高倉院皇女邦子内親王。富裕で知られた。一二〇九～八三。

4女房奉公に上がったので。

5為家男。正五位下侍従。法名暁月。一二六五～一三二八。

6暁月坊と同じ。為守のこと。


【6伏見院の筆跡】

1第九二代天皇。歴代中の能書として著名。一二六五～一三一七。

2枯れて美麗ではない。しかしその書を107段では高く評価する。


【7人麻呂出現】

1柿本人麻呂。持統・文武朝の歌人。後世は「人丸」と表記。

2柿本寺（現奈良県天理市櫟本町）の木像のことが三条西公条の吉野詣記等に見える。墓とされる歌塚と共に著名で言及を略したか。

き。さて水引きたりし後、地下《ぢげ》[6]の者その跡に畠をつくらんとて、鋤鍬《すきくは》などにて掘りたれば、なにやらんあたるやうに聞えしほどに、掘り出だしてみれば、この人丸なり。筆もおとさず持ちて、藻屑《もくづ》の中にましましたり。ただごとにあらずとて、やがて彩色《さいしき》[7]奉りて、もとのやうに堂を立てて安置し奉りけり。この事伝はりて二三ヶ国の者ども、みなみなこれへ参りたりけるよし、人の語りしを承り侍りし。

この高津は人麿の住み給ひし所なり。万葉に、

[8]石見野や高津の山の木の間より我ふる袖をいも見つらんか

といふ歌は、ここにて詠み給ひしなり。ここにて死去ありけるなり。[9]自逝の歌も上句は同じ物なり。

[10]石見野や高津の山の木の間よりこの世の月を見はてつるかな

3現島根県益田市。

4四方の隅棟が中心に集まる四角錐の屋根。

5人麻呂像にこのポーズは多い。

6在地の住民。

7彩りを施す。四段動詞「さいしく」の連用形として用いたか。「昔奈良の大仏さいしかれんとせし時」(東野州聞書)。

8万葉集・巻二・一三二、「柿本朝臣人麻呂従二石見国一別レ妻上来時歌二首幷短歌」とある長歌の反歌二首の内。但し第二句は高角山(現島根県江津市)とされて、後世同国の高津との混乱が生じた。

9辞世。

10伝承歌か。南北朝期成立の六華集・雑下・一七四二に人丸辞世歌として見える。第二・三・四句「高津の浦の松にしてうき世の月を」。

11深い謂れ、秘密。

12人間界。この世。

とあるなり。人丸には子細[11]ある事なり。和歌の絶えんとする時、必ず[12]人間《じんかん》に再来して、この道を続《つ》ぎ給ふべきなり。神とあらはれしことも度々の事なり。

8

[1]季の巻頭を毎度人の辞退あること、さはあるまじきなり。巻頭を斟酌《しんしゃく》する事は、立春の題に限りたる事なり。[2]百首の巻頭をば当座にしかるべき人、[3]家の人、[4]堪能《かんのう》にゆづる事なり。ただ季の廿首卅首の[5]題をさぐる時は、誰も詠むべきなり。

9

万葉一部を[1]大教院《だいけうゐん》に聞き侍りし。かの聞書《ききがき》を[2]今熊野《いまくまの》にて焼き侍りしほどに、その儘《まま》うち捨てて稽古もし侍らざりき。少々今はおぼゆる事も侍るなり。万葉には[3]仙覚《せんがく》がしたる注[4]釈といふ物と、[5]阿弥陀仏の[6]詞林采葉集《しりんさいえふしふ》と、又仙覚がしたる

【8続歌の巻頭題】


1セットになった題を一座が分担して詠む続歌会での心得。

2百首続歌の場合は相応しい人に譲るべきである。

3歌道家出身の専門歌人。

4歌道の名人。

5探題。続歌で各人が題を分け取ること。力量に応じ配分したり籤引きすることもある。


【9万葉集の注釈書】


1鎌倉勝長寿院の子院。そこに住した僧正慈澄のこと。↓補注5
2現京都市東山区。正徹はこの地に庵を結んだが永享四年（一四三二）四月に火災で全焼。

3天台僧。関東で万葉集研究を進めた。一二〇三～七二以後。

4万葉集註釈。十巻。文永六年（一二六九）成立。

5由阿。時宗僧。仙覚の学統を継承。一二九一～一三七五以後。

6詞林采葉抄。十巻。貞治五年（一三六六）成立。

新注釈[7]といふ物と、この三部をだに持ちたらば、人の前[8]にても万葉をば読むべきなり。この新注釈といふものが万葉には重宝なり。万葉[9]はただ歌二首相伝する事あるなり。それをば我々も伝へ侍り。万葉には子細[10]もなき本を一部所持し侍るなり。仙覚が弟子に源承《げんしょう》[11]といふ者。[12]

10

雅経[1]は、新古今[2]の五人[3]の撰者の内に入り侍りしかども、その頃堅固[4]の若輩にてありしかば、撰者の人数に入りたるばかりにて家には記録[5]などもあるまじきなり。

11

頓阿《とんあ》[1]は、その頃新拾遺[2]を為明《ためあきら》[3]の撰ぜられしが、為明は返《へん》[4]納《なふ》もなくして、集中に没し給ひけるほどに、雑[5]の辺か恋の

7万葉見安のことか。↓補注6
8書物を「読む」ことは師説を受けて初めて可能となる。
9古今伝授の如く難語の解釈を秘事として伝えることがあったか。
10由緒も無い、平凡な。
11藤原為家二男。法眼。歌僧。但し仙覚と師弟関係は無い。一二二四～一三〇三以後。↓補注7
12以下は書きさしか。

【10雅経と新古今集】
1↓3段注1。
2第八番目の勅撰集。元久二年（一二〇五）に一応完成。
3通具・有家・家隆・定家・雅経。
4全くの。
5勅撰集撰進に関する家記文書。↓補注8

【11頓阿と新拾遺集】
1和歌四天王の一人で歌壇で声望を得た。一二八九～一三七二。
2第一九番目の勅撰集。貞治三年（一三六四）に成立。

篇からか、頓阿撰じつぎ侍りし程に、記録もあるべきなり。

12

雅経は定家の門弟たりしほどに、代々みな[1]二条の家の門弟の分なり。[2]公宴などにて、[3]懐紙を三行五字に書かるばかりぞ、雅経の家のかはりめにてあれ、その外は何にてもただ二条家と同じ者なり。

13

上の句・下の句の頭の字をば、[1]平頭《へいとう》の病といふなり。これを近頃はきらはぬなり。[2]声韻《せいゐん》とて、句のはてに同字のをりあひたるをば嫌ふなり。[3]物《もの》の名《な》にてなきをば嫌ふなり。


3二条為藤男。正三位権中納言。一二九五〜一三六四。

4勅撰集の最終的な完成。

5勅撰集では恋歌・雑歌の巻が後半に置かれる。↓補注9

【12飛鳥井家の説】

1二条家の門弟格である。

2内裏・仙洞での公的な歌会。

3飛鳥井家では懐紙を四行に書き、四行目は五字とする。192段参照。↓補注10

【13歌病】

1歌病。上句と下句の頭字が同字。

2歌病。上句と下句の尾字が同字。「病の事は平頭の病はくるしからず。声韻の病は必ずさらまほしく候」（毎月抄）。

3一首に事物の名をその意と関係なく詠み込む歌。物名歌ならば声韻病をも問題としない。

14

定家の、

春[1]の夜の夢の浮橋とだえして嶺に別るるよこ雲の空

の歌は、春の夜の夢うち覚[2]めて見いだしたれば、嶺によこ雲の立ちわかるるをりなり。そのなりを、そのままにてよくいひ出だしたるなり。「夢の浮橋とだえして嶺にわかるる」といへるがよ[3]くつづきて面白きなり。

15

[1]内藤四郎左衛門《ないとうしろうさゑもん》ノ会に、[2]寄スルレ衣ニ恋に、

[3]契《ちぎ》りつつ送りし程の年をへば今夜や中の衣ならまし

とよみ侍りしを、皆え心えずして「これは源氏[4]にて侍るか」と申しあへり。我はさらに源氏と思ひてはよみ侍らず。ただ人とそひねする時きる衣をば、「よる[5]の衣」とも「中[6]の衣」ともいふなり。それをめづらしくなして、「もとあ

【14定家の「夢の浮橋」の歌】

1新古今集・春上・三八、拾遺愚草・一七三八。朝雲暮雨の故事（↓210段）を踏まえ、源氏物語の最終巻の余韻も響かせた、妖艶な雰囲気の春の歌。

2ふっと目覚めて。

3句の絶妙な連接を評価する。現代にも通ずる批評。↓補注11

【15「中の衣」と詠んだところ】

1元康。細川京兆家の有力被官。尭孝の門弟であるが正徹のもとにも出入りした（草根集・巻二）。

2以下、題のみを示して引用する和歌は正徹の自作。

3出典未詳。常縁集第二類本・三三二に混入（全集）。

4源氏物語に拠るものですか。「形見にぞ替ふべかりける逢ふ事の日数へだてん中の衣を」（明石巻）など「中の衣」の語が物語中に五例あるため。

5夜、寝間で着る衣服。

6上着と下着の間に着る共寝の衣。

ひみしが、年をへて今夜又あひて、又過ぎつるかたほど年月を送らば、今夜ぞ中の衣にてあるべき」とよみたるなり。今夜が真中[7]にてあれば、中の衣なりといへる心なり。これ[8]らをだにえ心得ぬ頃ほひなれば、あさましき事なり。

16　[1]山名大蔵大輔《やまなおほくらたいふノ》宿所にて、[2]月輪殿《つきのわどの》と会合し侍りしに、後《きぬ》朝《ぎぬノ》恋に、

[3]契れけさ逢ふもおもひのほかなればまた行末も命ならずや

とよみ侍りし云々。

17　或所の褒貶[1]の会に、[2]為尹《ためまさ》卿、[3]契《リテ》絶《ユル》恋に、

[4]かけてうき磯松《いそまつ》がねのあだ浪はわが身にかへる袖のうらかぜ

7前の逢瀬と次の逢瀬のちょうど中間。

8この程度の趣向を理解できずすぐに典拠をこじつけようとする風潮に失望した。


【16「後朝の恋」題の歌】

1之朝か（草根集・巻十二）。世系等未詳、山名宗全の被官か。

2基賢。初名尹賢。季尹男。従三位参議。山名氏に寄寓していた公家（満済准后日記正長二・八・十）。?～一四五〇以後。

3出典未詳。常縁集第二類本・三一〇に混入（全集）。「後朝恋」題では次の逢瀬は無いだろうと悲観して詠むのが常套であるが、「契れ」と迫るのが斬新（集成）。


【17褒貶歌会での出来事】

1各自の詠を批評しあって優劣を定める歌会。

2冷泉為邦男。為秀養子。正二位権大納言。二条家断絶後の歌壇宗匠。一三六一～一四一七。

と詠みしを、一座ことごとく負のよし申し侍りしを、我一人いひはりて、殊勝のよし申しき。[5]「契りたる心聞え侍らず」と難じ侍りしを「[6]「かけてうき」といへるこそ契りたるにてはあれど、[7]「わが身にかへる」といへるが、作者の骨を折られたる所なり。これをだに心えざらんは、沙汰の限りにあらず」と散々に問答し侍りしを、[8]了俊《れうしゅん》音もせずして聞きゐて、[9]ありありて落涙して、「げにさにて侍り」と申されし時、一座皆一同に閉口して勝にさだめられき。

さて後に作者をあらはしたれば、為尹卿の歌なり。この事を喜びて、[10]会席ごとに申されしとかや。[11]臍《ほぞ》にとほりてさかひにいたらざる人は、人の歌をみる事もかたきなり。

18 暮山《ノ》雪はこのほどの歌の中には、[1]「これぞ詠み侍る」と存ずるなり。

3将来を約束したのに絶えた恋。不実な男を恨む女の立場で詠む。

4出典未詳。

5題字の「契りて」の部分が歌の内容からは窺えないとの批判。

6「かく」は引っ掛けて下げる、転じて目標に心を託するの意。波・蔓など「かく」実体とその縁語を配して一首を構成する手法は珍しくない。作例に「かけてうき山かつら川たが中に逢瀬明けぬと波帰るらん」（草根集・巻三・二一二八）など。

7期待をかけた分、かえって我が身を苦しめる。

8今川範国男。俗名貞世。駿河・遠江の守護、九州探題。冷泉家門弟で為尹を後見した。正徹の師。一三二六～一四一四以後。

9そのまましばらくしてから。

10歌会がある度に。

11裏側まで突き抜けて奥義に達しない人は。

[2]渡りかね雲も夕をなほたどる跡なき雪の峯の[3]梯《かけはし》

「雲が跡なき雪を渡りかぬる」といふ事はあるまじきなり。されども[4]無心なる物に心をつくるが歌のならひなれば、[5]雲は朝夕わたるものなり。[6]白く降りつもりたる雪に夕もしられねば、雲もたどりて渡りかぬるかと、雪ふりつみたる山の夕をみやれば、[7]のどかにわたる雲のおぼゆるなり。かやうに心をつけてみれば、まことにわたりかねたる風情あるなり。又[8]梯の雪に人のかよふ跡もなければ、「雲も渡りかぬるか」と思ふ心もあるなり。又「「雪に跡なき」といひたらばよかるべし」と人はおもふべし。[9]それはうたてかるべきなり。「跡なき雪」といへるに、一きは[10]眼があるなり。それは、[11]雲の足の跡といふ物もなければ、「なほたどる跡なき」といひつれば、雲の跡なきにもなるなり。されば「雪に跡なき」といふよりも、「跡なき雪の」といへるがう

【18行雲廻雪体の歌と自注】

1これこそ見事に詠みました。

2草根集・巻五・三九八六。

3崖などに板を掛け渡した通路。桟道。

4無生物にも心情を持たせることが。「心なき物に心をあらせ、物いはぬ物に物をいはせ」（八雲御抄・巻六）。

5雲は朝に動き出し夜に止まる。

6積もった雪の雪明かりで夕暮れ時とも分からないので、雲も迷っているのではと。

7ゆっくりとたゆたう。

8桟道の上の雪に人跡が無いので。

9それではつまらないのである。

10歌の眼目。

11「跡なき雪」には、雪に人跡の無い事はもとより、雲に足跡が無いとの意が込められている。

るはしきなり。

か様に[12]行雲廻雪《かううんくわいせつ》の体とて、雪の風にふかれ行きたる体、花に霞のたなびきたる体は、なにとなくおもしろくえんなる物なり。[13]飄白《へうはく》としてなにともいはれぬ所のあるが、無上の歌にて侍るなり。[14]みめのうつくしき女房の、物思ひたるが、物をもいはでゐたるに、歌をばたとへたるなり。物をばいはねども、さすがに物思ひゐたる気色はしるきなり。又をさなき子の、二、三なるが、物を持ちて人に「これこれ」といひたるは、心ざしはあれども、さだかにいひやらぬにもたとへたるなり。されば[15]いひのこしたるやうなる歌はよきなり。

19

[1]こと葉一句を残す歌あり。[2]業平の

[3]月やあらぬ春や昔の春ならぬ我が身一つはもとの身に

12「幽玄体」の下位分類。「幽玄は惣名なり。行雲、廻雪は別号なるべし。所謂行雲廻雪は艶女の譬名なり」(愚秘抄・巻上)。

13漂い歩くこと。「雲」からの連想で何とも言えず奥深い有様の意に用いている。

14以下幽玄体を比喩で説明。無名抄が幽玄を「詞に現れぬ余情、姿に見えぬ景気なるべし」とし「よき女の恨めしき事あれど、詞には現さず深く忍びたる気色を、「さよ」などほのぼの見つけたるは、詞を尽して恨み袖を絞りて見せんよりも、心苦しう哀深かるべきが如し。又幼き者などはこまごまといはすより外はいかでかは気色を見て知らん」と説くのに拠るか。

15どこか言い残したようなところのある歌。いわゆる余情。

【19一句を残す歌①】

1前段を受け余情の具体例を示す。

2在原。阿保親王男。六歌仙の一人。色好みの貴公子として著名。

して

の歌は、心えねば面白くもなき歌なり。これは去年の春の頃二条后《にでうのきさき》[4]にあひし事を思ひ出でて西の対[5]へゆきてよみたる歌なり。「月[6]があらぬか、春がもとの春であらぬか、我が身一つはもとの身にして、こよひ逢ひつる人こそなけれ」といひたるなり。されば「業平[7]の歌はその心あまりて詞たらず、しぼめる花の色なうして、匂のこれるがごとし」といふ本《ほん》[8]にも、この歌を出だしたるは、この心なり。「こよひ逢ひたる人こそなけれ」といふ一句を残してよみたるなり。さてこそ面白くも侍れ。寂蓮[9]が、

　恨《うら》[10]みわびまたじいまはの身なれども思ひなれにし夕暮
　の空

空にてははてぬ歌なり。「夕暮の空をばさていかにせん」といひたる歌なり。「さて[11]いかにせん」の一句をのこした

八二五～八〇。

3古今集・恋五・七四七。伊勢物語・第四段。

4藤原高子。長良女。清和天皇后。陽成天皇母。業平と密通したとされる。八四二～九一〇。

5高子が住んでいた五条后（藤原順子）の宮の西対。古今集の詞書を受ける。

6去年と同じでないのは月なのか春なのか、という疑問。

7古今集仮名序の業平評「その心あまりて詞たらず、しぼめる花の色なくて匂ひ残れるがごとし」。

8根拠。

9阿闍梨俊海男。俊成の甥。俗名定長。新古今集撰者、完成前に没。一一三九？～一二〇二。

10新古今集・恋四・一三〇二。

11了俊が「凡そ寂蓮歌は多分歌のはてに「いかにせむ」と置きてよみけるとかや」（言塵集・巻五）と述べるのを受けるか。

るなり。

20 晩夏蟬の題にて、

森[1]の葉も秋にやあはん鳴く蟬の梢の露の身[2]をかへぬと
て

といへるも、これら[3]の歌に似たる歌と申すべきにや。「森の葉も秋[4]にぞあはん」といへるは、森の葉が青葉に茂りたりとも、秋になりなば、零落[5]の期あるべし。「鳴く蟬の梢の露の身をかへぬとて」といへるは、蟬がから[6]をぬけいでて、露の身をかへたるとてたのむとも、秋は必ずはかなくから[7]になるべきなり。「身をかへぬとて幾程かあらん、たのむぞはかなき」といふ一句をのこしたるなり。「森の葉も」の「も」の字が肝要なり。この[8]「も」の字にても心得る人はあるべきなり。「露の身をかへぬとも」とよまんと

【20 一句を残す歌②】

1出典未詳。

2変身したといっても。

3前段で出した「一句をのこしたる」古歌と似た歌である。

4「秋にや」とあるべきか。

5必ず枯れ落ちる時期を迎える。

6外殻。夏に一度は脱皮して、はかない露のような身を変えたのだから延命できると期待しても。

7死骸。

8「も」の字だけで歌意を理解する人もいるはずだ。

9初句で「森の葉も」としたので、重複を避け「とて」と詠んだ。

10「身をかへぬとも」とあったら、簡単に理解される事であろう。

存じ侍りしかども、[9]「森の葉も」とかみにいひしほどに、「かへぬとて」と詠みしなり。[10]「とも」とあらば、心得らる事もあるべきか。

21

祈《ル》恋に、

[1]ゆふしでも我になびかぬ露ぞちるたが[2]ねぎごとの末の
[3]秋かぜ

の歌も、「たがねぎごとの末の秋かぜ」といひたるに、[4]ゆうありて少し心えにくきやうに侍るべし。これは我が祈ると知りて、人も神に祈る事もあるべきなり。[5]神の前に幣を立てて置きたるに、我が方へなびかずして、露もあらぬかたへちりもて行くことあらば、「さては人はあはじと祈るやらん」といふ心を、「たがねぎごとの末の秋かぜ」といひたる心なり。「ねぎごと」は祈る事なり。[6]これを人の難

【21「祈る恋」題の歌と自注】


1恋歌一軸・三六。「ゆふしで」は木綿で作った四手。幣（神前に供える布帛）のこと。

2願い事。

3恋が終わり厭きられたとの意も響く。作例「とはるるもいまはたさらに身にしむや世々の契の末の秋風」（草根集・巻六・四三六二）。

4「用」か。複雑な働きをする、との意か。

5幣も靡かず、露もあらぬ方へ散って行くのを見て、さては相手は逢わせないように祈っているのではと思う意。

6これをもし他人が非難したら。

ぜば、「ただ「我は逢はじと人や祈りし」とよめかし。[7]むつかしくいひての所詮は」と言ふべきか。それは道理なれども、[8]定家の家の集を御覧候へ、ただ[9]まひらなる歌はさらになきなり。[10]為子《ためこ》の歌に、

[11]数ならぬ御祓《みそぎ》は神もうけずとやつれなき人の先《ま》づ祈りけん

[12]これはよく聞えたるなり。

22

初心のほどは、さのみ[1]くひほり入りて案ぜずとも、颯々と安く詠みならふべきなり。いかに骨を折りたれども、位さだまりたれば、上からみればさしたる事もなきなり。いかに案じたりとも、我が位程なる歌ならでは出で来ぬ物なり。

[2]ある人の歌三首に二首は本歌を取る様に詠めることとわろ

7 わざわざ難解に表現する意味はどこにあるのか。
8 拾遺愚草を指す。三巻。定家のほぼ全生涯の和歌を収録する。
9 真平。曲折の無い平板な歌。
10 二条為世女。贈従三位。遊義門院権大納言と称し、のち後醍醐天皇に仕え尊良・宗良両親王を産んだ。二条派歌人。?～一三一四。
11 続後拾遺集・恋二・七八七、詞書「祈不逢恋といふことを」、第三句「請くなとや」。
12 これは同じような内容であるがよく分かる歌である。

【22 初心者と本歌取り】

1 深く思案する姿勢。「喰穿」は食い込み掘り穿つの意。
2 暗に頓阿を指すか。了俊の二言抄に「頓阿が歌様を見候へば十首に七八首は古歌を多分は用ゐ詠みて候」と批判する。
3 三代集の時代。八雲御抄・巻六に「上古はかくのごとし」と古今集・後撰集の本歌取り例を示す。

し。[3]上古も本歌を取る事をば大事にして候。上手の位になりて、[4]恋・雑を季になし、季を恋・雑に取りなし、句の置き所をかへなどして、[5]心を別の物に詠みなしけるなり。初心の時、本歌を取れば、わづかに句の置き所をかへたれども、心は同じ物なり。されば初心にて本歌を取る事、[6]斟酌あるべきことなり。

23　[1]古今の歌も、心こそあれ、こと葉はふるめかしく、当世の歌に似合はぬなり。古今の歌なればとて、みな取りて詠むべきにてもなきなり。[2]業平・伊勢・小町・躬恒《みつね》・貫之・遍昭などの歌をとりわき取るべきなり。古今にも取りてよむべき歌、[3]二百四、五十首にすぐべからずとなり。

24　歌詠みは[1]才覚をおぼゆべからず。ただ歌の心をよく心得

4自詠は本歌と部立を異なるようにし取った句の位置も換える。

5一首の内容を本歌とは違うものにすること。

6慎重であるべきだ。本歌取りの要諦。詠歌一体に「常に古歌を取らむとたしなむはわろき也。いかにも我が物と見ゆる事なし」とある。

【23古今集の歌の本歌取り】
1古今集の歌であっても、内容はともかく、表現は古めかしいので。
2いずれも古今集の主要歌人。↓補注12
3古今集は歌数約一一〇〇首なので、全体の二割程度である。先に挙がった六名の入集歌数を合計すると二四九首となる。

【24人の歌が分かる様になれ】

1学問知識。「和歌を詠ずる事かならずしも才覚によらず」（詠歌一体）。

て解了[2]あるがよきなり。「よく心得て」はさとる心なり。歌をよく心得たる人は、歌上手にもなるなり。我等は古歌をみる時も、「この歌の心はなにとしたる心ぞ。これは幽[3]玄の歌か、長高《ちやうかう》[4]体とやいふべき」などあてがふ[5]なり。「この詞を我今よまば、かくはえよむまじきよ」など思ひ侍るなり。上手[6]の歌には、歌ごとに心をつけて案じて心得ぬ所などあらば、人に尋ねとひ侍るべきなり。会[7]などに逢ひても、やがて懐紙[8]短冊かいくり[9]て置きて、心得られねども[10]置けば、我が歌の位のあがることもあるまじきなり。又心えねども、その人のいはれつれば、「さこそあんなれ」とて、そのままおく人もあり。此方からは「え心得られぬかし」とは申しにくき事なり。了俊[11]の申されしは、歌詠みどもあつまりて、歌をばよまずして、歌を沙汰あるが第一の稽古なり。又衆議判《しゆぎはん》[12]の歌合に、一度も逢ひぬれば、千度二

2理解。

3幽玄体。↓18段注14。

4格調高く、荘重さを感じさせる詠風。定家十体の一つ。

5適当な名称の歌体に当てはめるのである。

6名人の歌は、注意深く鑑賞し、理解できないところがあれば、人に質問すべきでしょう。

7歌会などの機会を得ても。

8ともに和歌を記す料紙。↓119段注1。

9出席者が各自懐中を探って文台に置く所作か。その後読師が順序を整え披講となる。104段参照。

10理解できなかったのにそのまま置かれてしまえば。

11了俊弁要抄に「我よめる歌を人に見せ可《キ》ㇾ合《アハス》事」という項目がある。

12参加者が合議して歌の優劣を判定する歌合。

13互いに歌の欠点を論じて明らかにする。

千度稽古したるよりも重宝なり。[13]たがひに非を沙汰しこれをあらはす故に、「人はさ心得たれども、我はさは心えず」などいふ事あるなり。

25 人が「[1]吉野山はいづれの国ぞ」と尋ね侍らば、「[2]ただ花には吉野山、紅葉には[3]立田を詠むことと思ひ付けて詠み侍るばかりにて、伊勢の国やらん、日向の国やら知らず」とこたへ侍るべきなり。[4]いづれの国といふ才覚は、覚えて用なきことなり。おぼえんとせねども、おのづからおぼえらるれば、吉野は大和と知るなり。

26 秋ノ夕に、

[1]うしとても[2]よもいとはれじ我が身世にあらん限りの秋
の夕ぐれ

【25歌枕】

1大和国の歌枕。現奈良県吉野郡。桜の名所。

2歌枕は伝統ある歌材とイメージを重視するので、実際の地理風土とは殆ど関係無いとの考え。

3大和国の歌枕。奈良県生駒郡斑鳩町。紅葉の名所。

4吉野山がどの国に在るかという知識は詠歌には役立たないとの意。前段の「歌詠みは才覚をおぼゆべからず」という主張を受ける。


【26「秋の夕」題の歌】

1草根集・巻二・一三三〇、詞書「（永享元年）十月三日右馬頭（畠山持純）家にて人々六首の題をとりて後小松院へ御詞を申されし歌合の中に」とある内の一首。

2秋が憂いといっても、この光景を捨てて遁世することは考えられない、の意。→補注13

旧院[3]《きうゐん》へ点[4]を申し侍りしに、判の御詞に「一生秋光の暮色に心をいたましめ侍る事、哀れにせんかたなく侍り」とあそばされて、ことのほか御感ありしなり。いまはこれ程はえよむまじきなり。

為重卿[5]《ためしげ》、秋夕に、

[6]一かたに思ひしるべき身のうさのそれ[7]にもあらぬ秋の夕暮

とよみ侍り。

27

為兼[1]は、もってのほかみめわろき[2]人なり。大内[3]にて女房のありしに、手をとらへて、「今夜[4]」と契り給ひければ、女房の返事に、「御主[5]《おぬし》のかほにてや」といひければ、詞[6]の下にて、

されば こそよるとは契れ葛城[7]の神も我が身もおなじ心

3 故院の意。ここは後小松院。第百代天皇。一三七七〜一四三三。
4 評価する和歌に墨で勾点を付すこと。評語を加えることも多い。
5 二条為冬男。従二位権中納言。新後拾遺集の撰者。「為重卿は…詞心働きて当座面白かりしなり」（近来風体）。一三二五〜八五。
6 新後拾遺集・秋上・三三一。第二句「思ひわくべき」。
7 秋の夕暮は生きる辛さを思い知らされるはずが、遁世に踏み切れぬ身は別種の苦しさを覚える。

【27為兼の逸話】
1 →1段注7。為兼のこの逸話は了俊の二言抄に見える。
2 容貌の醜い。
3 内裏。
4 「今夜逢って欲しい」と。
5 あなたのその顔で？
6 即座に。
7 一言主神。役行者が葛城山から吉野の金峰山に岩橋を架けた時、容貌が醜いのを恥じ夜しか働かな

にとよみ侍る。

28 [1]長綱《ながつな》百首を為家[2]判し給ふ詞に[3]「太郎とよべば、次郎が頸《くび》に乗りて出づるやうなり」と申されしなり。これは題をばさしおきて、[4]よも山にかかりて詠む事を嫌ひ侍るなり云々。[5]歌は題にむかひて相違なければ、くるしからぬなり。

29 郭公《ほととぎす》稀《ナリ》といふ題にて、或人[1]一声をよみ侍りしかば、[2]「これは六月の時分の題なれば、ただ一声ばかりにては」と不審ありしに、[3]初も後も稀なる心、無《キ》二相違一なり云々。

かったという伝説に基づく。


【28傍題】

1嘉禄二年（一二二六）成立。定家が合点評語を付す。長綱は藤原忠綱男、正五位下左馬頭。

2定家が正しい。

3詮となる題ではなく別の素材を詠む傍題を戒める喩え。↓補注14
4その他のあれこれを。

5題と対峙して題の世界を過不足なく表現していれば。


【29「郭公稀なり」題】

1「ひとこゑ」という詞を詠み込みましたところ。正徹にも同題の作例「つれなくて有明過ぎぬ郭公この三か月にきえし一声」（草根集・巻八・六四八〇）がある。

2郭公稀という題は六月時分相当なので、郭公もたった一声という訳はなかろう。↓補注15

30 雑[1]の題にては、まづ季を詠まじとするなり。おのづから季よまれんことは、庶幾《しょき》すべからず。

31 季の題に、題[1]の前後によりて季の初後もかはるなり。よく心得て詠まば、初後を分別すべきなり。月には山《ノ》月・嶺《ノ》月・岡《ノ》月・野《ノ》月・里《ノ》月など次第して出づるなり。それを山[2]《ノ》月にて、長月の有明などはよむまじきなり。必ず初の心を詠むべきにはあらず、ただ[3]末の心を詠むべからざるなり。

3初夏も晩夏も郭公の声を珍しいと思う気持ちに変わりはない。


【30雑題では四季景物を詠まない】

1雑題では四季の特定される景物をなるべく詠むまいと心がける。「雑題に季を詠む事常の事にて候」（愚問賢注）とする二条派の見解より厳しい。


【31季題の順序】

1同一素材で題が複数設定される場合はその位置で、季の初めか後かを分別せよと教える。

2「山月」は秋の初めの題となるので「長月の有明の月」（九月下旬の明け方の月）などを詠むべきではない。

3詠歌一体「花の題に落花を詠み、月の題に暁月を詠む事、歌合にはしかるべからず」に通ずる考え。

32

上手達者の位になりて自在の時は、題とて立てて置くべからず。[1]一首がさながら題の心になりかへりぬれば、必ず題の字をよまねども無《キ》相違なり。

33

[1]「蓮葉《はちすば》の八千本《やちもと》」は、[2]おほき限りをば「八千たび」とも「八千代」ともいふなり。

34

[1]夏祓《なつばらへ》に、

[2]御祓《みそぎ》することの輪のうちにめぐりきて我より先に秋やこゆらん

【32題の文字をあらわさず詠む】

1題字を詠まず、一首全体で題を表現する高度な詠法。定家が得意とした。「題の文字をあらはさで詠む事は上手達者のしわざなり。初心の人はしかるべからず」（近来風体）。具体例は85・199段参照。

【33「八千〜」という詞】

1出典未詳。正徹歌の一部か。

2一般に数の多いことを「八千」と言うので、「蓬萊の八千本」も無数の蓮の意である。

【34「夏祓」題の歌】

1夏越の祓。六月晦日、茅を編んで作った大きな輪をくぐると災厄を祓うと信じられた。

2草根集・巻四・三三四六、歌題「河夏祓」。初句「みそぎ川」。

35

夕顔、

[1][2]かきこもる美豆野《みづの》[3]の岸によるあはの消えぬもさける[4]ゆふがほの花

宗砌《そうぜい》[5]が申し侍りしは、「消えぬもさける」とはえよむまじき[6]なり。我ならば「消えぬや」[7]とよむべきなり。

36

「かこちがほ」[1]「うらみがほ」[2]は、にくいけしたる詞[3]なり。「ぬるるがほ」は、いまも[4]詠むべきなり。「しらずがほ」もくるしからず。

折々[5]は思ふ心もみゆらんをうたてや人のしらずがほな

【35「消えぬも」と「消えぬや」】

1草根集・巻四・三一四八、歌題「墻夕顔」。

2引き籠もる。川岸が湾曲している地形を指す。

3山城国の歌枕。京都市伏見区美豆町から久世郡久御山町の野。

4消えてしまったが咲いている。はかなく眼前で消えた水泡を白い夕顔の花から幻視する。

5山名宗全の被官。連歌師。歌道は正徹に師事。?～一四五五。

6自分はとても詠めないとの賞賛。

7本当に消えたのか、という疑問。


【36「～かほ」という詞】

1かこつけがましい表情。「なげけとて月やは物を思はするかこちがほなる我が涙かな」(千載集・恋五・九二九・西行)。

2うらみがましい表情。「身をしれば人のとがとはおもはぬにうらみがほにもぬるる袖かな」(新古今集・恋三・一二三一・西行)。

3嫌味で気障な詞。→補注16

る

の歌を、玉葉集[6]一の歌と申し侍るなり。誠に面白く侍るなり。

37　「浪のあはれ」「水のあはれ」などは詠むまじきなり。かやうに詠まば、「あはれ[1]」といふ物が一あるやうに聞えてわろきなり。「あはれなる」などとは詠むべきなり。千載[2]集に、

　われゆゑ[3]の涙とこれをよそに見ば[4]あはれなるべき袖の上かな

38　ふるき歌に、

　忘らるる[1]身をばおもはずちかひてし人の命のをしくもあるかな

4今も詠んでよろしい。

5玉葉集・恋一・一三一八・雅有。第四句「つれなや人の」。

6第一四番目の勅撰集。京極為兼撰。正和元年（一三一二）成立。


【37「～のあはれ」という詞】

1「あはれ」という物体があるようでよくない。「あはれはあはれなる事に、ながめはながむる事に詠むべし。あはれといふ物、ながめといふ物、別にあるやうには詠むべからず」（詠歌一体・乙本）による。

2第七番目の勅撰集。藤原俊成撰。文治四年（一一八八）成立。

3恋二・七五七・藤原隆信。

4相手がこの恋からは離れた立場で見たとしたら。


【38「忘らるる身をば思はず」】

1拾遺集・恋四・八七〇・右近。

2題詠ならば「憑誓恋」に相当しよう。男の誓言を女があてにして結局忘れられた状況を詠む。

これは、「誓[2]ひを憑《たの》む恋」の題にかなふべきにや。人の我に「神かけて忘れじ」とちかひごとをしてわすれぬるを、「我かく忘るるよりも、人のちかひの罰のあたりて、死ぬべき命がなほ惜しき」といふ歌の心なり。[3]源氏の御方より紫の上の方へ、明石の上のことをとはずがたりし給ひし返事に「[4]忍びかねたる御夢がたりに、おぼしめす御事おほくなむ。誓ひしこともあれば」とありしに、紫の上の返しに「[5]身をば思はず」と書き侍りしは、この歌をぞ書きたるなり。

39 [1]本歌をとるに、上句をば下句におき、下句をば上にやりて詠む事は、常の事なり。又句の置き所かはらねども、[2]別のものなるもあり。いかに句を上下に置きかへたれども、[3]同類なるもあるなり。万葉の歌などをば、ただ詞一、二を

3以下は源氏物語・明石巻によるが引用には混乱が見られる。

4明石の上のことを告げた源氏の消息の一部「かう聞ゆる問はず語りに、隔てなき心の程は思しあはせよ。誓ひしことも」と、紫の上の返事「忍びかねたる御夢語りにつけても、思ひあはせらるること多かるを」が一緒になってしまっている。

5帰京後の源氏に嫉妬した紫の上が「忘らるる」の歌を示す。「思し出でたる御気色浅からず見ゆるを、ただならずや見奉り給ふらん。わざとならず「身をば思はず」などほのめかし給ふぞをかしうらうたく思ひきこえ給ふ」とある。


【39本歌取りと句の位置】

1取った句の位置を本歌とは換えよという教え。「その句を置きかへて上句を下になしなど作り改めたるこそよけれ」（無名抄）、「いかにも本歌の文字置き所をたがふべし」（和歌庭訓）など。

かへて我が物にしたる歌もあるなり。[4]後法性寺《ごほつしやうじ》摂政の歌やらん、万葉の歌は、

[5]さざ浪や国つ御神の浦さびてふるき都のあれまくもをし

とあるを、「ふるき都」までは同じく、[6]「月ひとりすむ」と詠みて我が歌にせられたるなり。

40

[1]「ますらを」の「を」に、[2]昔は皆、端の「を」をかきたりしが、今頃奥の「お」をかく事にしたるなり。[3]「め神を神」の「を」には、昔から端の「を」をかきたるなり。さるほどに「ますらを」も端の「を」をかきたるもくるしかるべからず云々。了俊の書き給へる[4]双紙にも、「ますらを」は端の「を」をかき侍る云々。

2意味内容が全く異なる。

3→3段注4。

4法性寺関白の誤り。藤原忠通のこと。従一位関白太政大臣。詩歌書に優れた。一〇九七～一一六四。後法性寺は忠通の三男兼実の号。

5万葉集・巻一・三三・高市古人。下句「荒れたる都見れば悲しも」。

6千載集・雑上・九八一・忠通「さざ浪や国つ御神のうらさびてふるき都に月ひとりすむ」。→補注17

【40「を」と「お」の仮名遣】

1勇ましい男子。歴史的仮名遣は「ますらを」。

2「お」「を」の発音の別がなくなり仮名遣が混乱したことを受ける。同音の仮名はイロハの出現順に端中奥などを冠して区別した。「を」は先なので「端のを」、「お」は「奥のお」となる。

3男神。歴史的仮名遣も「をかみ」。

4草子。→182段注1。了俊は言塵

41

恋歌は、女房[1]の歌にしみ入りて[2]面白き、おほきなり。

式子《しよくし》[3]内親王の「生きてよも」[4]「我のみしりて」[5]などの歌は、幽玄[6]の歌どもなり。俊成《しゆんぜい》の女《むすめ》[7]の「みし面影も契りしも」[8]、宮内卿《くないきやう》[9]が「聞[10]くやいかに」などやうに、骨髄[11]にとほりたる歌は、通《みち》[12]具《とも》・摂政[13]などもおもひより[14]がたくやあらん。

式子内親王（女房三十六人歌合）

集・巻三「和字文字仕事」に仮名遣の別を説く。


【41女歌人の恋歌】

1王朝ではなく新古今時代の女歌を賞賛することに注意。→補注18
2感興が心底に届くような。

3後白河天皇皇女。賀茂斎院。一一四九～一二〇一。

4新古今集・恋四・一三二九「生きてよも明日まで人もつらからじこの夕暮をとはばとへかし」。

5新古今集・恋一・一〇三五「忘れてはうちなげかるる夕かな我のみ知りてすぐる月日を」。

6→18段注14。引用される和歌は「聞くやいかに」を除き定家十体で幽玄様に分類される。

7藤原盛頼女。俊成外孫で養女。源通具室。一一七一頃～一二五二以後。

8新古今集・恋五・一三九一「夢かとよみし面かげも契りしも忘れずながらうつつならねば」。

9源師光女。後鳥羽院女房。一二

42

俊成女の、

[1]あはれなる心長さのゆくゑとも[2]みしよの夢をたれかさだめん

俊成卿女（女房三十六人歌合）

〇四、五年頃に早世。

10新古今集・恋三・一一九九「聞くやいかにうはの空なる風だにも松におとするならひありとは」。定家十体では面白様に入れる。

11深く心底に沁み入る歌。

12源通親男。正二位大納言。堀川家の祖。新古今集撰者の一人。一一七一～一二二七。

13藤原良経。兼実男。号後京極殿。現任摂政として新古今集の仮名序を執筆。一一六九～一二〇六。

14良経はともかく通具はこれら女歌人と比肩できる人ではない。「摂政」とあるのも正徹の言としてはおかしい。定家著を装った愚秘抄に拠ったため、このような表現となったのである。


【42俊成卿女の歌】


1新古今集・恋四・一三〇〇・公経。第二・三句「心のやみのゆかりとも」。作者を誤認して解釈。

2はかない逢瀬の暗喩。「かきくらす心の闇にまどひにき夢うつつ

極まれる幽玄の歌なり。その夜の密事をば、その人と我とならでは知らぬなり。ただ独り心長く待ちゐたるをも、人[3]が知らばこそ、ありし契をも夢[4]ともさだめんずれといひたる心なり。「生きてよも[5]」の歌も、人[6]にいひかけたるにてはなきなり。ただ独り居て生きて明日までながらふべき心地もせず、とふべきならば今夜とへかし、となげきゐたるにてあるなり。

43

為秀[1]の、

あはれしる友こそかたき世なりけれひとり雨聞く秋の
夜すがら

の歌を聞きて、了俊[2]は為秀の弟子になられたるなり。「ひとり雨聞く秋のよすがら」が上句[3]にてあるなり。秋の夜独り雨を聞きて、「あはれしる友こそかたき世なりけれ」と

とは世人さだめよ」(古今集・恋三・六四六、業平)による。

3相手が知っているなら。

4夢、すなわち無かったことにしてしまうのであるが。実際は相手は自分の待つことを知らないので忘れられないのである。
5 41段注4、式子の歌を指す。
6恋歌といっても男に送り恨むのではなく、自問して深く煩悶する、思いの深い歌を評価する。


【43歌も詩も一文字で変わる】

1冷泉為相男。従二位権中納言。了俊の歌道の師。?～一三七二。

2了俊弁要抄「廿余歳の頃為秀卿の門弟となりて」。了俊二十歳は貞和元年(一三四五)。為秀のこの歌に感動したのが入門の契機であることは落書露顕にも見える。

3意味の上では上句である。

4秋の夜の雨を一人で聴くほかすべがない意。

5歌が切れてそこで終わるが。「夜半かな」でなく「夜すがら」

思ひたるなり。あはれしる友のあるならば、さそはれていづちへも行き語りもあかさば、かく聞くべからず。[4]いかんともせぬ所が殊勝におぼえ侍るなり。「ひとり雨聞く秋のよはかな」ともあらば、はつべきが、[5]「秋の夜すがら」と言ひ捨てて、はてざる所が肝要なり。「ひとり雨聞く秋のよすがらおもひたるは」といふ心をのこしていへるなり。されば「ひとり雨聞く秋のよすがら」が上句にてあるなり。[6]下の句ならば、させるふしも無き歌にてあるべきなり。

[7]杜子美《としび》が詩に「[8]聞レ雨[9]寒更尽《キ》、開《キテ》レ門《ヲ》落葉深《シ》」といふ詩のあるを、我等が[10]法眷《はつけん》の老僧のありしが、[11]点じなほしたるなり。昔から「雨と聞きて」と点じたるを見て、「この点わろし」とて、始めて「聞《テ》レ雨《ヲ》」となほしたり。ただ一字のちがひにて、天地別なり。「雨と」と読みては、はじめから落葉と知りたるにて、その心せばし。「[12]雨を」と読みつ

として深い余情を持たせた工夫に着目する。

6「秋のよはかな」として意味上も下句となれば、大した特徴のない歌となってしまう。

7杜甫。字は子美。盛唐の詩人。七一二〜七〇。室町期の禅林で最も愛好された。

8杜甫ではなく、中唐の無可上人の「秋寄従兄賈島」詩の一節。冷齋夜話・詩人玉屑などの宋代詩話に載る。→補注19
9寒夜と同。

10同じ法流を受けた老僧。

11「点ず」は漢籍に訓点を打つこと。またその訓。

12「雨を」と訓むと、作中主体は本当に雨が降ると思って聞いていることになる。→補注20

れば、夜はただまことの雨と聞きつれば、五更既に尽きて[13]、朝に門を開きてみれば、雨にはあらず、落葉ふかく砌《みぎり》[14]に敷きたり。この時始めておどろきたるこそ面白けれ。されば歌[15]もただ文字一にてあらぬ物に聞ゆるなり。

44

山深雪に、時雨[1]まで曇りてふかくみし山の雪に奥なき木々の下をれ

時雨の頃はくもりて、山も奥深くみゆるなり。雪には山の奥もなく、あらはにみゆるなり。「雪に奥なき」といふがよき詞なり。木ども[2]も折れぬれば、奥といふ物はなきなり。雪に山が浅くなる[3]と詠みたるが一ふし[4]なり。

慶運《きやううん》[5]が歌に、草[6]も木もうづもれはつる雪にこそなかなか山はあらは

13午前四時前後の時間帯。

14軒下の敷石。

15八雲御抄・巻六・てにはといふ事「ただおなじ事の、一文字にてよくもきこえ、あしくもなる也」に通ずる。


【44雪で山が浅くなると詠む】

1草根集・巻五・四一八四。

2木々も雪で折れたので山奥まで見通せる。この趣向の作例は他に「軒ちかき木ずゑあまたの雪折に山奥あさき入相の声」(草根集・巻十一・八三二七)がある。

3通常は雪が積もって山が深くなると詠むのに、雪が積もって浅くなったとする意外さを自賛する。

4ちょっとした面白味がある。

5浄弁の子。為世門の和歌四天王の一人。やや奇抜突飛な歌風で知られた。一二九三頃～一三六九以後。

6慶運集Ⅰ・冬・一六八、歌題「雪朝望」。

　　なりけれ

と詠みしなり云々。又雪にふかくなりたりともよむべきなり。

45

定家歌に、

　[1]魂をつれなき袖にとどめおきて我が身ぞはてはうらやまれける

46

[1]鶴殿《たづどの》は、[2]光明峯寺《くわうみやうぶじ》殿《どの》の御子なり。[3]いまの月輪の先祖なり。鶴殿は[4]続古今の撰者なり。

47

家隆卿歌に、

　[1]人づてに咲くとはきかじ桜花吉野の山は日数こゆとも

古今の歌に、

【45魂をつれなき袖に】

1拾遺愚草・七二「さ夜衣わかるる袖にとどめおきて心ぞはてはうらやまれぬる」。後朝に男が詠んだ歌。但しこの歌が拠った源氏物語・夕霧巻・夕霧の「魂をつれなき袖にとどめおきてわが心からまどはるるかな」との混乱がある。

【46鶴殿は月輪の先祖】

1藤原基家。良経男。正二位内大臣。著名な権門歌人で鶴殿の号の由来は徒然草第二二三段でも言及される。一二〇三～八〇。

2藤原道家。良経男。従一位摂政左大臣。正しくは基家の兄。一一九三～一二五二。

3月輪基賢。→16段注2。

4第一一番目の勅撰集。文永二年（一二六五）成立。

【47家隆の本歌取り】

1壬二集・六一二、歌題「花尋」。家隆卿百番自歌合九番右・一八。

[2]越えぬまは吉野の山の桜花人づてにのみ聞きわたるかな

と侍るに、「句の置き所こそ少しかはりたれ、[3]心も詞も同じ物にて侍るは、いかなる事にや」と[4]申し侍りしかば、「これはよきなり。そのゆゑは恋を季に詠みなされたるなり。本歌をとるに様々あり。[5]本歌にすがりたる体、本歌贈答の体とてかやうに詠むなり。定家と家隆との本歌の取り様、[6]おもぶりいささかかはりたるなり。[7]定家は本歌の心を取りて詠む事はなきなり。家隆は本歌と同じ心なる歌のまま見え侍るなり」。

48 [1]千五百番に[2]三宮《さんのみや》とあるは、後鳥羽院の御舎兄なり。[3]後堀川院の御親父《しんぷ》なり。

2恋二・五八八・貫之。詞書「大和に侍りける人につかはしける」。

3本歌と家隆歌では表現も内容も同じものではないか。恋部に属するが春の花を詠んだ歌としても解釈でき、本歌取りの禁則に抵触しないかと尋ねた。

4主語は筆録者か。

5井蛙抄・巻二「取ル二本歌ヲ一事」で六種を挙げ、第三の「本歌の心にすがりて風情を建立したる歌。本歌に贈答したる姿など古くいへるもこの姿のたぐひなり」に当たる。

6面振。物事のやり方に現れる個性。

7定家は本歌と絶妙な距離を置くことを得意とした。


【48三宮は後鳥羽院の兄】

1千五百番歌合。建仁二年（一二〇二）頃、後鳥羽院が主催。

2惟明親王。高倉天皇第三皇子。三品。一一七九～一二二一。

3第八六代天皇。守貞親王（後高倉院）子。一二一二～三四。父を

49
行能《ゆきよし》[1]は行家《ゆきいえ》[2]の父なり。行家は続古今[3]撰者なり。

50
「たつみわこすげ」[1]は、「みわ」は水のわだ[2]なり。水の入りたるわだに、すげは立ちてある物なり。

51
「やぶし分かぬ」[1]は、やぶなり。「し」はやすめ[2]字なり。

惟明親王とするのは正徹の誤解。

【49行能と行家】
1藤原伊経男。従三位。能書家・歌人。一一七九〜一二五三以後。
2藤原知家男。一二二三〜七五。行能の子ではない。
3↓46段注4。

【50「たつみわこすげ」とは】
1万葉集・巻十二・二八六三「浅葉野立神古菅根惻隠誰故吾不恋」を、旧訓が「立神古菅」を第二句として訓んだもの。↓補注21
2湾曲し水が溜まる所。「海ニテモ河ニテモワダカマレルトコロヲワダトハ云也」（拾遺抄注）。

【51「やぶし分かぬ」とは】
1藪すら差別しない。古今集・雑上・八七〇・布留今道「日の光やぶしわかねばいそのかみふりにし里に花もさきけり」による。
2語調を整える為に挿入する助辞。

52 「霜[1]のふりは」には、人の儀[2]あるなり。「ただ霜のふるは、といふ事なり」とて「ふりは」といふ人もあり。又「鷹場などいふやうに、霜のふる場といふ事なり」とて「ふりば」といふ人もあり。

53 「[1]いともかしこし」とは、「恐」といふ心なり。「かけまくもかしこけれども」などいふこともおなじことなり。

54 「寒草」の題にて蘆をば詠まぬ事なり。「寒蘆」「寒草」とつ[1]づいて題にあるなり。

55 「歳暮」は、「除夜」となくば、前[1]の日をも詠むなり。「九月尽」はかならず晦日なり。

【52「霜のふりは」とは】

1古今集・大歌所御歌・一〇七二・よみ人知らず「水ぐきの岡のやかたに妹とあれとねてのあさけの霜のふりはも」。

2種々の語義。→補注22

【53「いともかしこし」とは】

1「賢し」と解する者がいたか。言塵集・巻二「いともかしこしとはいと恐れありと云ふ言なり」。→補注23

【54「寒草」題】

1続いて出題されることがあるので。定数歌での注意。→補注24

【55「歳暮」題】

1晦日より前日を詠んでもよい。

56 「さらぬ」は、さあらぬなり。「さらぬだにも」も同じ。「さらぬ別れ」[1]は「去」の字なり。

57 「庭」[1]の題にては軒を詠み、「軒」の題にては大略軒と詠みたるなり。

58 本歌[1]をとるに、二首取りたる歌いくらもおほきなり。

59 俊成《しゅんぜい》[1]卿老後になりて、さても明暮歌をのみ詠みゐて、更に当来[2]のつとめもなし。かくては後生いかならんと歎きて、住吉[3]の御社に一七日籠りて、この事を歎きて、「もし歌はいたづら事ならば、今よりこの道をさし置きて一向に

【56「さらぬ」とは】
1避けられぬ別れ。「世の中にさらぬ別れのなくもがな千代もとなげく人の子のため」（古今集・雑上・九〇一・業平）。

【57「庭」題と「軒」題】
1「庭」は建物を含むが「軒」は建物そのもの。愚秘抄・巻下「先年庭荻と申す題にて「軒ばの」と詠みて、庭の字なかりし歌を詠みたりし。歌よろし尤も珍しくとれりとて勝ちて侍りき」による。

【58二首を取る本歌取り】
1井蛙抄・巻二「取二本歌ヲ一事」の「本歌二首をもてよめる歌」に詳しい。

【59住吉明神の託宣】
1藤原俊忠男。定家の父。正三位皇太后宮大夫。千載集の撰者。一一一四～一二〇四。→補注25
2当来は来世。往生の為に修善を積むこと。

後世のつとめをすべし」と祈念ありしが、七日に満ずる夜、夢中に明神[4]現じ給ひて、「和歌仏道全《ク》二《ッ》無《シ》」[5]としめし給ひしかば、さてはこの道のほかに仏道を求むべからずとて、弥《いよい》よこの道を重事《ちょうじ》にし給ひしなり。

定家も[6]、住吉に九月十三夜が七日に満ずる日にあたる様に参籠して、この事をなげき申されしかば、九月十三夜明神うつつに現じ給ひて「汝月明《ラカ》也」[7]としめし給ひしより、さてはこの道かう[8]なりと思ひ給ひけり。この事などをかきのせたるを明月記[9]と号するなり。

60

了俊常に申されしは、「我若年の頃[1]、連歌を稽古し侍りしに、よくもなき句をおほくせんよりは、五句三句なりとも、我が本意[2]の連歌をすべしと思て、句数をすくなく申し侍りしを、摂政殿[3]きこしめして、了俊の状をささげられし

3大阪市住吉区の住吉大社。歌神として崇拝された。

4住吉明神。

5いわゆる歌仏一道の考え方。ある藝道を極めることで、仏道を成就することもできるとする。

6元久年間（一二〇四～六）に起きた奇蹟とされ、定家偽書を通じ広く知られた。↓補注26
7汝の上には月が輝いているぞ。月は仏法の真理の象徴。

8こういうことである。

9日記とは別に明月記と号する歌学書があり、定家偽書の源泉となっていたとされる。実体は不明。


【60初心者はまず数を積め】

1↓補注27
2満足のいく。

3二条良基。道平男。従一位摂政太政大臣。連歌の大成者、歌壇の庇護者で冷泉派や武家歌人にも好意的であった。一三二〇～八八。

4了俊の書状に良基が意見を書き込んで返した。応安四年～応永二

時、その[4]状の奥を引きかへして、「御辺《ごへん》のこの間よき連歌をすべしとて、句数すくなくせらるるよし聞き侍り。不《ル》レ可《カラ》レ然《ル》事なり。一句二句をみがきて、随分よき連歌と存ずれども、上の人の目から見れば、まだ初心の田地[5]にて、更によき句にてはなきなり。されば初心[6]のほどは、いかにもおほく口がろ[7]にしもてゆけば、自然に上手にもなるなり」とことのほか御折檻《せっかん》[8]ありし」とて、予がよき歌をよまむとするとて、文書《ふみかき》をして折檻ありしなり。

常には摂政殿の御諚《ごぢやう》[9]を申し出だして[10]、「これがいかめしき御恩なり」と申されけり。

61　万時《まんじ》[1]とて万葉の時代を定家[2]の勘[3]ぜられたるものあり。重宝なり。為秀[4]の自筆の本を了俊のくれられしを、人のほしがられし程に出だし侍りき。そつそつ[5]としたる物なり。

年（一三七一～九五）、了俊の九州探題在職中のことか。

5境地・位置の意。禅語である。

6初心の稽古法として当時の藝道論に見られる考え。良基は連歌論書の筑波問答でも「何とがな面白からんと案じ給ふ事ゆめゆめあるべからず。いかに沈思し給ふとも、よきはあるまじきなり」としている。

7あまり思案せず軽快に。

8強く誡めること。

9「Gogiŏ 貴人の命令」（日葡）。

10謹んで口にする。


【61為秀自筆の万時】

1万葉集時代考。建久元～六年（一一九〇～九五）頃成立。

2俊成が正しい。

3比較考証する。

4→43段注1。

5簡略な様。同じ問題を扱う顕昭の柿本人麻呂勘文に比較すれば、淡々とした内容である。

62

[1]「夕づくよ小倉の山」の歌は、昔から人の不審する歌なり。これは[2]九月尽《くぐわつじん》の歌なり。「夕づく夜」は夕から月の出づる四日五日の頃なり。いかにとおぼつかなきか。[3]万葉に「夕づく夜」といふに、書様あまたあり。「夕月夜」と書きたるは、夕から月の出づる頃の事なり。又「夕付夜」とかきたるは、月にはあらず、ただ夕暮からやうやう暗くて夜になるを「ゆふづくよ」といふなり。古今の歌は[4]夕につきたる夜の心にて、「夕付夜小倉の山」と詠みたるなり。

63

[1]「なげの情け」は、[2]そとしたる情けなり。[3]「暮れなばなげの花のかげかは」とは「無げ」なり。「暮れたればとて、なかるべき花か」といひたる心なり。

【62「ゆふづく夜」とは】

1古今集・秋下・三一二・貫之「夕づくよ小倉の山に鳴く鹿のこゑのうちにや秋はくるらむ」。

2詞書「なが月のつごもりの日大堰にてよめる」。

3万葉集では夕月夜・暮月夜・暮三伏一向夜・由布豆久欲などと表記するが、「夕付夜」は無い（集成）。但し「夕附日」はある（巻十六・三八二〇）。

4貫之歌の「夕づくよ」は、日没後薄暗い時間帯とする。

【63「なげ」とは】
1うわべだけの情け。→補注28
2ちょっとした、僅かな。
3古今集・春下・九五・素性「いざ今日は春の山辺にまじりなむ暮れなばなげの花のかげかは」。

64

「[1]しかなかりそ」とは、「[2]さなかりそ」といふ心なり。

65

[1]仏持《ぶつぢ》院《ゐん》にて、十五首題に春《ノ》風・春《ノ》日などいひ、春《ノ》恋・春《ノ》山などいひ、秋《ノ》風・秋《ノ》木・秋《ノ》草をば、[2]人数すくなくて十首・十五首詠む時に、この題にて詠むなり。[3]ちと詠みにくき題なり。

66

夜《ノ》水鳥に、

[1]夕づくよ[2]水なき空のうす氷くだかぬ物と鳥や鳴くらん

【64「しかなかりそ」とは】

1拾遺集・雑・五六七・柿本人麻呂「かの岡に草かるをのこしかなかりそありつつも君がきまさむみまくさにせん」。

2そんなに刈るなの意。「鹿な借りそ」などと誤解する者がいたか。

【65詠みにくい二字題】

1仏地院。園城寺の子院。正徹の歌友長算が住し互いに往来した。

2続歌の出題を意識した言。歌数が少ないとある程度沈思を凝らす必要があるため。なお177段参照。

3季字と実字（実体のある事物または概念）の組み合わせでやや抽象的であるためか。

【66「ゆふづく夜」を詠んだ歌】

1出典未詳。62段の「夕づくよ」の例歌として提示。

2水面に宿る月を氷に見立てる。

67
「もしほ」は、藻にしみたる塩なり。されば「藻に寄する恋」にも、「もしほ」と詠むべきなり。定家[1]は「藻塩の枕」と詠み侍り。ただ塩ならば、枕にはすべからず云々。

68
毎月[1]御百首の書は、定家の鎌倉[2]右府《うふ》の方へ進《まゐら》せられし抄[3]なり。この様安々と別したる事もなき物が重宝なり。やう[4]がましく「足引《あしひき》とはいかやうなる事」など説々[5]かきたるは、皆他家の説にて、家の相伝にてはなきなり。これをば毎月抄と申すなり。「万葉[6]の古風しばらく御さしおき候へ」と右府の方へ申されしなり云々。

69
[1]春《ノ》風に、
[2]色にふけ草木も春をしらぬまの人の心の花の初かぜ

【67「もしほ」とは】
1拾遺愚草・二二二七「須磨の浦藻塩の枕とふ蛍かりねの夢ぢわぶとつげこせ」。

【68定家の毎月抄】
1毎月抄。消息体で「毎月の御百首よくよく拝見せしめ候ぬ」と書き始められる。↓補注29
2源実朝。頼朝男。正二位。征夷大将軍。一一九二～一二一九。
3書物、著作の意。
4ことごとしく。
5歌学の知識をあれこれ書き立てたもの。↓補注30
6毎月抄に「此の御百首に多分古風の見え侍るから(中略)しばしは構へてあそばすまじきにて候」とある。

【69「春風」題の歌と自注】
1 65段で挙げた歌題の例歌の提示。
2草根集・巻四・二六二二。

春がくれどもまだ冬の梢にて、春をばしらねども、人の心[3]の花は、やがて春を知るなり。心中なれば、色にはみえねばこそ、同じくは人の心の花が色に吹けかし、といひたるなり。

70

春恋[1]ノ、

夕[2]まぐれそれかと見えし面影の霞むぞ形見有明の月

夕ぐれの霞みわたれる頃、人をそと[3]見て、「これは我恋しく思ふ人か、やれ[4]」と思ひて、そのおもかげを心にちや[5]うど持ちて、暁[6]、有明の月をみて、俤《おもかげ》を思ひ出づれば、さだかにもなかりし俤、霞みたる月に浮かびて覚えたれば、「霞むぞ形見」とはいひたるなり。月に[7]うす雲のおほひ、花に霞のかかりたる風情は、詞・心にとかくいふ所にあらず、幽玄にもやさしくもあるなり。詞の外なる事なり。

3心の花は人心の比喩。春を待ち外界より早く開いたと幻視する。「色見えでうつろふ物は世の中の人の心の花にぞ有りける」（古今集・恋五・七九七・小町）。

【70「春恋」題の歌と自注】

1 65段歌題の例歌の提示。
2 草根集・巻六・四四四三。第三句「面影も」。
3 ちらりと見て。
4 驚いた時ふと発する声。「Yare 驚いた人の発する感動詞」（日葡）。
5 確実に、しっかりと。
6 一夜を過ごし帰る時分。
7 幽玄体の一つ行雲廻雪体の比喩。「幽玄といはるる歌の中に、なほすぐれて薄雲の月をおほひたるよそほひ、飛雪の風にただよふ景色の心地して心詞の外にかげのうかびそへらむ歌を行雲廻雪の体と申すべきとぞ」（三五記・鷺本）。

源氏に「袖ふれし人こそなけれ花の香の面影かをる春の曙」の歌の一対にいふべき歌にや。[8][9]

71

負《クル》恋題にて「飾磨《しかま》川《がは》人はかち路」と詠み侍りしかば、重阿《ちゆうあ》もってのほか腹立《ふくりふ》し侍りき。人をかたせつれば、我が負けたるが聞ゆるなり。[1][2][3][4]

72

薬師寺元可《げんか》入道歌ノに、五月雨の布留の中道しる人や河と見ながら猶わたるらん[1][2][3]

8源氏物語・手習巻・浮舟の歌。第二句「人こそ見えね」、第四句「それかとにほふ」。

9この歌と自分の歌とは比肩するとの自負。

【71「負くる恋」題】

1草根集・巻六・四五二六「飾磨潟のぼる小舟の苦しきや人はかち路にかかる川浪」。

2播磨国の歌枕（現兵庫県姫路市）。褐染（かちぞめ）が名産。

3俗名・生没年未詳。細川家被官らしく同家歌会でしばしば正徹と同座するが、かねて確執あったか。

4「かち（褐・徒歩）路」に「勝ち」を掛けたので「負恋」の題意を満たす。重阿に対する反論。

【72元可の歌三首】

1橘公義。高師直配下の武将で二条派歌人。一三〇八頃～八一頃。

2出典未詳。

3歌枕「布留」（現奈良県天理市布留）に「降る」を掛ける。

[4]夕暮の色なる[5]槙《まき》の嶋津鳥宇治を夜川とかがりさすなり

[6]同じくは我がかくれ家の山桜花も憂き世の風をのがれよ

[7]新後拾遺に入りたり。

73

[1]むすび題をば、先《ま》づ二字をば[2]声《こゑ》に読み、二字をば訓に読む物なれども、[3]皆声によまで叶はぬ題もあり。又皆訓に読むもあるなり。秋暮残菊をば、[4]二字をば和して読み、二字を声に読むなり。

4公義集・八五。初句「夕闇の」。

5山城国の歌枕。かつての宇治川の中洲。「嶋津鳥」は鵜の別称。

6出典未詳。但し雲玉和歌抄・春・一〇一に見え（作者欠く）、「一ふしに存ずるにや」とある。

7第二〇番目の勅撰集。至徳元年（一三八四）成立。公義は四首入集するがこの三首ではない。↓補注31

【73結題の読み方】

1複数の概念を結合した歌題。多く漢字二～五字で構成される。

2字音で読み。

3言塵集・巻七に「題のやうによりて和らげても読み、声にもよみ上ぐべきなり」とあり、冷泉家では比較的自由であった。

4上二文字を訓で読む。「秋暮残菊」は「あきのくれのざんぎく」となる。140段も参照。

74

「[1]花はさかりに、月はくまなきのみ見るものかは」と、[2]兼好が書きたるやうなる心根を持ちたる者は、世間にただ一人ならではなきなり。この心は生得にてあるなり。兼好は俗にての名なり。久我《こが》か徳大寺かの[3]諸大夫《しよだいぶ》にてありしなり。[4]官が滝口にてありければ、内裏の宿直《とのゐ》に参りて、常に玉体を拝し奉りけり。[5]後宇多院崩御なりしによりて、遁世《とんせい》しけるなり。やさしき発心の因縁なり。[6]随分の歌仙にて、[7]頓[8]阿・慶運・[9]静弁《じやうべん》・兼好とて、その頃[10]四天王にてありしなり。つれづれ草の[11]おもぶりは、清少納言が枕草子の様なり。

75

[1]得たる者の歌は、何事をいひ出でたるも、一ふしの興ありて面白きなり。初心の者これをみて、心にうらやましく思ひて、詠み似せんとすれば、[2]無心所着《むしんしよぢやく》の何とも無く[3]ほれ

【74兼好の徒然草】

1徒然草第一三七段の冒頭。正徹は最も早く同書に関心を抱いた人物で永享三年（一四三一）四月には現存最古写本を書写する。

2世系未詳。武家要人に仕えた遁世者。最晩年了俊と交流。一二八三頃～一三五八頃。

3摂関・清華・大臣家の家司で五位相当の官に任じた者。→補注32

4宮廷警衛の武士。

5第九一代天皇。後二条天皇の父。一二六七～一三二四。但し兼好遁世は後宇多院崩御より早く延慶年間（一三〇八～一一）とされる。

6頗る優れた。

7→11段注1。

8→44段注5。

9浄弁。世系未詳。法印。慶運の父。一二五六頃～一三四四頃。

10二条為世門の地下歌人で特に優れた四人を四天王と称した。

11→47段注6。

たることを詠み出だすなり。「これは何をあそばし候ぞ」と人が尋ぬれば、「我もえしらず」といひて、たはごとを詠むなり。よくよく慎しむべき事なり。初心の時は、ただ[4]うちむかひて、一首が[5]さはさはと理のきこゆるやうに詠むべきなり。その位にもいたらずして、達者のまねをすれば、をかしき事出でくるなり。

76　定家卿の書きたる物に、「[1]歌はいかやうに詠み侍るべき事にと尋ね侍りしに、「[2]心ざしの及ぶ所にかなはんとすべし」と申されし、今も思ひ合はせられ侍りて、ありがたき親の教へなり」と書き給へり。心ざしに浅深あるべし。初心の時は、初心の心ざしの及ぶ所にかなはん様に、[3]うちむきて詠むべし。[4]後心には、何と[5]かけりても、心ざしの及ぶ所に叶ふべきなり。

【75達人は何を詠んでも面白い】

1練達の名人。

2支離滅裂な歌のこと。123段参照。「或は又おぼつかなく心籠りてよまんとするほどに、はてには自らもえ心得ず、違はぬ無心所着になりぬ」（無名抄）。

3狂った。

4正面を向いて。転じて実直に。

5すらすらと。滞りなく。


【76心ざしの及ぶ所】

1愚見抄の「歌はいかにとあるべきものぞと尋ね侍りしかば、ただ心のおよぶ所に叶はんとすべしとのたまひし」による。

2心の作用、働きの意。

3素直な気持ちで。前段の「うちむかひて」と同じ。「増阿はうちむきたる田楽にてはなし。何をもする也」（申楽談儀）。

4熟達した後は。

5才気に任せて詠む。愚見抄「いかにも初心の時さやうのかけり歌は面白くも覚え又詠まれ侍る也」。

77 かば桜は[1]、一重桜なり。

78 えび染の下襲《したがさね》は[1]蒲桃《ぶだう》の色したる物なり。葡萄のうみたる[2]色は、紫黒色なる物なり。この色をえび染といふなり。「蒲桃」と書きて、「えびかづら」[3]と読むなり。

79 鎌倉の右府は[1]、頼朝大将の御子実朝の御事なり。

80 遍昭の[1]「かかれとてしも」[2]の句を取りて詠みたる事、昔よりおほく侍り。たが歌やらんに、紅葉を詠みしに、「かかれとてしも染めずやありけん」[3]など詠み侍り。三代集な[4]どの歌を取りて詠むに、仮令《けりやう》[5]「月やあらぬ春や昔」[6]の歌を

【77「かば桜」とは】

1源氏物語の「樺桜」についてか。「花の色うす紅にて殊更艶色ある花也」（河海抄）→補注33

【78「えび染の下襲」とは】

1薄い赤紫色とされる。これも源氏物語の話題か。「えび染の下襲、裾いと長く引きて」（花宴巻）。

2熟した色。

3山葡萄の古名。蔓の巻き様がエビの髭に似る故という。

【79鎌倉右府は実朝】

1→68段注2。68段を補足するか。

【80有名歌の本歌取り】

1良峯安世男。僧正。六歌仙の一人。八一六～九〇。

2後撰集・雑三・一二四〇「たらちめはかかれとてしもむばたまのわが黒髪をなでずやありけん」。

3頓阿に「露霜はかかれとてしも山風の誘ふ木の葉を染めずやあり

取りてよまば、「月やあらぬ」を腰[7]の句に置きかへて詠み侍らんはくるしからず。あらはにその歌をとりたりと見せて取る事をば古人ゆるし侍るなり。

81

制[1]の詞といひて、「うつるもくもる」[2]「我のみ知りて」[3]など書き出だしたる一句名言を、我が物がほにかくしてぬすむを昔よりいましめ侍るなり。衣[4]をぬすみて小袖にしてきたる様のこととて、かくしてぬすむをつよくいましむるなり。本歌[5]をとるには、いかにもその歌を取りたりと見せて取ることなり。又只今[6]肩をならぶるとも、その人の亡き後なりとも、百余年の間の人の歌をば取りて詠まぬ事なり。


けん」（草庵集・六八四）がある。

4古今・後撰・拾遺の三勅撰集。

5例えば。

6→19段注3。

7第三句。詠歌大概は「月やあらぬ春や昔」を「此《ノ》類雖《モ》二一句《ト》一更《ニ》不レ可《カラ》レ詠《ズ》レ之《ヲ》」とする。一句ならば取って良いと柔軟に解釈したか。


【81制詞】

1使用を禁じられた詞。「ぬしある詞」のこと。→補注34
2新古今集・春上・五七・源具親「難波がた霞まぬ浪も霞みけりうつるもくもるおぼろ月夜に」

3同・恋一・一〇三五・式子内親王「忘れてはうちなげかるる夕かな我のみ知りてすぐる月日を」。

4無名抄に「衣盗みて小袖になして着たる様になん覚ゆる」とある。

5毎月抄に「その歌を取れるよ、と聞ゆるやうに詠みなすべきにて候」とある。

6現存故人問わず近代の歌人の作は取らない。

82

幽玄体[1]の事、まさしくその位に乗り居て納得すべき事にや。人のおほく「幽玄なることよ」といふを聞けば、ただ余情[2]の体にて、更に幽玄には侍らず。或は[3]物哀体《ものあはれてい》などを幽玄と申すなり。余情の体と幽玄体とは遥かに別の物なり。皆一に心得たるなり。定家卿は「昔貫之[4]といひし歌人も、物つよき体をば詠み侍りしが、幽玄抜群[5]の体をば詠まず」と書き給へり。物哀体は歌人[6]のたしなむ所なり。

83

「あまのすさみ[1]」は、塩やき藻かき貝ひろふをいふにや。ただわざを「あまのすさみ」とはいふなり。

【82幽玄体と余情体・物哀体】
1愚秘抄・三五記等に拠り、幽玄体を余情体・物哀体の上位に置く。2言外に情趣を漂わせる歌体。3真情を込め悲哀感の濃い歌体。「ただ残りなくさこそと沈み極れる姿にて侍るべし」（愚見抄）4近代秀歌「昔貫之、歌の心たくみに、たけおよびがたく、ことばつよく姿おもしろき様をこのみて、余情妖艶の体を詠まず」を引く。5近代秀歌の「余情妖艶」を言い換えた事に注意。6歌人の好む体である。「これは殊に好士ごとに思はへて持つべきにや」（愚見抄）。124段参照。

【83「あまのすさみ」とは】
1海で生計を立てる民の営み。「かきやれば煙たちそふもしほ草あまのすさびに都こひつつ」（拾遺愚草・一三九二）。「すさみ」は慰みごとの意ともなるので注意を喚起したか。

84

寄《スル》レ風《ニ》恋に、

それならぬ[1]人の心のあらき風憂き身にとほる秋のはげしさ

人の心のつらくはげしきは、風のやうにふかぬものなれども、はげしく向かはれたるは、身にしみとほりてかなしき物なり。「それならぬ」[2]五文字をば、無尽に置きて見侍りしなり。「忘れ行く」とも「かはり行く」とも、千も万もあるべきなり。「忘れ行く」などは、よわくおぼえ侍るなり。「それならぬ」は、その人[3]にてもなきなり。始めはにこにことありしが、いまははげしくつらければ、「その人ならぬ」なり。「秋」[4]といひたるにも、よく答へてよきなり。人の厭きたるは、その人にてもなきなり。

【84「風に寄する恋」題の歌と自注】

1出典未詳。
2初句を様々に置き換えて試す。
3豹変して別人のように冷淡になった意。
4「厭き」を響かせる。

85

恋の歌は定家の歌程なるは昔からあるまじきなり。待《ッ》恋に、

風[1]あらきもとあら[2]の小萩袖に見て更けゆく月におもる白露

この歌は[3]ふつと我が身を題の心になして詠みたれば、[4]「待つ」といはねども、待つ心聞えたり。[5]ちやと聞きて、何とも心えられず、たはごとをいひたる様に覚ゆべきなり。されどもよくよく我が身をそれになしはてて案ずれば、[6]骨髄に通じて面白きなり。萩の咲き乱れたる庭を眺めつつ人を待ちゐれば、風あらくもとあらの小萩に吹きて、露もくだけおつるに、袖の涙も一に見えて、[7]月も更け行くままに、いとど袖の涙も置きまされば、おもくなりゐて、[8]真萩の露と[9]あらそひたる風情思ひやられて、待つ心ふかく聞ゆ。

【85「待つ恋」題の定家の歌】

1拾遺愚草・八五八。初句「風つらき」、第四句「ふけ行く夜はに」。六百番歌合・六九五にも。

2根本の葉がまばらな萩。「宮城野のもとあらの小萩露をおもみ風を待つごと君をこそ待て」（古今集・恋四・六九四・よみ人知らず）による。

3完全にわが身を題の中に乗りうつらせて。

4「待つ」と詠まないのに題意を満たす。32段参照。本歌が想起されると、「君をこそ待て」の句からおのずと「待つ」意が知られる。

5ちょっと。一瞬。

6→41段注11。

7実は定家は「月」を詠んでいない。記憶違いだが、月が傾けば時の経過を一層思い知らされる。

8「小萩」とあるべきか。

9萩には風が吹いて露を吹き散らすが、自分の袖の露を払う男は来ない。

10優艶と同じ。優美であるさま。

「縁のはしへも出でて、眺め居てこそあるらめ」とおしはからるる体なり。まことに心くるしく夜もすがら待ち居たるすがた、艶[10]にやさしきなり。

86　為継《ためつぐ》[1]は隆信《たかのぶ》[2]の子孫なり。信実《のぶざね》[3]は隆信の子なり。信実は人[4]丸書きたりし人なり。絵師にてはなかりしかども、信実以下家に伝へて絵をよく書き侍りしなり。今の法性寺《ほつしやうじ》[5]は歌も詠まず、絵もえかかぬ人なり。

87　忘恋《ルル》、
　[1]うきものと思ふ心の跡もなく我を忘れよ君は恨みじ
「忘恋《ルル》[2]」は、幾度も人が我を忘るるにて侍るなり。我人を忘るるといふ事は無き事なり。[3]人の忘るるは、契りをわするるなり。こちをにくくし、いやとおもふ事をば、更に忘

【86法性寺流は歌詠みで絵描き】

1藤原信実男。従三位。法性寺と号した。一二〇六～六五。

2藤原為経男。定家の異父兄。正四位下左京権大夫。似絵の名手。一一四二～一二〇五。

3藤原隆信男。正四位下左京権大夫。一一七七～一二六六以後。

4人麻呂影。↓補注35
5藤原為季。為盛男。隆信・信実の裔。正二位。一四一四～七四。


【87「忘るる恋」題の歌と自注】

1恋歌一軸・四八。第五句「人はうらみじ」。

2題意は、相手が自分との契りを忘れることで、自分が相手を忘れることではない。

3相手が忘れるのは契りであって、自分を嫌悪する気持ちはさらさら忘れないのだ。

れぬなり。この我をにくしともいやとも思ふ心も忘れはてあらば、ただ未聞《みもん》不見《ふけん》の人のやうなるべし。「さ様に忘るるとならば、忘れはてよ、その時は、更に人をば恨むまじきぞ」といひたるなり。我をいとひ嫌ふ事をば、忘れぬ所が恨みにてあるなり。

88

定家卿、忘《ルル》恋、

忘れぬやさは忘れける我が心夢になせとぞいひてわかれし[1]

の歌も、急度《きつと》[2]心得がたき歌なり。勝定院《しようぢやうゐんノ》[3]御時、予と孝雲《かううん》[4]とにこの歌を御たづねありしに、両人申したりし趣かはりたるなり。その頃洛中に沙汰ありしは、予が申し侍りしは、猶かなひたると云々。予が申し侍りしは、人と契りて更にうつつともなし、ただ「夢になしなん」[5]といひしを忘

【88「忘るる恋」題の定家の歌】

1拾遺愚草・二六八、歌題「逢不遇恋」。定家二十六歳の「皇后宮大輔百首」の作。

2すぐには。

3足利義持。義満男。室町幕府四代将軍。禅宗を庇護し歌道を愛好した。一三八六～一四二八。

4子晋明魏。禅僧。号は耕雲庵。俗名花山院長親、南朝の内大臣であったが学識高く義持に信任された。一三五〇頃～一四二九。

5逢瀬は無かったことにしよう。

6意未詳。すっかり忘れたのだ、の意か。素珊本「さらふには」。

7自分から言って別れたのにそれ

れぬは、さらうには[6]忘れたるなり。「夢になして忘れよ」と我[7]といひて別れしが、それを忘れぬは、いひしことを忘れたるなり。か様に定家の歌はしみ入りてその身になりかへりて詠み侍りしなり。定家に誰も及ぶまじきは、恋の歌なり。家隆ぞおとるまじけれども、それも恋の歌は及ぶまじきなり。少々「さても[8]猶とはれぬ秋の」など、「たがかねごと[9]の末ならん」などぞ及びたる歌にて侍るべき。孝雲申し侍り[10]しは、「忘れぬや」とは、人に対して「忘れたるか」ととひたる心なり云々。

やすらひに[11]出でにしままの月の影我が涙のみ袖にまでども

「白妙の[12]袖の別に」など、極まれる幽玄の体なり。これも楚忽[13]に人の心得がたき歌なり。


が忘れられないのは、自分で言ったことを忘れたのだ。正徹は「忘れぬや」の「ぬ」を打ち消しと解した。→補注36
8新古今集・恋四・一三一六・家隆「さても猶とはれぬ秋のゆふは山雲吹く風も峰に見ゆらむ」。

9新古今集・恋四・一二九四・家隆「思ひいでよたがかねごとの末ならむ昨日の雲の跡の山風」。

10定家に劣らない歌も少しはある。

11拾遺愚草・八七六、歌題「寄月恋」。六百番歌合・九〇九。

12新古今集・恋五・一三三六・定家「白妙の袖の別れに露おちて身にしむ色の秋風ぞ吹く」。

13粗忽に。簡単には。

89 和歌の声《しやう》[1]の事、家隆[2]の説とて執するかたも侍るか。我等は俊成[3]・定家の家の説の外は不存知なり。それは、定家[4]「大和紙にあらず」云々。「大和紙」とすみてあがりたる声[5]なり。されば、ただ「やまとうた」とさがりたる声[6]にいふべきなり。

90 「いづくにか今夜はさねん」[1]は、少しねたるなり。

91 為氏[1]、

人[2]とはば見ずとやいはむ玉津嶋[3]かすむ入江の春の明け

【89和歌の声の説】

1声点。文字の四周に点を付けて清濁・アクセントを示した。例に引く「やまとうた」は古今集仮名序冒頭の句。

2中世歌学の異説はしばしば家隆に仮託された。→補注37
3御子左家の家説。

4「大和紙などのように発音しない」と教えたこと。

5清音で上声。

6平声。


【90「いづくにか今夜はさねん」】

1新後拾遺集・羇旅・九二四・為定「いづくにかこよひはさねんいなみのの浅茅がうへも雪降りにけり」。「さ」は接頭語。


【91「見つ」か「見ず」か】

1藤原為家男。正二位権大納言。二条家の祖。続拾遺集の撰者。一二二二～八六。

ぼの

の歌を、為家[4]、勅撰に入れんとて、「「見つとやいはん」と いひて入るべきか」と申されしかば、為氏は、父子の事なれば、ともかくもと存ぜられしかども、これも一興[5]の体なり、「見ず」とやいひてもくるしからずとて、続後撰[6]に入れられけるとやらん。これにて勅撰[7]の歌の風体をば存知すべきことなり。これは玉津嶋にさし向ひてゐて、霞みわたれる明けぼのをば、人のとはば、「見つ」といふべきか、「見ず」といふべきかとなり。いづれ[8]も同様なれども、猶「見つとや」は実《じつ》なる体なり。

92

定家[1]の書に「歌に師匠なし。古きを以て師とす」と云々。「心を古風に染めて、詞を先達にならはば、誰か歌詠まざらん」云々。


2続後撰集・春上・四一。為氏の秀歌として著名。↓補注38
3紀伊国の歌枕。現和歌山市。和歌の浦に浮かぶ小島。

4藤原定家男。正二位権大納言。続後撰集・続古今集の撰者。一一九八～一二七五。

5逸興体とも。愚秘抄によれば面白様に属する歌体。

6第一〇番目の勅撰集。建長三年（一二五一）成立。

7勅撰集に入る和歌の風体は実直を重んずると考えた。↓193段注2。

8結局は同じだが、見たとする実直な詠風より、見ていないと言う虚構が屈折を生むと考えた。


【92歌に師匠無し】

1詠歌大概の「和歌無シ二師匠一、只以テ二旧歌ヲ一為スレ師ト、染メ二心ヲ於古風ニ一、習ハ二詞ヲ於先達ニ一者、誰人カ不ランレ詠ゼレ之ヲ哉」の引用。

93 公宴[1]にては、臣下の歌を皆よみはつれば[2]、やがて講師《かうじ》[3]は退出するなり。また詠じゐるに、その時初めて御製《ぎよせい》[4]を御懐より取り出だされて、摂政などに給はるを、別の講師[5]参りてするなり。御製は七返講ずるなり。臣下も摂政などの歌をば、三返講ずるなり。将軍家[6]の歌をも近来は三返講ぜらるるなり。

94 述懐[1]は、連歌[2]にはかはりて、何にても心におもふ事を詠むなり。「思ひをのぶる」なれば、祝言をも詠むべきなり。されば定家は、「たらちね[3]のおよばずおもふ」などよめり。

【93披講の回数】

1↓12段注2。

2ここでは披講（ふしをつけて和歌を吟じ披露する）すること。

3披講の中心となる役。

4八雲御抄・巻二・禁中歌会事に「講ズ二御製ヲ一、其ノ時自リ二懐中一令メ二取リ出サ一給フレ之ヲ」とある。

5御製講師。時の歌道宗匠が務めることが多い。

6室町将軍も公宴に参り摂関と等しく扱われた事を示す。


【94述懐歌の心得】

1私情を告白する歌、またその題。不遇老齢を歎くのが主調だが、正徹は広くとらえる。筆のまよひ「述懐といふ題には我が身の愚かなる心を常に詠むなり」。

2心敬は祝言連歌に否定的で「この道は無常・述懐を心詞の宗とし」（ささめごと）とする。

3拾遺愚草・一四九五、歌題「述懐」。「たらちねのおよばず遠き跡過ぎて道をきはむる和歌の浦人」。

七十一歳の時の作。↓補注39

95

[1]続歌詠む時、自然取り忘れたりなどして、題が残りて既に[2]短冊かさぬる時など見出だしつれば、当座の堪能《かんのう》[3]になげかくる事なり。なげかけられては、[4]やがて詠むなり。ここにては、ちとも案ぜぬ事なり。[5]了俊申されしは、頓阿が達者なりし事を二度まで見侍りし。

為秀卿座せられし会に、一首人の詠まぬ題が余りて、既に短冊かさねらるる時見出だしたれば、為秀は短冊かさねらるる役をせられければ、「[6]頓公に」とて投げかけられしかば、頓公ちとも案ぜず、短冊かさねらるる間に、やがて書き出だせり。その題は「梅散《リテ》客来《ル》」といふ題にて候なり。[7]人の詠まぬも道理なり。「さていかなる歌をか詠みつらん」と思ひて、披講の時、聞き侍りしに、

[8]とはるるもいとど思ひの外なれや[9]立枝の梅は散り過ぎ

【95頓阿の逸話】

1一定数の題を参加者が分担して詠み、継いで一巻とする歌会。題を書いた短冊を分かち取らせる探題の方式が多い。

2短冊が揃うと題順に重ねる。その役は歌道家の人が務める。

3達人のこと。

4そのまま。即座に。

5貞治三年（一三六四）頃の出来事か。頓阿は七十六歳、了俊三十九歳。↓補注40
6頓阿のこと。

7「梅の花に誘われて客が来る」のが通常の詠み方であるから。

8頓阿の家集には見えない。拾遺集・春・一五・兼盛「我が宿の梅のたちえや見えつらん思ひの外に君が来ませる」を一ひねりする。

9高く伸びた枝。

にけり
と詠み侍りしなり。
又或所の会に、[10]為秀・頓阿・慶運・静弁・兼好などその頃四天王といはれし名人どもあつまりし会に、[11]頓阿・慶運等は皆各六首とりたり。[12]為秀は、なほおほく取り給ひし。又末座初心の者は、一首二首取りしなり。さて頓阿我が六首の題をみわたして、「ちと所用侍り。[13]自由ながら帰りて参り候はん」とて、我が六首の題を小棚の下へ押し入れて置きて、罷《まか》り出でしかば、慶運我がとりたりし六首の題に皆取りかへて置きたり。はやその間に皆の出で来て書きて出だされば、「頓阿は何とておそきぞ」と申さるる所へ、頓阿来たり。さてさきに置きし題を取りて、墨おしすりて書かんとて見ければ、我が題にてなきなり。六首ながら見わたしたれば、悉く別の題なりけり。されどもさわぎたる

10注18によればこれも貞治年間の関白二条良基家の探題歌会での出来事と分かる。
11↓74段注10。但し、浄弁と兼好はこの時既に故人である。
12ここでは各人の力量名望に応じた数を取った。
13勝手ながら。
14おかしなことだ。
15ひどいことをなされたものだ。
16その場における年長者のこと。
17人がしたらせめて注意くらいはすべき立場なのに。

体もなくて、「やあ、[14]曲事《くせごと》かな。誰があそばしたる事ぞ」といひ、墨摺り筆を染めて、やがてさらさらと六首皆かきて出だせり。披講の後に、慶運、「かしこくぞ仕りたりける。か様の時こそ、堪能の程はあらはれ候へ」と申しければ、頓阿、「[15]うたていことをもし給ひつるものかな。[16]おとなにて[17]人のせんずるをだに仰せられ候べきものを」と申し侍りし。その六首の中に、「橋霜」といふ題にて、

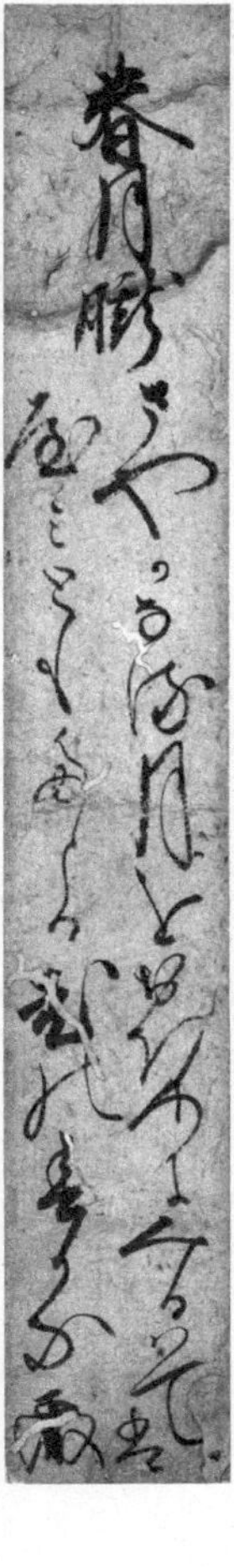

正徹自筆短冊（個人蔵）

春月朧　さやかなる月をおぼろにみるはては
やみともたどる老の春かな　正徹

山人[18]の道の往来《ゆきき》の跡もなし夜のまの霜の真間[19]のつぎはし

と詠みたり。

96 読師《とくし》[1]の向座《むかひざ》は、主位[2]とて亭主[3]など賞翫[4]の人の居る座なり。文台[5]の上は、主上の御座なり。読師の後が一下座[6]也。読師講師の脇には、その外の人々、ひしと[7]居まはるなり。

歌会図（補注46参照）

18続草庵集・二八六、初二句「今朝はまだ人の往来の」、詞書「関白殿（二条良基）に題をさぐりて歌よませられし時、橋霜」。良基は貞治二年（一三六三）関白に還補。

19下総国の歌枕。現千葉県市川市。「儘（まま）」を掛ける。

【96講師・読師の位置】

1歌会で懐紙短冊を講師に授け披講の時文字読みを指南する役。

2文台の向かい側か。→補注41

3会所の提供者、主催者。

4尊重される人。

5文台の上座。人丸や住吉明神などの本尊が掛けられる。御会では天皇をこれに准じた。

6最も下座である。

7ぎっしり取り囲むように座る。

97

戸[1]外ノ梅、晩[2]ノ鐘、句[3]題の百首。

98

山ノ早春、

来[1]る春に逢坂ながら白川の関の戸あくる山の雪かな

逢坂をおさへて[2]白川の関にてあけける[3]と思ひたるにてあるなり。ここがちと[4]あたらしくも侍るか。

99

祈ル恋に、

あらたまる[1]契りやあると宮造《みやづくり》[2]神をうつして御《み》祓《そぎ》せましを

【97歌題の覚書】

1 2ともに室町期に詠まれた題であるが談話の内容は不明。

3古詩の五言句を歌題とした百首。なお「戸外梅晩鐘」が句題になる訳ではない。

【98よくある題を新しく詠む】

1草根集・巻三・二三八〇。詞書「文安四年正月朔日試筆にて山立春」。

2押さえて。転じてさしおいて。

3夜が明けて春を迎えたとの意を掛ける。

4新しい趣向だと自賛。逢坂に「春に逢う」を掛けるのは常套。雪が深いので逢坂ではなく陸奥の白河の関にいるようだ、の意か。

【99人の詠まないことを詠む】

1恋歌一軸・三四。第二句「たのみやあると」。

2社殿の造替のために神体が仮殿に遷座すること。

[3]これも又ふるく人の詠まぬ事なり。

100
名所ノ春ノ曙、

[1]明けにけりあらましかばの春の花なぎさにかすむ[2]志賀
　の山もと

これも[3]「あらましかばの」といひたるが面白き体なり。曙の霞みわたれる志賀の山本に花が咲き乱れてあらば、いかに面白からましとなり。[4]「なぎさにかすむ」は、今は花が無きとそへたるなり。

101
暁の夢、

[1]暁のね覚は老の昔にて宵の間たのむ夢も絶えにき

暁のね覚せられし事は、老にも四、五十の昔の事なり。今は宵にもねられぬなり。

3疎遠になった仲が「改まる」期待から社殿を「改める」と詠んだ（それだけ熱心に祈ったことになる）のは奇想である。


【100あえて珍しい句を詠む】

1草根集・巻四・二八七四。

2近江国の歌枕。現滋賀県大津市。古都で花の名所。「明日よりは志賀の花園稀にだに誰かはとはむ春の古里」（新古今集・春下・一七四・良経）。

3あったらよかったのにと花の姿を空想する。

4「渚」に「無き」を掛ける。


【101「暁の夢」題の歌】

1草根集・巻六・五〇五九、歌題「夢」。第三句「昔まで」。老人は朝早く目が覚めるというが、それは四十五十の頃で、今は夜も更けぬうちに目が覚めるとの歎き。

102

幼かりし頃、七月に星に[1]手向くるとて、一首歌を詠みて、木の葉に書き付け侍りしが、歌の初めなり。去る程に、星の徳を思ひて、去年の秋まで七首よみて七葉に書きて、星に手向け侍りしなり。

また歌も詠みならはぬさきから、恥[2]の皮をおもはず、晴の会に出でて詠み習ひ侍りしなり。身が家は三[3]条東洞院にありしなり。その向ひに奉[4]行の治部《ぢぶ》といひたる者の所に、[5]月次《つきなみ》がありて冷泉の為尹、冷泉の[6]為邦《ためくに》、前探題了俊、その外近習の人、卅人余の人数ありしなり。[7]恩徳院《おんとくゐん》の律僧のありしが、歌が詠みたくば、向ひの治部が所へつれてゆき侍らんよし申されしほどに、[8]その頃かしらのさがりし頃にて、はづかしかりしかども、律僧につれられて、治部が宿へ行き侍りしかば、治部入道その時八十余の[9]大入道にて、白髪

【102 初めて歌を詠んだ日】

1 牽牛と織女に和歌を捧げた、七夕の梶の葉書きのこと。
2 厚顔にも。
3 現中京区曇華院前町附近。
4 室町幕府奉行人の治部禅蘊。治部氏は奉行人を務める家。以下は応永二年（一三九五）の出来事と見られる。正徹は十五歳。↓補注42
5 毎月式日を定めて催行する歌会。
6 為秀男。為尹の実父。正四位下右中将。？～一四〇二頃。
7 遍照心院（大通寺）の子院で八条東洞院附近に所在。真言と律を兼修。正徹と関係深い寺で晩年までその歌会に招かれた。
8 前髪姿の稚児であった。
9 永禄本・松B本等「古入道」。

ぶきなるが、出で逢ひて申し侍りしは、「児の歌あそばさるることは、今の時分更に無き事なり。禅蘊《ぜんうん》がわかざかりの時などにてこそ、さ様の事は承りしか。やさしき御事なり。これに毎月廿五日に月次侍り。御出で候ひてあそばし候へ。今月の題はこれこれにて候」といひて、我と書きて[10]くれ侍り。深夜ノ閑月・□[11]□□雁・別レテ無キレ書《ふみ》恋、三首四文字の題にてありしなり。それは八月始めつかたの事なり。

さて[12]廿五日に会に罷り出でしかば、一方の座上には、冷泉の為尹・為邦、いま一方の座上には前探題、その次々に近習の人達、禅蘊が一族共卅余人、歴々としてなみゐたる所へ、遅れ出でしかば、横座《よこざ》[13]へ請ぜらるる程に、計会《けいくわい》[14]にてありしかども、座敷へ着き侍りし。探題[15]は、その時八十余の入道にて、墨[16]のもなし衣に、ひんがうだい[17]の房のながきをして居給ひしなり。深夜ノ閑月は、

10 自ら歌題を書いてくれた。
11 題は四字の結題と決まっていたが、二首目は雁の題としか思い出せなかったのであろう。寛政本のみ「暮山遠雁」とする。
12 八月二十五日の月次歌会。
13 敷物を横に設けた正面の上座。
14 予期せぬ事態に直面し当惑すること。
15 この時了俊はまだ七十歳。
16 墨色の、裳の無い衣。
17 平江帯。中国の平江府から産する両端に房のある飾り帯。
18 現存する最も古い正徹の和歌。
19 上句を忘却した。
20 積極的に出席し続けて。
21 永禄本・松B本等「十四五歳」。
22 興福寺一乗院門跡か。
23 応永三年九月の延暦寺講堂供養。足利義満が臨席し空前の盛儀であった。
24 高貴の僧に仕える児で、晴の儀では美しく粧って随従の役を務めた者。
25 正徹の父は応永七年四月没（草

[18]いたづらに更け行く空のかげなれやひとりながむる秋の夜の月

雁の歌は「山の端に一つらみゆる初雁のこゑ」とありしやらん、[19]上を忘れ侍り。恋も覚えず候なり。それから[20]ひた出でに出でもてきて、歌を詠みならひしなり。その頃[21]十四歳にてありしなり。

その後[22]奈良の門跡へ奉公し侍りし頃ほひ、[23]山の講堂供養に[24]上童《うへわらは》にて供奉《ぐぶ》しなどして、奉公にひまもなかりしほどに、しばらく歌を詠まざりき。その後[25]親におくれ侍りしから、又さし出でて歌をよみ侍りしなり。治部が所の会よりこなたの詠草が卅六帖ありしなり。二万首余あるべきなり。それをみな[26]今熊野にて焼き侍りしなり。その後、今までの詠草が[27]一万首にちとたらぬ物なり。

根集・巻二）。
26→9段注2。草根集・巻二・一七三四詞書に「愚老廿歳の年よりよみおきし歌二万六七千首、三十余帖にかきおきしも、一つものこらず」とある。
27現存の草根集には一万一千余首を収載。

103

歌よまぬとき[1]抄物《せうもつ》どもを見わたして、[2]晴の歌よまんとて、抄物どもを[3]さはと取り置きて、何も無くして案じたるがよきなり。歌詠む時、古抄物をみて、ちとづつ書き付け置きて詠みたるは、何としても同類もあり、よき歌もなきなり。さやうに詠みつけぬれば、くせになりて、晴の歌のよまれぬなり。[4]昔は女房などは、或は臥してよみ、或は燈をかすかにかかげて、心ぼそくして案じたる人もあり。西行は[5]一期行脚にて歌を詠みしかば、[6]縁行道《えんぎやうだう》して案じ、或は北向の戸ほそめに開けて、月の影をみて案じ、定家は南向を取りはらひて、真中にゐて、南を遥かに見はらして、衣文正しく着て案じ給ひき。これが内裏仙洞などの晴の御会にて詠む様にちがはずしてよきなり。[7]俊成はいつもすすけたる浄衣の上ばかりうち懸けて、桐火《きりひ》桶《をけ》にうちかかりて案じ給ひ

【103晴の歌を詠む姿勢】

1歌学書の類。了俊弁要抄「和歌の抄物の事、家々に様々あり。皆詞等の事を注したる也」。
2次に挙げる両様は無名抄の伝える俊成卿女と宮内卿の詠歌姿勢に基づく。→補注43
3さっと片付けて。
4以下愚秘抄による。→補注44
5生涯あちこち修行に廻る身で。
6法会で経文を唱えつつ堂の廊を行道すること。堂々巡り。
7以下桐火桶による。→補注45
8毎月抄「歌をば構へて正しく居て詠みならふべく候。或は立ちながら案じ、うつぶして又詠みなど身を自由にして詠みつけぬれば晴の時法式違ひたるやうに覚えてすべて詠まれぬ事にて候」とある。

けるなり。[8]かりそめにも自由にふしたりなどして、案じたることはなかりき。我々も自然寝覚などに詠みたる歌を、おきてみれば、必ずよくもなかりしなり。

104　懐紙[1]を文台におく事、昔は様々にむつかしき事にて、[2]「文台より下に置くべし。文台の上には置くべからず」とも、又[3]「文台より右は、上座より左なれば、ことのほか賞翫の事なれば、我がむかひたる文台の左のはしに置くべし」ともあり。かやうにむつかしければ、近来はただ臨期《[4]りんご》まで懐中して、[5]内読師とて懐紙かさぬる人のかたへ出だすなり。

【104懐紙を置く作法】

1懐紙を持ち文台の前まで膝行する。厳格な作法があったが、了俊は「懐紙を文台に置く次第は下﨟次第にも置く也。その座の体に可キレ随フ也」（言塵集・巻七）とさほど拘らず、正徹も同調する。

2文台の下座に置く。永正日記に「懐紙を文台に置き候時、上衆を奉リレ憚リ候て、文台の上には不レ置カ候て、左か右のそばに置く事に候」とある。

3左右を取り違えたか。↓補注46

4懐紙を重ねる段になるまで。

5下読師とも。読師の助手役。

105 和哥[1]の「哥」の字をも、中頃二条家には「歌」の字を書き、冷泉家には「謌」を書くと申し侍りしも、別して[2]さやうに必ず書くべきことにあらず。ただおのづから、御子左[3]の家に大略「歌」の字をかく、冷泉には「謌」字を書かれしを、かやうに申したるなり。にんべんの「倭」の字は「和」と同じ事なり。さりながら何れも目に立つ[4]はわろし。ただ人にかはらずしたるがよきなり。

106 先達[1]も「古今をばかた手に放たず持つべき事なり。歌をも空に覚ゆべきなり」と仰せおかれたるなり。

107 [1]道風《たうふう》・佐理《さり》・行成《かうぜい》をば[2]皮肉骨《ひにくこつ》にあてたる、道風は骨髄にとほりたる体を書き、佐理は肉の体を書き、行成は皮の分

【105「歌」と「謌」】

1「歌」の文字遣は懐紙を書く際に問題となる。了俊口伝に「哥といふ字も御子左方は皆歌、この字を書く也。冷泉家にはただ謌、この字を用ゐる、中納言為秀卿の仰せられし。両方片向きの僻事也。時々はいづれをも通はし用ゐるべき也」とある。

2特にそう決まっている訳ではない。了俊と同じく瑣末な故実を家説として重んずることに否定的。

3了俊・正徹は二条家の意で使う。

4わざわざ珍しい文字を使って目立つのは。


【106古今集は暗記せよ】

1古今集を常に携帯し、和歌は暗記すべしとの教え。当時専門歌人でもそのような人は珍しかったらしい。 →補注47

【107能書とその特徴】

1平安中期の能書、所謂三蹟。

2藝道の本質を説くのに用いられ

を書けるとかや。[3]三人大略同時の者なり。道風が末つかたに佐理出で来、佐理の末つかたに行成は出で来しなり。[4]伏見院は、道風・佐理が筆体を写し給へり。[5]仮名は一向にみづからあそばし出だされたり。道風・行成などの仮名が、世間にいまも少々侍るは、[6]ちくちくとしてねずみの足形のやうにありしなり。[7]ひきつづけてうつくしく、ふくふくとしたる仮名は、伏見院のあそばし出だされたるなり。[8]これより後は天下一向に御所むきをまなびけるなり。[9]後伏見院・[10]萩原《はぎはら》法皇など、皆伏見の院のむきをあそばしけるなり。[11]六条内府《だいふ》有房《ありふさ》卿の筆跡、ことに伏見院の宸筆にちともたがひ侍らず。世間におほく見しらずして、伏見院とて秘蔵するなり。仮名が殊更よく似たるなり。[12]久我の先祖にて侍る云々。[13]禅林寺《ぜんりんじ》の中納言と初めはいひしなり。[14]清水谷《しみづだに》なども、この下より出でたる家なり。

た三体の概念。愚秘抄による。↓補注48
3生没年はそれぞれ道風八九四～九六六、佐理九四四～九八、行成九七二～一〇二七。

4↓6段注1。

5仮名の書風は自ら創出された。

6小刻みに動くような印象。

7連綿が美しくふっくらとした。

8尊円親王の入木抄に「伏見院御書近来天下盛に奉ㇾ賞ㇾ翫之、就中仮名は一向その様なり」とある。

9第九三代天皇。伏見院皇子。一二八八～一三三六。

10花園天皇。第九五代天皇。伏見院皇子。晩年萩原殿を御所とした。一二九七～一三四八。

11源通有男。従一位内大臣。大覚寺統の重臣で和漢の学に通じた。一二五一～一三一九。

12有房は久我家の傍流の出身（通光の庶子通有の子）。

13現在の南禅寺。もと亀山院の御所で有房も近くに住んだ。

14一条とも号した。西園寺家の庶

道風・佐理も、漢朝の風を伝へて書きたり。伏見院の宸筆、和漢に通じたるものなり。[15]子昂《すがう》・[16]即之《そくし》などが書きたる物に引き合はせて見侍るに、筆づかひさらにかはらぬ物なり。仮令、[17]床押板《とこおしいた》に[18]和尚の[19]三鋪一対、[20]古銅《ことう》の三具足置きて、[21]みがきつけの屏風など立てたる座敷の体の様に、和漢の兼ねたるは、伏見院の宸筆なり。[22]青蓮院《しやうれんゐん》御筆は、みす・すだれかけわたして、みがきつけの屏風障子に、何も日本の物ばかり置きたる体なり。[23]後光厳院《ごくわうごんゐん》の御消息は、誠にまぎるる物なくこまかにうつくしけれども、伏見院の消息にならべてみれば、[24]からびてけだかき所及ぶべき物にもあらず。仮令、後光厳院はうつくしき女房を几帳《きちやう》のかげに置きたる様なり。伏見院はよき男の装束を着て、[25]南《な》殿《でん》へすすみ出でたるやうなり。几帳のかげの女房は、内にてみるに、うつくしくやさしき物なり。されども晴に出でん事は、猶男の

流。但し有房と血縁・師弟関係は無い。→補注49

15 趙孟頫。字は子昂。宋末元初の文人で書画に秀でた。一二五四〜一三二二。

16 張即之。南宋の書家。日本の禅林でも尊重された。一一八六〜一二六六。

17 調度を並べ軸を掛ける為に畳の上に取り付けた板。現在の床の間に当たる。君台観左右帳記「押板に三幅一対五幅一対懸かる時は必ず三具足を置くべし」。

18 南宋の画僧牧谿か（叢刊）。室町期最も人気のあった画家。

19 三幅で一対の掛物絵。

20 青銅製の香炉・花瓶・燭台。

21 金箔銀箔を張り付けた装飾。

22 入道尊円親王。伏見院皇子。天台座主。能書として知られた。一二九八〜一三五六。

23 北朝第四代天皇。光厳院皇子。尊円親王に書を学ぶ。一三三八〜七四。正徹は後光厳院の宸翰手本を秘蔵していた（実隆公記大永

束帯たるは、けだかくじんじゃう[26]なる様に、伏見院はあるなり。

108 歌は「[1]寛平《くわんぴやう》以往の歌に心をかけよ」と定家も書き侍れば、[2]古今よりもなほさきの歌に心をかけよとなり。[3]歌は「古風を心にそめよ」といへばとて、[4]後拾遺の頃ほひの体は、歌ざまことのほかわろし。ほこりうち立てたるものどもにて、[5]唐物《からもの》といへども、口ゆがみ、はたのかけたる[6]古銅のをかしき様なり。

八・二・十一）。

24枯淡で高貴な趣き。

25内裏の紫宸殿。朝儀の場である。

26堂々として立派なこと。


【108寛平以往の歌に心をかけよ】

1近代秀歌「詞は古きを慕ひ、心は新しきを求め、及ばぬ高き姿をねがひて、寛平以往の歌にならはば、自らよろしき事もなどか侍らざらん」。「寛平」は宇多・醍醐天皇の年号（八八九〜九八）。

2古今集成立時より前、つまり六歌仙の和歌を理想とした。

3詠歌大概「染メ二心ヲ於古風一ニ」。

4四番目の勅撰集。応徳三年（一〇八六）藤原通俊撰。歌風は後世批判された。無名抄「後拾遺の時、今少しやはらぎて昔の風を忘れたり」。以下その比喩。

5中国渡来の贅沢品の総称。

6→107段注20。

109

初雁に、

払[1]ふらんそがひにわたる初雁の涙つらなる嶺の松かぜ

「そがひ」は、おひすがひ[2]なり。おひすがひて飛ぶを、「そがひに渡る」といふなり。「[3]かのみゆる池辺にたてるそが菊の」と云へるそが菊をば、俊頼《としより》[4]等の流には、承和菊の菊なり。黄菊[5]をそが菊といふなり云々。又一義[6]には、九日にあはざる十日の菊をそか菊といふ。卅日をば「みそか」と云へば、十日は「そか」にてあるなり。俊成[7]の家には、池のはたに、ちとかたむきてさきたるを、そが菊といふなり。「そがひにたてる峯の松」[8]といふも、おひすがひたるなり。

「梅が香を幾里人か」[9]「数おほきおくてのうゑめ」[10]などの歌は、をかしき歌なり。これらは、百首のやり[11]歌なり。

【109名歌は理屈の外にある】

1出典未詳。「つらなる」は上下にかかる。

2後より追って続く。

3拾遺集・雑秋・一一二〇・よみ人しらず。下句「しげみさ枝の色のてこらさ」。「そが菊」は大輪の黄菊とされるが異説も多い。

4源俊頼の俊頼髄脳に承和の帝(仁明天皇)が一本菊を愛しこれを承和(そわ)菊と呼んだとある。

5清輔の奥義抄に承和帝が黄色を好み黄菊を愛したためとある。

6了俊から聞いた説か。↓補注50

7俊成が「そが菊」に「そがひ」を結びつけた。↓補注51

8 9出典未詳。正徹歌の一部か。

10草根集・巻四・三四四九「数おほきおくてのうへめよそに見てひとり早苗の田草とるなり」。

11地歌と同。百首などで秀歌を引き立てる地味な和歌。↓補注52

12注1の正徹の歌。

13草根集・巻五・三六五四「ながれての世を宇治山の月やしる川の

[12]「はらふらんそがひに渡る」[13]「ながれての世をうぢ山」の歌ぞ本意の歌にて侍る。歌は[14]うちながむるに、なにとなく詞つづきも歌めき、[15]吟のくだりて、理をつめず、幽《かす》かにもやさしくもあるがよき歌なり。又[16]至極のよき歌は、理の外なる事なり。いかんともせられぬ所なり。詞に説き聞かすべき事にあらず。ただ自然と納得すべきなり。

110　[1]「はたれ」は、草木の葉のちとかたぶく程ふりたる雪なり。[2]或はまだらなる雪なり。いづれにてもあれ、うす雪の事なり。

111　朝《ノ》霜、
[1]草の原誰に問ふともこの頃や朝霜置きて枯るとこたへん

遠なる秋の里人」。
14少し吟詠するだけで。↓補注53
15滑らかに下方へ進むの意か。
16たとえ難解でも、句の連接によるイメージが豊かで象徴的な歌風を理想とする考え。

【110「はたれ」とは】
1「Fatare 草や木の葉が雪の重みで傾き垂れていること」（日葡）。
2「はだれとはまだらなり、むらむら也、はだれ霜はだれ雪と詠めり」（了俊日記）。

【111「草の原」を詠んだ歌】
1草根集・巻五・四一七二。「草の原」は墓場の暗喩で源氏・狭衣で定着、新古今時代に流行した歌語。

「草の原誰に問ふ」とは、本歌を取りたるなり。[2]狭衣《さごろも》に、

[3]たづぬべき草の原さへ霜がれて誰に問はまし道芝の露

とあり。源氏には[4]「草の原をば問はじとや思ふ」と詠めり。

その後又、

[5]霜がれはそことも見えず草の原たれに問はまし秋の名残を

と詠めり。

かやうに皆「草の原」には「問ふ」といふ事をよみたり。[6]これらは皆「問はまし」といへるを、今は「誰に問ふとも」と引き替へたるなり。

112

寄《スル》レ雲《ニ》恋、

[1]思ひわび[2]消えてたなびく雲ならばあはれやかけん行末の空

2四巻。一一世紀末六条齋院宣旨作の物語。源氏と並称された。

3狭衣物語・巻二・狭衣大将。失踪した飛鳥井姫君の墓だけでも訪ねたいとする。

4源氏物語・花宴巻、朧月夜が光源氏に贈った歌。上句「うき身世にやがて消えなば尋ねても」。

5新古今集・冬・六一七・俊成卿女。第二句「そこともみえぬ」。

6途方に暮れる点では同じだが、「問ふとも」はより絶望感が深い(集成)。


【112「雲に寄する恋」題の歌】

1出典未詳。

2恋死にした後の火葬の煙を暗示。

「消えてたなびく」は、一度は死んでみたき事なり。「死にたりと聞けば、哀やかけん」といふ心なり。

113 [1]「染めばぞうすき色を恨みん」とは、逢はざる心なり。あひてこそうすき色をも恨みめとなり。

114 浦ノ松、

[1]おきつ風いさごをあぐる浜の石にそなれてふるき松のこゑかな

の歌を詠み侍りし時、家隆卿の、

[2]浜松の梢の風に年ふりて月にさびたる鶴《たづ》の一こゑ

の歌の面影が心にうかび侍りしなり。[3]この歌の体をいはば、巌に苔むして、星霜何千年とも見えぬ体をみる心地し侍る。[4]仙郷をみる心地する歌なり。[5]ふとうたくましき歌の体なり。


【113「染めばぞうすき色を恨みん」】

1恋歌一軸・一〇一「寄衣恋」。上句「人心一はな衣ひとたびも」。


【114大いにふとき歌】

1出典未詳。「磯馴れ」は潮風のため木が傾いて伸びるさま。

2壬二集・一八五。家隆卿百番自歌合・八四番右・一六八にも。

3蒼古な風体であるとして具体的な比喩を出して説明。

4仙人の住む里。

5壮大雄渾な風。三体和歌（131段参照）で「春・夏、この二つはふとくおほきによむべし」とある。長高体と同じか。

但し幽玄体にはさらになき歌なり。

115 松原[1]といふ事をば、宵ほどにては詠みたがらぬ詞なり。

116 廬橘《ろきつ》[1]通《かよフ》レ砌《みぎりニ》、「玉の砌」などよまむは、もとよりの事なり。[2]ただ軒・床・庭など詠まば、砌はあるなり。

117 常光院《じやうくわうゐん》[1]・典厩《てんきう》[2]・智蘊《ちうん》[3]入道など会合の次に、「むかしの歌仙の中に、誰が歌か詠みたき」と沙汰ありしかば、面々に書きて出だしける。常光院は、[4]ひおほぢの頓阿歌に、

[5]ふくる夜の川音ながら山城の美豆野の里にすめる月かげ

の歌を書きて出だせり。智蘊入道は、

[6]あやしくぞかへさは月の曇りにし昔語りに夜や更けぬ

【115「松原」という詞】

1恋歌における心得。「待つ」を掛けるので、夜が更けた時刻がふさわしい。


【116結題の中の「砌」字】

1「廬」は家、「砌」は軒下の敷石。

2「砌」は詠まなくてよい。同題の作例に「人住まずあれたる宿の橘はにほひも袖やたづねわぶらむ」(草根集・巻四・三四五一)がある。


【117理想とする歌人】

1尭孝。尭尋男。法印権大僧都。頓阿の庵室常光院を継承。新続古今集の開闔も務めた二条派の中心人物。一三九一～一四五五。

2典厩は馬寮の唐名。細川持賢。満元男。右馬頭。兄持之・甥勝元をよく輔佐した。一四〇三～六八。

3蜷川親当。幕府政所代。連歌師。歌道は正徹に師事。？～一四四八。

4曾祖父。正徹は尭孝の頓阿崇拝を内心冷笑していた。「頓阿時分に心をかけむ事あまりに侍るべ

らむ

の歌を書きて出だせり。典厩は下野《しもつけ》[7]が、

[8]忘られぬ昔は遠くなりはてて今年も冬は時雨来にけり

の歌を出だし侍る。「これほどの歌なし」と云々。この歌を詠ずるたびに落涙せらるるよし語り侍りき。

118

或所の七夕[1]の会に、頓阿と子息の経賢《きやうけん》[2]法印出で侍りし。経賢、七夕鳥といふ題を取りて[3]歌をよみて、頓阿にみせければ、「思ひもよらぬ事」とて、なげ返し侍り。経賢、又詠みなほしてみせしに、又なげ返しぬ。又詠みてみせ侍りしにも、「これも叶ふべからず」とて返しき。その時経賢、

し」（東野州聞書）。

5草庵集・五四三、歌題「里月」

6新古今集・雑上・一五五〇・行遍。第五句「よやふけにけむ」。懐旧の涙の為月が曇って見える。落書露顕では西行の歌とし「是や歌の手本とも申すべき」とする。

7後鳥羽院女房。祝部允仲女。源家長室。？〜一二六〇頃。

8遠島歌合・四十五番右・九〇。下句「今年も冬ぞ時雨きにける」。後鳥羽院の判詞に「右歌、今年も冬ぞ時雨きにけるといへるも、をかしくきこゆ」とある。


【118「七夕」題で詠む鳥】

1この日は多く「七夕〇〇」という歌題が出される。以下は了俊からの聞書か。

2権大僧都。常光院を継承。尭孝の祖父に当たる。生没年未詳。

3探題の短冊会。→8段注4。

「何とか仕り候べき」と申しければ、頓阿、「七夕には[4]さだまりて詠む鳥侍る物を」と申し侍り。さて経賢詠みて見せしに、「これは無《シ》二子細一」と申し侍り。披講の時、見侍りしかば、[5]鵲《かささぎ》にてぞ侍りし。以前は別の鳥を詠み侍りしが、[6]か様に二条家には、少しも異風なることを嫌ふなり。七夕鳥ならば幾度もかささぎを詠むべし。星・鵲ながら、いかにも風情を珍しく取りなさむと心ざすべきなり。これが先づはよき体にてもあるなり。但し七夕鳥とあらん題を、五、六首も詠まん時は、雁をもなに鳥をも詠むべきなり。

119

[1]兼日の会を、当日になりて懐紙の歌をもてあつかふことあるまじき事なり。その為に兼日に題を出だす上は、前の[2]日に読み合はすべき人に添削をもこひ、[3]異見をもうけて書きしたため置きて、当日にはただ懐中して出仕するばかり

4言塵集・巻四に「頓阿法師云ふ、七夕鳥と云ふ題にて、鵲の外不レ可レ詠《カラ》《ズ》と申しき。比興の事也」とある。↓補注54

5牽牛・織女の二星が逢う時、天の川に翼を並べて橋を架けるとされる鳥。208段参照。

6頓阿の逸話から、伝統的な表現と着想を墨守し異風を認めない二条派を批判する。

【119懐紙と短冊の違い】

1前もって歌題が通知される歌会。兼題と同。懐紙は正式の料紙で前もって清書して提出するのに対し、短冊は略式で当座の会で用いられるのが原則。

2無名抄「晴の歌は必ず人に見せあはすべき也」

にすべき事なり。懐紙をばすりなほし[4]などせぬ事なり。これもかねて用意する物なる故なり。短冊は当座の事なれば、いかにもすりなほしたるが規模[5]のことなり。

120 懐紙[1]をかさぬるが第一の大事なり。人の位次《いし》[2]にしたがひ、家によりてかさぬる物なれば、むづかしきなり。公家の会は、中々官と位次あれば、それにしたがひてかさね様も安し。公家武家[3]会合の時のかさねやうが、むつかしきなり。勝定院[4]の御時、飛鳥井殿[5]、官は中納言、位次は正二位にて侍りしを、岩栖院《がんせいゐん》[6]の、管領《くわんれい》[7]にて侍りし上にかさね侍りしかば、既に天下の奉行たる上は、飛鳥井殿よりも上にかさねべきよし仰せられしかども、管領は参議に准ぜ[8]らるる間、黄門[9]より上にはかさぬべからざるよし申して、つひに承引なかりけるなり。

3 意見。
4 紙面を擦って文字を直すこと。
5 規範、転じて名誉、理想。

【120 懐紙を重ねる作法】
1 文台に各自懐紙を置いた後、読師が披講する順に重ね直す。その順は参加者の社会的地位を反映するので重大事であった。
2 位階あるいは家格により。
3 公武が一体となった室町期社会の状況を反映する。
4 足利義持。→88段注3。
5 雅縁。雅家男。従二位権中納言。義持父義満の寵臣で歌道師範。一三五八～一四二八。
6 細川満元。頼元男。応永一九～二八年（一四一二～二一）管領。和歌を好み正徹を庇護した。一三七八～一四二六。
7 将軍を輔けて幕政を統括する職。
8 同じものとする。→補注55
9 中納言の唐名。雅縁のこと。

121

当座の会に短尺《たんざく》を、若輩にては、書くことをば遅く書き、出だすことをば一番にすることなり。老若座列して、硯[1]一、二面にて尊宿《そんしゅく》[2]が先づ書きて、次へおしやりおしやりする間、末座の輩は一後[3]に書くなり。されども短冊を題者[4]の方へ出す事は、一はやく出だすなり。いかに歌ははやく出で来たりとも、宿老[5]の書かぬさきには、若輩は書かぬ事なり。これが心うべき事なり。尊宿は久しく思案あるもくるしからず。末座若輩にては、久しく案じ遅く出だす事、もってのほか尾籠《びろう》[6]の事なり。読み合はする事も、今のやうに面々に折紙[7]を持ちて見せ侍りしことは、昔なかりし事なり。隣座[8]などの知音どちは、たがひに「ここはかやうには言はれぬから」など、異見をとぶらひけるなり。この頃の様にあなたこなた立ちさわげば、当座も物忩《ぶっさう》[9]に見ぐるしきなり。

【121短冊を出す心得】

1最初に硯に筆をつけ。耕雲口伝「三首より硯をめぐらすほどに」。
2一座で尊重される年長者。
3最後に。「一」は俗語的用法か。
4その日の題を出す人。専門歌人であることが多い。
5注2に同じ。
6無礼なこと。
7歌稿を記したメモ。
8隣に座した友人同士が見せ合って意見を聞くことはあった。
9慌ただしく落ち着かない。

122

宇治[1]の行幸ありしに、清輔[2]供奉《ぐぶ》申されたりけるに、歌の御会のありしに、人々の歌は悉皆《しっかい》出で来たれども、清輔一人久しく案じて遅く出だされけり。清輔[3]なれば、人もゆるし、中々遅かりしもくるしからざりき。その歌は、

　年[4]へぬる宇治の橋守事とはむ幾世になりぬ水のみなかみ

　この歌が「宇治の橋守」より末は皆出で来て、五文字[5]がいかに案ぜられけれども、なかりし程に、久しく案ぜられけるなり。あまり久しかりし間、力無くて、「年へぬる」の五文字を注[6]にちひさく書きていだされけるなり。これはげに不足なる五文字にて侍るなり。

【122清輔の逸話】

1行幸ではなく嘉応元年（一一六九）十一月二十六日、関白藤原基房が宇治で催した歌会での出来事。↓補注56

2藤原顕輔男。正四位下皇太后宮大進。六条藤家を代表する歌人。一一〇八～七七。

3前段の「尊宿は久しく思案あるもくるしからず」を受ける。耕雲口伝にもこの逸話を紹介し「清輔朝臣…遅く出で来にけるも、なかなか殊勝なりしか」とある。

4新古今集・賀・七四三、詞書「嘉応元年、入道前関白太政大臣、宇治にて、河水久澄といふ事を人人よませ侍りける」。

5初句の五文字がどうしても出て来なかった。

6注のように傍書して。↓補注57

123 [1]無《む》心所着《しんしよぢやく》の歌は、一句々々別々の事をいひたるなり。万葉集に、

[2]我が恋は障子の引手《ひきて》峯の松火打袋の鶯のこゑ

[3]我がせこがたうさぎのをのつぶれ石[4]ことゐの牛のくらの上のかさ

[5]法師等がひげのそりくひむまつなぐいたくな引きそ仰ながらも

124 [1]宗尊《むねたか》親王は、四季の歌にもややもすれば述懐を詠み給ひしを、難に申しけるなり。[2]物哀《ものあはれ》の体は歌人の[3]必定《ひつぢやう》する所なり。この体は好みてよまば、さこそはあらんずれども、生得の口つきにてあるなり。物哀体をよまんとて、[4]「あはれなるかな」などいひて、哀れがらせうと詠まば、更に物哀

【123無心所着の歌】

1万葉集に見える、宴会で唱われたナンセンスな歌。中世は難解な和歌連歌を非難して呼んだ。

2出典未詳。江戸初期の古今夷曲集に見える（大系）。

3万葉集・巻十六・無心所著歌二首の「吾妹子が額に生ふる双六のことひの牛の鞍の上の瘡」（三八三八）と「わが背子が犢鼻にするつぶれ石の吉野の山に氷魚ぞ下れる」（三八三九）を混淆し引用。

4特牛。強健な牡牛。

5万葉集・巻十六・三八四六・戯嗤僧歌「法師らが鬚の剃杭馬繋ぎいたくな引きそ僧は泣かむ」。

【124物哀体】

1後嵯峨院皇子。鎌倉幕府第六代将軍。和歌を熱愛し政治的不遇を歎く作が多い。一二四二〜七四。

2→82段注3。

3必ず。

4八雲御抄・巻六に「あはれなりといひてその末につやつやあはれ

れなる体にあらず。何となく体が物哀れなる歌は、物哀体にてあるなり。俊成の歌ぞ物哀体にて侍る。「[5]しめ置きていまはと思ふ」といふ、「[6]小篠原かぜ待つ露の」などいへる歌は、何となく[7]物哀れなるなり。

125　[1]堀川院の作者は、[2]たとひ近来の勅撰に入りたりとも、本歌にてあるべきなり。堀川院作者の歌の勅撰に入らぬは、[3]証歌とはなるなり。本歌にてはあるまじきなり。

126　「[1]まし水」は、ただ清水なり。まことの清水といふ心なり。

なることもなき歌おほし」とある。

5新古今集・雑上・一五六〇・俊成「しめおきて今やと思ふ秋山のよもぎがもとにまつ虫のなく」。

6新古今集・雑下・一八二二・俊成「をざさ原風まつ露の消えやらずこのひとふしを思ひおくかな」。

7俊成の二首は愚見抄で物哀体の例歌として見える。

【125堀河百首作者の歌と本歌取り】
1長治二年（一一〇五）頃進覧の堀河百首の作者の和歌。俊頼・基俊・匡房ら一六名が出詠。
2本歌に取る古歌の下限をどの勅撰集に置くかという議論に関わる。↓補注58
3表現の先例・典拠とされる古歌。

【126「まし水」とは】

1「増水」と誤解されるからか。作例に「涼しさはまし水あさみさざれ石もながるる月の有明の声」（草根集・巻四・三三三九）など。

127 法楽《ほふらく》[1]に百首を詠み侍りし時、なにの法楽にて侍るやらん、神[2]によりて題を書くべしと云々。その謂れは、百首にも先例不吉の百首などありて、わろく出だしぬれば、人の難ずる事なり。先例不吉[3]は百首終らずして、主上崩御なりしなり。

128 拾訓抄《じっきんせう》[1]は、為長《ためなが》[2]卿の作かと覚ゆるなり。歌仙・有職《いうそく》・能書にてありしなり。官の庁[3]にて侍りしかば、文[4]をもって先とせしなり。面白き事どもを書きたる物なり。我も持ち侍りしを、今熊野[5]にて焼き侍りしなり。

129 枕草子は、なにのさきら[1]もなく書きたる物なり。三札[2]あるなり。つれづれ草[3]は、枕草子をつぎて書きたる物なり。

【127法楽百首の題の心得】 1神仏を悦ばせるため和歌連歌を捧げたり藝能を演ずること。2題には禁忌を憚るよう配慮せよとの意か。↓補注59 3具体的な事例は未詳。

【128十訓抄とその作者】 1十訓抄。説話集。三巻十編。建長四年（一二五二）成立。2菅原長守男。正二位参議。儒者で文壇の領袖。但し十訓抄成立の六年前に没。一一五八～一二四六。3太政官庁のこと。但し鎌倉期には廃絶。官名と誤解か。4学藝。十訓抄に文人詩人の話が目立つことを踏まえるか。5↓9段注2。

【129枕草子と徒然草】 1弁舌・才気、転じて主張・方針の意か。2三冊に同じ。正徹の見た枕草子は三巻本系統であったか（大系）。3枕草子を継承すると見たのは文

130

「とはばとへかし」[1]といひたるは、にくいけしたる詞なり。[2]人のかたへ文出だして「とはばとへかし」といひたるはにくし。ただひとりゐて、「とはばとへかし」といひたらんは、哀なりと書きたり。[3]

131

三体[1]の歌にも、慈鎮和尚《じちんくわしやう》[2]の「ねぬにめざむる」[3]の歌ぞ、誠に玄妙[4]なる物にて侍る。まづ「ねぬにめざむる」といふは、仮令、宵の間ねもせでゐたるに、時鳥《ほととぎす》の鳴くを聞きて「はや」と言ひておどろくべければ、これはげにも寝入らねどもおどろきたるが、めざむるにてあるなり。これを心えぬ人は、「ねいらではなにとめざむべきぞ」といはんは道理なれども、そのたぐひはいふに及ばず。これは玄妙[5]なれども、上手はなほしも思ひよることも侍るべきか。この

学史的慧眼とされる（大系）。


【130「とはばとへかし」という詞】

1式子内親王の「生きてよも明日まで人もつらからじこの夕暮をとはばとへかし」。→41段注4。

2→36段注3。

3この段は42段の一部を再録したものか。


【131上下の句が離れた秀歌】

1建仁二年（一二〇二）に後鳥羽院が召した六首歌。春夏を「太く大きに」、秋冬を「細くからび」、恋旅を「艶に優しく」の三体に詠み分けることを命じた（無名抄）。

2慈円。藤原忠通男。天台座主。諡号は慈鎮。一一五五〜一二二五。

3三体和歌・夏・一四・慈円「真菰かる美豆の御牧の夕まぐれねぬにめざむる郭公かな」。

4卓越して比較を絶するさま。「幽玄」と同義に用いるか。

5「ねぬにめざむる」という秀句は素晴らしいが名人ならば思いつ

詞を得ても、上句には「[6]夕されの雲のはたてを眺めて」と
も「宵のまに月をみて」とも詠むべきなり。しかるを「ま
こもかる[7]美豆の御牧《みまき》の夕まぐれ」とあるぞ、更に凡慮も及
ばず、理の外なる玄妙、更に何ともせられぬ所にて侍る。
[8]か様にかけはなれたる所を取り合はする事、自在の位と乗
りゐてのしわざなり。

132

春の歌に、

[1]吉野川花の音してながるめり霞のうちの風もとどろに

「花の音して」といへるが[2]大きなるなり。又秋の歌に、

[3]秋ふかき淡路の嶋の有明にかたぶく月を送る浦かぜ

[4]匠作《しやうさく》の家にて、夏樹鳥に、

[5]時鳥また一声になりにけりおのが五月の杉の木がくれ

「時鳥また一声になりにけり」といひたるが[6]少し大きなる

くこともあるかも知れない。

6仮に想定した上句。「夕され」は夕方、「雲のはたて」は雲の端、天空の彼方の意。

7→35段注3。

8慈円歌を上下句の意の離れた疎句体の歌として評価。→補注60

【132大きなる歌】

1三体和歌・春・二三・慈円。

2三体和歌で春夏の「太く大きに」との指定を受ける。

3三体和歌・秋・一五・慈円。

4「匠作」は修理職の唐名。畠山義忠。修理大夫。能登の守護。正徹のパトロンの一人。一三九〇〜一四六一。

5草根集・巻四・三三五二。「杉」に「過ぎ」を掛ける。

6樹が繁り時鳥が木隠れ夏が深くなった様子を「大きなる」とした。

7無数の声を詠んでも繊細な姿となることもあろう。「里人の千声

なり。[7]千声百声といひたりとも小さき事も侍るべきなり。

133　或《ル》所の会に、祈《ル》恋に、

[1]思ひねの[2]枕の塵にまじはらばあゆみをはこぶ神やなか
らん

「あゆみをはこぶ」といひたるが、[3]ありきて祈る体があり
てよきなり。次日、匠作の会に、[4]又祈《ル》恋を取り侍りしか
ば、「これをかへばや」と存じ侍りしかども、よわよわし
くやと思ひて、

[5]そのかみの[6]め神を神の道あらば恋に御祓を神や請けま
し

とよみ侍りし。[7]六月の御祓などいひて、みそぎがあまたあ
れば、恋にみそぎを詠みたるなり云々。

百声うつ衣なを長月のよはのこしけり」（壬二集・一〇四五）など。


【133「祈る恋」題の歌と自注】

1草根集・巻六・四四〇八。

2恋人の夜離れを暗示。塵が積もるならいっそ神が光臨すればよい、とする。神仏が智慧の光を隠し俗世に現れるとの和光同塵の考えを踏まえた突飛な発想。

3徒歩で参詣する意。辛苦を課すことで利益があるとする（集成）。

4また同じ「祈恋」題を取ったので昨日の「思ひねの」歌で代替しようとしたが。

5招月庵詠哥・一七二「祈恋」。

6伊弉冉尊と伊弉諾尊の始められた、男女婚姻の道。

7六月の歌会であったので御祓を詠んだか。

134

従[1]《リ》レ門帰《ル》恋をばはや度々詠み侍りき。等[2]《シク》思《フ》ニ両人一恋《ヲ》は、いまだよみ侍りし事もなきなり。惣じてこの題の出でたりといふ事をも、いまだ聞き侍らぬなり。従《リ》レ門帰《ル》恋は、後撰に、

　鳴戸[3]よりさしいだされし船よりも我ぞよるべもなき心
　ちする

とあるなり。

135

途中[1]ニ契《ル》恋に、

　[2]やどりかる一村雨《ひとむらさめ》を契りにて行方《ゆくへ》もしぼる袖のわかれ
　ぢ

と詠み侍りしを、[3]飛鳥井殿なども褒美ありしなり。

【134恋の難題①】
1 2恋人に逢えず門前から帰ること、両人から思いを寄せられ迷うこと。ともに恋の難題として著名。
↓補注61
3恋二・六五一・藤原滋幹、詞書「春宮に鳴戸といふ戸のもとに、女と物いひけるに、親の戸をさし立てて率て入りにければ、又の朝につかはしける」。第二句「さしわたされし」、第五句「なき心地せし」。「鳴戸」に開閉の度に音を立てる戸、激しい潮流で騒がしい海峡の意を掛ける。↓補注62

【135恋の難題②】
1旅先でたまたま約束を交わした恋。これも藤川百首の題。
2出典未詳。
3雅縁。↓120段注5。

136　「[1]鵙《もず》の草ぐき」をば、[2]忘《ルル》ニ住所《ムヲ》一恋にも、途中契《ニル》恋にも通じて詠むなり。[3]憑《ム》レ媒《ヲ》恋も難題なり。

137　[1]慶運が子に[2]慶孝《きやうかう》とてありし。東山黒谷[3]に侍りし。花の盛りに、冷泉為尹いまだ宰相[4]にてありし頃、父の為邦[5]、了俊など同道して、東山の花見侍りしに、「題を懐に入れて、道すがら案じて、[6]鷲尾の花の下にて講ずべし」とありしに、「さらば慶孝をさそふべし」とて、庵室へ尋ね行きしかば、折節内に侍りしをいざなひつつ、尋《ヌ》レ花《ヲ》とて題を一首出だし侍りしかば、慶孝、

[7]さそはれて木のもとごとに尋ねきぬ思ひの外と花や恨みん

と詠み侍りし。

【136恋の難題③】
1鵙が草に潜って見えなくなること。恋人の姿が見えないことによそえる。→補注63
2約束した後で相手の居所が分からなくなった状況。
3仲立ちをあてにする恋。草根集に三首見える（集成）。

【137慶孝との花見】
1→44段注5。
2伝未詳。頓阿に比して慶運の子孫は振るわなかった。
3京都市左京区黒谷。
4参議の唐名。為尹の参議在職は応永八年（一四〇一）三月～九年三月。
5→102段注6。
6京都市東山区鷲尾。桜の名所。
7出典未詳。

138 中頃、素月《そげつ》[1]とて禅僧の歌詠み侍りし。これが歌ただ一首、新後撰《しんごせん》[2]に入たり。一首なれども羨しき歌なり。

思ひ出[3]のなき身といはば春ごとに馴れし六十年《むそぢ》の花や恨みん

といへる。つゐで[4]に思ひ出だし侍るなり。

139 懐紙の作者をば、官姓名と書きて、実名に上[1]の一字を小さく書くは、卑下の心なり。

140 題[1]をば先づ和して読める、本なり。旅宿帰雁をも、「旅の宿のかへる雁」と読むべけれども、あまりなりければ、「旅宿《りよしゆく》のかへる雁」と読むなり。これも帰雁をば「かへる雁」と読むべきなり。昔は山家をば「山の家」、田家をば

【138禅僧祖月の歌】

1祖月円照。二条派の歌人で南北朝期に活動。

2一三番目の勅撰集。嘉元元年（一三〇三）成立。但しこれは新後拾遺集の誤り。

3新後拾遺集・雑春・六二一・祖月法師。第四句「なれし八十の」。

4慶孝も素月もともに結句に「花や恨みん」と詠むため。


【139懐紙の位置の下附】

1下附（したつけ）のこと。例えば「正四位下行左近衛権少将臣藤原朝臣定家上」と書く。本来は公宴歌会における故実である。


【140結題の読み方】

1訓で読むのが正しいが字音でもよい。言塵集・巻七「まことしき御歌の時は如レ此声のよみをば皆和らげて読むなり。内々の会には余りに和らげねども読むべし」とある。73段も参照。

「田の家」と読みしなり。

141

[1]六百番に定家卿、歳暮に、

[2]たらちねやまだもろこしに[3]松浦舟《まつらぶね》今年も暮れぬ[4]心づくしに

歳暮にもろこし・松浦舟などを詠める、いかなる事にや。さりながら、何となく親などの唐にて、本朝の迎へをまち居たるに、年も暮れなん有様は、さすがに心ぼそくは聞ゆれども、まことには何事にかと心えがたく侍るなり。

もと[5]松浦の物語といふ草子を見侍りしに、[6]松浦の中納言といふ人、遣唐使にて、もろこしへ渡りしことを書きたり。これを[7]下じきにして、定家は詠み侍るなり。同歌合に、

[8]夜もすがら月にうれへてねをぞなく[9]命にむかふ物おもふとて

【141松浦宮物語と定家の歌】

1建久四年（一一九三）藤原良経邸で行われた歌合。俊成判。

2拾遺愚草・一九三五、最勝四天王院障子和歌「松浦山」。ともに初句「たらちめや」。六百番歌合の歌ではない。この段は他にも誤りが多く注意を要する。↓補注64
3外国への渡航船。「松浦」は肥前国の北岸。「待つ」を掛ける。

4筑紫と「心尽くし」を掛ける。

5松浦宮物語。建久年間（一一九〇〜九九）、定家の作。

6松浦宮物語の主人公橘氏忠は参議である。御津の浜松の主人公浜松中納言と混同か。↓補注65
7藍本として。正徹は松浦宮物語の作者を知らなかったらしい。

8拾遺愚草・一三七五。これも六百番歌合の歌ではない。

9命にかかわるような。

と詠める、「命にむかふ」[10]といふ詞も、松浦の草子にある詞なり。かやうに定家の歌は、本説《ほんぜつ》[11]をふまへて詠み侍るなり。

142 何やらん「源氏をば歌をば取らず、心を取る」[1]と書きたりと覚え侍るが、歌をもおほく取り侍るなり。「思ふかたより風や吹くらん」[2]とあるを、定家は、

袖にふけさぞな旅ねの夢もみじ思ふかたよりかよふ浦かぜ[3]

と詠み侍り。「袖にふけ」とは、ねがひたるなり。旅ねはねられねば、思ふかたの風は袖にふけとなり。

143 俊成の家は、五条室町[1]にてありしなり。定家卿母[2]におくれて後に、俊成のもとへゆきて見侍りしかば、秋風吹きあ

10 松浦宮物語・巻一・明日香皇女(氏忠の母)「いかなりし世々の別れのむくいにて命にまさる物思ふらん」を誤認か。
11 典拠となる物語・説話・漢故事のこと。

【142 源氏物語の歌も本歌に取る】
1 源氏物語の本歌取りには作中和歌の句ではなく、物語の内容を取れ。愚問賢注に「源氏は歌よりは詞をとる」とある。→補注66
2 源氏物語・須磨巻・光源氏。上句「恋ひわびてなく音にまがふ浦波は」。
3 新古今集・羈旅・九八〇、拾遺愚草・二六八一。

【143 定家の「玉ゆらの」の歌】
1 京都市下京区五条烏丸附近。
2 定家母美福門院加賀は建久四年(一一九三)二月に没した。
3 京都市上京区一条寺町附近。但し定家が住んだのは晩年の貞応元年(一二二二)以後。

らして、いつしか俊成も心ぼそき有様に見え侍りし程に、定家の[3]一条京極の家より、父のもとへ、

　[4]玉ゆらの露もなみだもとどまらずなき人こふる宿の秋かぜ

と詠みてつかはされし、哀れさもかなしさもいふ限りなく、[5]もみにもうだる歌様なり。[6]「玉ゆら」は、しばしといふ事なり。末に「秋かぜ」を置きたるまで、あはれに身にしむに、「なき人こふる」とあるも、かなしう聞えたるなり。俊成の返歌に、

　[7]秋になりかぜの涼しくかはるにも涙の露ぞしのにちりける

と[8]すげなげに詠めるが、何ともえ心えぬなり。定家は母の事なれば、哀れにもかなしうも、身をもみて詠めるはことわりなり。俊成は、我が[9]女房の事なり、吾身はや老体なれ

4 拾遺愚草・二七七四、詞書「秋野分せし日、五条へまかりてかへるとて」。新古今集・哀傷・七八八。
5 屈折し深みがある巧緻な風。後鳥羽院御口伝「(定家は)やさしくもみもみとある様に見ゆる姿誠にありがたく見ゆ」。
6 万葉集・巻十一・二三九一「玉響(タマカギル)」の古訓による歌語。言塵集・巻二「玉ゆらとはしばらくと云ふ言也」。
7 拾遺愚草・二七七五、詞書「返し、入道殿」。「しのに」はしげく、しきりに。
8 冷淡に、無感動な風で。
9 妻の意。

ば、「あぢきなし[10]、かなし」などいひては似あはねば、ただ「折秋になり、風の涼しく」と何となげにいへるが、何ともおぼえず殊勝なり。

144 [1]定家の歌は、殊に恋の歌がしみ入りて、何ともかとも覚えぬがおほきなり。惣じて定家には、有家《ありいへ》[2]・雅経も通具[3]・通光《みちてる》[4]も及ぶべき事にあらず。家隆ぞ恋の歌は殊勝に詠みよせられて侍る。

145 定家の申されけるは、「[1]歌を案ぜん時は、常に白氏文集[2]の「[3]「故郷母ニ有リ秋風ノ涙、旅館に無レシ人暮雨ノ魂」の詩を吟ぜよ。この詩を吟ずれば、心がたけたかくなりて、よき歌のよまるるなり」云々。「[4]「蘭省ノ花ノ時錦帳ノ下、廬山ノ雨ノ夜草庵ノ中」の詩をも吟ぜよ」とあり。「旅館無レシ人暮雨ノ魂」といへる、旅

10苦々しい、無情である。


【144定家の恋の歌】

1定家の恋歌の称賛85段にも。

2藤原重家男。従三位大蔵卿。新古今集の撰者の一人。一一五五～一二一六。

3↓41段注12。

4源通親男。通具の弟。従一位太政大臣。新古今集の最年少作者。一一八七～一二四八。


【145白氏文集の詩を吟ぜよ】

1愚見抄による。↓補注67
2中唐の詩人白居易の詩文集。七十一巻。

3新撰朗詠集・下・行旅・六〇六・源為憲。了俊弁要抄も「古郷に母有秋風涙（白氏文集 白居易作）と云ふ詩」と引用し、白居易作と信じられていたらしい。

4白氏文集・巻十七「廬山草堂夜雨独宿、寄ス二牛二李七庾三十二員外一」詩の一節。和漢朗詠集・下・山家・五五五にも。

の宿にただ独りゐたるに、ほろほろと雨のうち降りたるは、誠に心細き物なり。[5]「なき人こふる宿の秋かぜ」の歌は、この詩の心にかなひたるなり。

146 [1]新羅《しんら》明神御歌は、[2]続古今に入りたり。

から船に[3]のり尋ねにとこしかひはありけるものをここのとまりに

[4]弘法大師、

[5]法性の[6]むろ戸ときけど我すめば[7]有為の浪かぜたたぬ日ぞなき

の御歌は新勅撰に入りたり。かやうにもろもろの神明仏陀《しんめいぶつだ》も、皆悉《かいしつ》歌をあそばしたりければ、歌は[8]やうある事にや。

147 「思ひきや」「我が恋は」といふ五文字をば、[1]四、五十年

5 143段注4の定家の歌。

【146 神仏も歌を詠む】

1 園城寺の地主神。円珍が唐より帰朝する船中に現れ護持を約した。
2 続古今集・神祇・六九一。第二句「のりまぼりにと」。
3「法」と「乗」を掛ける。
4 空海。真言宗の開祖。若き日土佐国室戸（高知県室戸市）で修行したと伝える。七七四〜八三五。
5 新勅撰集・釈教・五七四。第二句「むろとといへど」、第五句「よせぬ日ぞなき」。「法性」は事物の有する不変の本質。
6「室」と「無漏」を掛ける。
7 様々な因縁により生じた諸現象。
8 深い訳。込み入った事情。

【147 にくいけしたる詞】

1 草根集に「我が恋は」の作例なく「思ひきや」は一首のみ（集成）。

よりこのかた詠みたる事はなきなり。思へばげにともにに[2]くいけしたる詞なり。「我が恋」といはずとも、[3]誰か論ずべきぞとおぼしきなり。「思ひきや」のかはりに、「思はずよ」「知らざりき」など詠むなり。

148 人丸の御忌日は秘する事なり。さる程に、おしなべて知りたる人は稀なり。[1]三月十八日にてあるなり。[2]影供《えいぐ》はこの日はなかりしなり。六条の[3]顕季《あきすえ》の[4]影供は夏六月なり。

149 上手になる者は、[1]ま始めからみゆるなり。家隆卿をさなくて、

[2]霜月に霜の降るこそ道理なれなど十月に十はふらぬぞ

と詠み侍りしを、[3]後鳥羽院は重宝になるべき者なりとて、御感ありしなり。

2→36段注3。
3他の誰があなたの恋を論ずるであろうか。

【148人麻呂の命日】
1典拠未詳。この説は室町末期成立の二根集・巻五にも見える。
2人麻呂の影前で催す歌会。
3藤原隆経男。正三位修理大夫。六条藤家祖。一〇五五～一一二三。
4顕季は元永元年（一一一八）六月十六日、初めて人麻呂影供歌会を催した。

【149名人は最初から名人】
1最初から。俗語か。
2八雲御抄・巻六に「家隆卿が幼くて、など十月に十はふらぬぞと詠みたりけるこそ、山口しるくめでたけれ」とある。→補注68
3後鳥羽院は家隆より二十二歳若いので適合せず。あるいは八雲御抄の記述を院が大成を予言したように誤解したか。

上手の歌を見置きぬれば、[4]必ず心が先づ上手になる程に、[5]心のやうには詞が自在に詠まれぬ間、心の上手になりたるが一わろきなり。詞は物をみるにもよらぬ物なり。又詞がききたれども、心がきかねばよまれぬなり。さる程に物をみるに心えあるべきなり。

150 「花の八重山」[1]は、名所にはあらず。[2]足柄におほく八重山と詠みたるなり。ただかさなりたる山なり。

151 [1]建保《けんぽう》名所百首の題にて、初心の人歌を詠むべからず。[2]名所は、その所に昔より詠みつけたる物あれば、今詠む歌も大略は本の物なり。[3]ただちとばかり我が物があるなり。初心の時は、名所の歌好みて詠まるるなり。それは、やすく存ずるなり。我らも歌の詠まれぬ時は、名所を詠むなり。

4前もって見る。人の歌を読む事が修練であることは24段にも。

5歌人の成長段階では心（趣向を立てる構想力）・詞（言語を磨く表現力）が跛行するとする。


【150八重山は歌枕か】

1出典未詳。正徹歌の一句か。

2相模国の歌枕。現神奈川県南足柄市と静岡県駿東郡小山町との境の連山。万葉集・巻二十・四四四〇「足柄の八重山越えていましなば誰をか君と見つつしのはむ」等。


【151初心者向きの百首歌の題】

1建保三年（一二一五）順徳天皇が定家・家隆ら十二名から召した。代表的歌枕一〇〇を題とした。名所和歌として最も著名。

2歌枕には古くから詠み慣わした素材がある。↓25段注2。

3僅かに自分なりの新しさがある。

名所詠めば二句も三句も詞がふさがる物なれば、さのみ我が力が入らぬなり。[4]「高嶋や勝野《かちの》の原」[5]「さざ浪や志賀の浜松」などいへば、二句ははやふさがるなり。我ははや四十余年歌をよみ侍りしかども、まだこの百首を詠み侍らず。むかしの人は、皆[6]堀川院の百首を初心の稽古には詠み侍りしなり。さりながら堀川院の百首は[7]ちと詠みにくき題なり。初心にては、二字題などの[8]なびなびとしたるにて、詠みつきたるがよきなり。月・花などの[9]うちむかひたるにて詠むがよきなり。[10]弘長《こうちやう》・[11]弘治《こうぢ》・建久《けんきう》・貞永《ぢやうえい》などの頃ほひの題にてよむべきなり。

152 初心の時は、寄《スル》レ月《ニ》恋・寄《スル》レ花《ニ》恋などの[1]寄物《よせもの》の恋は、詠みにくきやうにおぼゆるなり。さて、[2]見《ル》恋・[3]顕《ハルル》恋などいふ物にも、寄せぬ題は詠みやすく覚ゆるなり。[4]後心には、寄

4現滋賀県高島市勝野。万葉集・巻三・二七五・黒人「いづくにかわが宿りせむ高嶋の勝野の原にこの日暮れなば」。

5現滋賀県大津市、琵琶湖西南岸。新古今集・春上・一六・俊成「さざ浪やしがの浜松ふりにけりたが世に引ける子日なるらむ」。

6→125段注1。

7堀河百首題は立春・子日・霞など一語又は一概念であり、漠然としているため(集成)。

8自然で素直なさま。

9→76段注3。

10以下は鎌倉期の主要な百首歌を年号で示したもの。歌題集成書の記述に基づくか。→補注69
11後奈良・正親町天皇の年号(一五五五～八)。「宝治」の誤記か。


【152初心者には難しい寄物題】

1寄物題。具体的事物にことよせて思いを詠む題。

2相手を初めて見た状況。

3秘めた思いが露顕した状況。

恋の題は安くて、ただ[5]聞ク恋・別ルル恋などが大事なり。暮春ニ聞クレ鐘ヲ、

　[6]この夕入相《いりあひ》の鐘のかすむかな[7]音せぬかたに春や行くらん

　このやうにやすやすと詠みならふべきなり。さりながら、それは[8]極足《ごくそく》にいたりて後、初心の[9]田地へ帰る所に、[10]かかる物は出で来るわざなり。水中の月は、とらむに安けれども、とればとられぬごとくなり。ここの程は[11]さうなく得がたきことなり。

153　[1]かびや・かひやは両義なり。俊成は鹿火屋なり。[2]顕昭《けんせう》は飼屋と申しけるなり。[3]六百番の訴陳に見え侍るなり。

4→76段注4。

5相手の噂のみを聞く状況。

6草根集・巻四・二六七四、歌題「暮春鐘」。寄物題ではないが初心の詠みぶりの例として出す。

7春なので晩鐘も霞を通し聞こえるが、春は霞が消えて音のしない方へと去っていくのかとする。

8極則。究極の段階。禅語である。

9→60段注5。

10こういう歌は。

11簡単には。


【153「かひや」論争】

1万葉集の語。蚊火・鹿火・香火などと表記され難義とされた。

2藤原顕輔猶子。法橋。歌学者として著名。一一三〇～一二〇九？。

3→補注70

154 千[1]五百番の時分は、家[2]隆の歌は聞えぬなり。

155 寄《スル》レ河《ニ》恋に、

あ[1]だにみし人こそ忘れやす[2]川の浮き瀬心にかへる浪かな

「浮き瀬心にかへる浪かな」の五句がよきなり。うきことは、いく度も我が心にちゃ[3]ちゃとかへる物なり。

156 短夜ノ月、

水[1]浅き蘆間にすだつ鴨の足のみじかくうかぶよはの月かげ

鴨[2]の足は、歌には入[3]りほがなるやうなれども、短の字に眼をかけてかく詠めり。


【154家隆の無名時代】

1→48段注1。

2→補注71

【155「河に寄する恋」題の歌】

1出典未詳。「契りしを人こそわすれ安川にたつ網代木の身をくだくらむ」（草根集・巻六・四七〇九）と類似。恋人から忘れられ辛い思い出に悩まされると詠む。

2野洲川。近江国の歌枕。琵琶湖に注ぐ。「安」を掛ける。

3「Chachato　副詞。すみやかに」（日葡）。

【156「鴨の足」という詞】
1草根集・巻四・三一六八、歌題「夏月」。第五句「夏の月影」。
2短いものの喩。→補注72
3趣向が奇抜に過ぎること。「あまりに又ふかく心をいれんとてねぢすぐせば、いりほがの入りくり歌とて」（毎月抄）。

157

寄《スル》レ山《ニ》恋に、

[1]逢坂の嵐をいたみ越えかねて[2]関のと山に消ゆるうき雲

ある物「この御詠、恋の歌のやうにも聞え侍らず」云々。「[3]嵐の歌とてかく詠みならはし侍るなり」云々。

158 [1]停午《ていごノ》月、空の真中にある月なり。いくかの月にてもあれ、空の真中にある月は、皆停午《ノ》月なり。

159 祈《ル》恋には、いづれの神をも詠むべきなり。「[1]年もへぬいのるちぎりは初瀬山[2]」と定家も詠み侍れば、仏にも祈るべきなり。[3]摂政殿の、「[4]いく夜われ浪にしほれて貴船川」は、[5]貴船へは夜まゐる程に「いく夜われ」と詠めるなり。

【157「山に寄する恋」題の歌】

1出典未詳。「逢坂の嵐」で逢瀬を妨げられたことを暗示。

2関より手前の山。作例、草根集・巻三・二四四〇、歌題「寄関恋」「いつのまに関の外山になげきこり又あふ坂の道まよふらん」。

3邪魔物を風に見立てて恋歌を詠むではないか、という弁解。


【158「停午の月」題】

1「停（亭）午」は南中すること。この題は為忠家後度百首にみえる。


【159「祈る恋」題】

1新古今集・恋二・一一四二。六百番歌合・祈恋・五番左・六六九。下句「をのへの鐘のよその夕暮」。

2長谷寺。大和国の歌枕。

3藤原良経。→41段注13。

4新古今集・恋二・一一四一。六百番歌合・祈恋・六番左・六七一。下句「袖に玉ちる物思ふらん」。

5貴船神社。

160

「富士の氷室《ひむろ》」[1]、本歌あることやらん、尤もおぼつかなし。氷室[2]の在所あまたあれども、富士の氷室、いまだ見及ばざる事なり。順徳院《じゅんとくゐん》[3]御製も「富士の氷室」とはなきなり。万葉に、「[4]限りあれば富士のみ雪の消ゆる日」とあるは、「[5]富士の雪はもちに消えてもちにふる」とあれば、これを「限りあれば富士の雪もきゆ」とあそばしたるなり。さて「[6]冴ゆる氷室の山の下柴」とあるは、[7]氷室の在所にて、富士のことをいひたるなり。心は「富士の雪の消ゆる日も、氷室はなほさむし」といひたる御製なれば、またく富士に氷室ありといへる御歌にてはなきなり。[8]「高嶋やあど川柳」。

161

[1]折ふしよ鵙《もず》なく秋も冬枯れし遠きはじ[2]原紅葉だになし

は沓冠《くつかうぶり》[3]の折句の歌なり。[4]ちやと詠まれしなり。いかによ

【160富士に氷室はあるか】

1「富士の氷室」と詠むのは根拠となる古歌があるのか。

2氷室のある土地は多くあるが。

3第八四代天皇。後鳥羽院皇子。一一九七～一二四二。

4順徳院百首・三二「限りあれば富士のみ雪のきゆる日もさゆる氷室の山の下柴」。

5巻三・三二〇「不尽の嶺に降り置く雪はみな月の十五（もち）に けぬればその夜降りけり」。

6注4の歌の下句を指す。

7氷室のある場所で詠み、富士のことを出したまでなのだ。

8順徳院百首・六「高嶋やあど川柳風吹けば濡れぬ下枝にかかる白浪」の初二句。関連して話題に上らせたか。


【161沓冠の歌】

1招月庵詠哥・三〇一「於三井寺折句歌」。

2「はじ」は櫨（ハゼノキ）。

3十文字を各句の頭尾に据えて詠

まむとすれども、よまれぬ時もあるなり。らりるれろのあ[5]るは、ことによまれぬ物なり。

[6]天暦の御時、女御・更衣あまたの御かたへ、

[7]逢坂もはては往来の関もゐず尋ねて問ひこきなばかへさじ

とあそばしてまゐらせられしかば、皆心え給はで、ある女御は「尋ねて問ひこ」とあれば、「まゐれ」といふ御製と心えて、その夜内へまゐり給ひしもあり、又心えぬかたの御返歌申されし女御もおはしましき。その中にひとり広幡《8ひろはた》の更衣と申しける御かたより、焼物《9たきもの》をまゐらせられけるを、叡慮にかなひておぼしめされけり。「あはせたきものすこし」といふ沓冠にてありしなり。

む和歌。これは「を（お）もふともよもしらじ」となる。
4即時に。ただちに。
5→1段注24
6村上天皇。第六二代天皇。九二六〜六七。天暦はその年号（九四七〜五七）。
7栄花物語・月の宴。沓冠歌の例として多くの歌学書が引く。
8源計子。庶明女。広幡御息所と号す。拾遺集作者。生没年未詳。
9沈・白檀・丁子などの数種の香料を練り合わせた香。「あはせたきもの」と同じ。

162 爐火《ろか》[1]の題にては、埋火《うづみび》をも焼火《たくひ》をも詠むなり。埋火の題にては、爐火をば詠まぬなり。

163 寄《スル》[1]虎《ニ》恋にては、時の寅をば詠まぬ事なり。時の寅も虎の事なれども、日読み[2]の寅は字もかはりたり。この題は生きたる虎の事なれば、「虎ふす野べも」[3]「石にたつ矢」[4]など詠みたるがよきなり。日読みの寅は寅《イン》の声なり。

164 「虎の生けはぎ」[1]といふ事、新撰六帖《しんせんろくでふ》[2]にあり。為家卿大納言にてありしを、子の為氏大納言に任ぜんとするに、当官[3]はあらばこそ任ぜめ、よりて父卿をば前官になして、為氏当官に任ぜしかば、為家これを述懐して、「虎の生けはぎ」[4]と詠みたり。

【162「爐火」題と「埋火」題】

1いろり火。「うづみ火」「たく火」を包摂するからであろう。


【163「虎に寄する恋」題】

1寄物題。→152段注1。

2暦。十二支の異称。

3薩埵王子が飢えた虎に身を与えた仏教説話に基づく。「ありとてもいく世かはふる唐国の虎ふす野べに身をもなげてん」（拾遺集・雑恋・一二二七）など。

4虎と見誤り石を射たら矢が立った漢の李広の故事。「虎と見て射る矢の石に立ちにけりなど我恋のとほらざるべき」（雲玉抄・三五一）など。


【164為家の「虎の生けはぎ」】

1新撰六帖・二・五二二・為家「生けながらはがれし世こそかなしけれ伝へて虎の皮を見るにも」。

2新撰六帖題和歌。寛元二年（一二四四）古今六帖題により為家・信実・真観ら五名が詠出。誹諧味

165

巌《ノ》苔、

[1]乱れつついはほにさがる松が枝《え》の苔の[2]いとなく山かぜぞふく

「苔のいとなく」とは、[3]さがりごけといふは巻きていとがさがる物なり、さて「苔のいと」と詠みたるなり。「いとなく」は「[4]あしのいとなく」などいひて、いとまなきなり。[5]舟子。

166

[1]懐紙を書くに、下をばあけぬ事なり。上をばいかにもあけたるがよきなり。

167

首夏藤《しゅかノふぢ》、

[1]夏来ても匂ふ藤浪あらたへの衣がへせぬ山かとぞみる

が濃い問題作が多かった。

3欠員があったら任ずるのだが。

4「生けはぎ」には無理矢理官職を奪う意もあった。但し為家が為氏に大納言を譲ったとするのは史実ではない。↓補注73

【165「巌の苔」題の歌と自注】

1出典未詳。↓補注74
2「糸」と「暇」の掛詞。

3サルオガセの異名か。

4後撰集・春中・七二・宮道高風「春の池の玉藻に遊ぶ鳰のあしのいとなく恋もするかな」。鳰の脚が休みなく動くことから。

5舟の漕手、水夫。「暇なく」働くことから関連し話題に出たものか。↓補注75

【166懐紙の余白】

1二条流では「上一寸下一寸あくべし」（和歌秘伝聞書）と、等分とするので冷泉流の説か。


【167新たに考えついた句】

万葉に[2]「荒栲《あらたへ》の藤江」と詠みたり。藤の花のふさの、本[3]はあらあらとして、しかもたへなる物なれば、「荒栲の藤江」といへるなり。

「荒栲の衣」[4]と詠みたる事はさらになき事なり。ただ我初めて詠みたり。「白妙の衣」といふも、しろく妙なる衣といふ事なれば、「荒栲の衣」といはん事、何か苦しかるべきと存じ侍るなり。

168

待ツ二郭公ヲ一、

年もへぬ[1]待つに心はみじかくて玉のをながき時鳥《ほととぎす》かな

「玉のをながき」[2]は、我が事なり。七十まで生きたれば、[3]「玉のをながき」にてあるなり。毎年郭公は待つ物なれば、「年もへぬ」とはいふなり。かやうに詠みては、何の用ぞと存ずれども、同類を詠まじ[4]としのぐほどに、藪山[5]にかか

1 草根集・巻四・三二六四、正徹千首・二〇六。
2 巻三・二五二・人麻呂「荒栲の藤江の浦に鱸釣るあまとか見らむ旅行くわれを」。「荒栲」は藤などを原料とする粗い織物。転じて「藤」にかかる枕詞となる。
3 木の根はごつごつしているが。
4 「荒栲の衣」は斬新な措辞で正徹のほか作例がない。

【168 類想歌を詠むまいとするが】
1 草根集・巻四・三三〇二。
2 「玉の緒」は短さの比喩。「長き」として意表をついた（集成）。
3 正徹の七十歳は宝徳二年（一四五〇）。正徹物語成立に近い回想と思われる。
4 類想歌を詠まないよう努める。正徹は「わが歌はわろかるべし。毎々人の歌を詠まじと案じ侍る程に」と語った（ささめごと）。
5 藪山で雑木を切り払い掻き分け進むような困難さを言うか。

りて詠みゐるにて候なり。

169　寄《スル》レ夢《ニ》恋、

[1]涙さへ人の袂《たもと》に入るとみし玉とどまらぬ夢ぞうきたる

[2]若紫やらんに、紫の上の、まだいとけなく侍るを、源氏むかへとりし時、「[3]玉藻《たまも》なびかん程ぞうきたる」と詠みたるは、いまだいとけなき程の人を迎へ取りて、そひはつべきやらん、又いとはれやすきもしらず、むかへおきたるは、げに[4]うきたる事なり。ここを「玉藻なびかん程ぞうきたる」と詠めるなり。[5]「夢ぞうきたる」といへるも、人の袖のうちへ魂が入るとも、そのままとどまりてあるべきにあらねば、やがて帰るなり。さて「玉とどまらぬ」とはいひたるなり。[6]魂が人の袂に入ると見しが、夢がさむれば帰るなり。夢を詠むに「見る」「覚むる」などいへば、[7]あかこ

【169源氏物語取りの歌と自注】


1恋歌一軸・二〇二。

2源氏物語の若紫巻、源氏が幼い紫の上を自邸に引き取る場面。

3紫の上の乳母少納言が詠んだ和歌の下句。上句「寄る浪の心もしらで和歌の浦に」。「寄る浪」に源氏、「和歌（若）の浦の玉藻」に紫の上を寓する。

4浮薄で頼りないことである。

5注1の正徹歌の第五句。

6魂は恋人の袖に入ったが目覚めれば帰ってくる。古今集・雑下・九九二・陸奥「あかざりし袖の中にや入りにけむわが魂のなき心ちする」による。

7意未詳、「垢濃う」（叢刊）か。しつこく洗練されない意とも（集成）。

うなりてわろきなり。「入ると見し」といひたるに、見たりといふ事は聞えたれば、「覚むる」といはねども、「玉とどまらぬ」といへば、覚めたる所は聞ゆるなり。入るとみれどもとどまらねば、夢がうきたるなり。

170　卯月郭公といふ題にて、

時鳥[1]おのが五月を待つかひ[2]の涙[3]の滝もこゑぞすくなき

伊勢物語に「我[4]が世をば今日か明日かと待つかひのなみだの滝といづれ高けん」と、行平[5]の、つづみ[6]の滝を見て詠みたる歌なり。それをほととぎすの涙の滝にちやとなしたれば、めづらしくなり侍るなり。か様にちと引[7]きかへてならでは詠まれぬなり。「待つかひ[8]」は待つまなり。間の字なり。

171

【170伊勢物語取りの歌と自注】
1出典未詳。草根集私鈔類題（安田躬弦編）に見える歌（集成）。
2「甲斐」と「間」を掛ける。
3「涙」に「無み」を掛ける。
4第八十七段に「いざこの山のかみにありといふ布引の滝見にのぼらん」とある。
5在原氏。阿保親王男。業平の兄。正三位中納言。八一八～九三。
6布引の滝（摂津国歌枕。現兵庫県神戸市中央区）の誤り。
7布引の滝を涙の滝に取り替えて。
8二つのものが接し交わる所の意。

【171「あまぎる」とは】
1「霧る」は霞霧が流れてよく見えないの意。「あまぎるとは空の

「あまぎる」[1]はくもるなり。「目きりて」「涙きりて」などいふも同じ事なり。

172 歌に秀句[1]が大事にて侍るなり。定家の未来記[2]といふも、秀句の事を書きたるなり。雅経の「やく塩[3]の辛《から》[4]かの浦」などいひたるが秀句なり。

173 残月[1]越《ニユ》レ関《ヲ》といふ題を、人のわろく心えるなり。残月越《ユ》レ関《ヲ》と読みて、月が関をこゆと心得るはわろし。月に人の関をこゆるにてあるなり。さる程に「残月に」と読むなり。

174 歌には恨みがおほきなり。後[1]をくくり先をおもひて、我が本意なる事なし。皆人のよしともてなす歌を詠みゐば、いつまでもその分[2]にてあるべし。又幽遠[3]なる本意の歌をよ

霧なり」（了俊日記）。


【172秀句こそ歌の命】

1→3段注2。

2→補注76
3続後撰集・夏・二一二・雅経「みつしほのからかのしまに玉藻かる雨間も見えぬ五月雨の頃」。

4辛荷島。播磨国の歌枕。現兵庫県たつの市御津町。「辛い」を掛ける。→補注77

【173「残月越関」題の読み方】

1残月の照らす下を人が関を越えていると考える。同題の作例に「月は猶木の間もるなり関の戸に残して越えし逢坂の山」（草根集・巻二・一三二一）がある。


【174歌には遺恨が多い】

1古人の表現を綴り合わせ後人の評価を思って、の意か。

2進歩はそこでとどまるであろう。

3正徹の理想とする幽玄体の和歌。

めば、[4]人が心得ずして結句は難をさへ加ふる輩《やから》あるなり。ここの程が歌の恨みにてあるなり。但しおしなべてよしといふはよくこそあるらめと思ふなり。[5]「吉野川氷りて浪の花だにもなし」の歌を、よき歌とあまねく申し侍れども、これほどの歌は、朝夕詠みゐたるなり。

175 [1]ね覚などに定家の歌を思ひ出だしぬれば、物狂《ものぐるひ》になる心地し侍るなり。[2]もうだる体をよみ侍る事、定家の歌ほどなることはなきなり。[3]作者の歌は[4]詞の外にかげがそひて何となくうち詠ずるに哀れに覚ゆるなり。六百番に[5]寄《スル》レ猪《ゐニ》恋に、

[6]うらやまず臥す猪の床はやすくとも歎くも形見ねぬも契りを

心は、昼はひねもすに恋ひかなしびて、歎くも人の形見、夜はすがらに、ねもせで心を尽くすも、世々のちぎりなれ

4世間が理解してくれない無念さ。

5出典未詳。正徹歌の一部か。


【175定家の「もうだる体」の歌】

1恋歌を念頭に置く。→85段。

2→143段注5参照。

3優れた歌人。ここでは定家。

4三五記に「心詞の外にかげのうかびそへらむ歌を、行雲、廻雪の体と申すべきとぞ、亡父卿申されし」とある。

5寄獣恋が正しい。

6拾遺愚草・八八九。六百番歌合・一〇六一。本歌「かるもかき伏す猪の床の寝をやすみさこそねざらめかからずもがな」(後拾遺集・恋四・八二一・和泉式部)。

ば、我は臥す猪の安くぬるもうらやましからずといふなり。まことに哀れなる心なり。

[7]友千鳥袖の湊にとめこかしもろこし舟のよるのね覚に

といへるは、

[8]おもほえず袖に湊のさわぐかなもろこし舟のよりしばかりに

といふ伊勢物語の歌にて詠めるなり。

176　[1]隠《ス》二在所《ヲ》一恋は、人が在所をかくすなり。在所をかくさるるなり。厭《フ》恋も忘《ルル》[2]恋も、厭《いと》はるる、忘らるるなり。この体の題をば、皆「被」といふ字をそへて心得べきなり。

177　廿首卅首、すくなく詠むには、ちと案ぜらるる様に、結[1]題を出だし、五十首百首、おほく詠むときは、一字二字題[2]

7拾遺愚草・一〇六六。千五百番歌合・一九五九。上句「なく千鳥袖の湊をとひこかし」。
8伊勢物語・第二十六段。新古今集・恋五・一三五八。「袖に湊のさわぐ」は袖に涙が溜まること、「もろこし舟」とは思いも寄らぬ同情慰問の手紙を寓する。

【176「在所を隠す恋」題】
1珍しい題。為忠家後度百首のみ。相手の居場所が分からない状況。
2→87段注2。

【177続歌出題の心得】
1→73段注1。
2 151段にも「二字題などのなびなびとしたる」とあった。

を出だしたるがよきなり。

178 [1]憑《ム》二人妻一恋《ヲ》は、人の妻を[2]ろさう事なり。[3]空蟬《うつせみ》・[4]浮舟などがよかるべきなり。

[5]身をうぢと憑み[6]木幡の山こえて[7]白浪の名を契りにぞかる

と詠み侍るなり。

179 [1]鶯の声の匂ひを[2]とめくれば梅さく山に春風ぞふく

[3]さのみとほからぬ集の歌なり。[4]匂ひといふ事は、何にもあるべきなり。匂ひは[5]ゆふにてあるなり。

【178「人妻を憑む恋」題】
1為忠家後度百首に見えるのみ。
2意未詳。「けさう（懸想）」の誤りか。
3源氏物語の登場人物。伊予介の後妻。光源氏と一夜の契りを結ぶ。
4同じく宇治八の宮の娘。薫に愛されながら匂宮と交渉を持つ。
5草根集・巻六・四五四三。「宇治」は「憂」を掛ける。↓補注78
6山城国の歌枕。現京都府宇治市木幡。京都から宇治への道中。
7盗人の比喩。人妻に通ずることと宇治の川波を響かせる。

【179「声の匂ひ」という詞】
1出典未詳。
2探し求めてくると。
3それほど古くない時代の集。
4「鶯の声」に「匂ひ」を感ずる。聴覚と嗅覚の重なる共感覚的表現。
5事物の実体である「体」に対して、作用、働きのこと。

180　晩夏[1]は、暮春・暮秋に同じ。末の夏といふなり。暮夏といふは聞きにくき程に晩夏といふなり。

181　早苗に、旅行[1]けばさおり[2]の田歌《たうた》国により所につけて声ぞかはれる

「さおり」は五月におるるなり。「旅行けば」、なにとやらんしたる詞なれども、ふるき歌[3]に詠める詞なれば、くるしからぬなり。

182　本歌に取る事、草子[1]には源氏の事は申すに及ばず、古物語[2]も取るなり。住吉[3]・正三位[4]・竹取・伊勢物語をば、皆歌[5]をも詞をもとるなり。

【180「晩夏」題】

1夏の晩ではないとの注意。


【181「早苗」題の歌と自注】

1草根集・巻四・三四五〇、正徹千首・二三八。

2早降り。初めて早乙女が田に降りること。田植始の歌謡が各地で声色が違うことを言う。農民の風俗を取り上げた異色の作。

3「旅行かば袖こそぬるれ守山のしづくにのみはおほせざらなん」（拾遺集・別・三四一・よみ人しらず）を想起したか。

【182古物語も本歌に取る】
1物語の意。物語は巻子ではなく草子（冊子）に書写されたため。
2源氏物語より前の物語。
3現存本は原作を鎌倉初期に改作したものとされる。
4当時既に散逸か。↓補注79
5作中の和歌も地の文も。

183 堀河院[1]百首の外も、その時の人の歌をば、皆本歌に取るべきなり。西行は鳥羽院の北面にてありしかば、堀[2]川院の御時代はたくさむ[3]にあるべきなり。よって西行が歌をば本歌に取るべきなり。

184 初心の程は、無尽[1]に稽古すべきなり。一[2]夜百首、一日千首などのはや[3]歌をも詠みたり。又五首二首を、五日、六日に案ずる事もあるべきなり。か[4]様にかけ足を出でたる歌をも詠み、手綱をひかふる歌をも詠みつれば、延[5]促自在になりて、上手にもなるべきなり。初[6]めから一首なりともよき歌をよまんとすれば、一首二首も詠まれず、つひに詠みあがる事もなきなり。

185

【183本歌取りの時代的下限】
1→125段注2。
2堀河院の代は西行の出生前（堀河院は鳥羽院の父）。→補注80
3詠んだ和歌が沢山あるはずだ。

【184初心者はまず数を積め】

1し尽くせないほどに。

2一夜百首は正徹にも作例があるが一日千首は個人では無理で、続歌であろう。→補注81
3速詠歌。

4毎月抄に「初心の時は独り歌を常に早くも遅くも自在に内々よみならはすべく候」とある。

5延縮。和歌を詠むテンポについていう。

6→60段注1。

閑[1]ノ中雪、花盛リ、まさか木、上《かみ》つ枝《え》。

186

落花、

[1]さけば散る夜のまの花の夢のうちにやがてまぎれぬ峯の白雲

[2]幽玄体の歌なり。幽玄といふ物は、心にありて詞にいはれぬ物なり。[3]月に薄雲のおほひたるや、山の紅葉に秋の霧のかかれる風情を、幽玄の姿とするなり。これはいづくが幽玄ぞと問ふにも、いづくといひがたきなり。それを心えぬ人は、月はきらきらと晴れて、あまねき空にあるこそ面白けれといはん道理なり。幽玄といふは、更にいづくが面白しとも、妙なりともいはれぬところなり。「夢のうちにやがてまぎれぬ」は、源氏の歌なり。源氏、[4]藤壺《ふぢつぼ》に逢ひて、

[5]見ても又逢ふ夜稀なる夢のうちにやがてまぎるるうき

【185歌題・歌語の覚書】

1キーワードとなる歌題・歌語のみを記し、章段としては完成されず終わったか。→補注82

【186幽玄体の歌と自注】

1草根集・巻四・三〇九八。

2以下の幽玄体の説明は210段とも通ずる。解説参照。

3以下は無名抄の「幽玄の体、まづ名を聞くより惑ひぬべし（中略）霧の絶え間より秋山を眺むれば、見ゆる所はほのかなれど、奥床しく、いかばかり紅葉わたりて面白からんと、限りなく推し量らるる面影は、ほとほと定かに見んにも優れたるべし」に拠るか。

4桐壺院の中宮。光源氏と密通して冷泉帝を産む。

5源氏物語・若紫巻・光源氏。里で藤壺と密会の後朝に送ったもの。

　身ともがな

と詠みしも、幽玄の姿にてあるなり。「見ても又逢ふ夜稀なる」とは、もとも逢はず、後にも逢ふまじければ、「逢ふ夜稀なる」とはいふなり。この夢が覚めずして、夢にても果てたらば、やがてまぎれたるにてあるべきなり。「夢のうち」とは、逢ふをさしたるなり。「この逢ふと見えつる夢中に、やがて我が身もまぎれて、夢にてはてよかし」となり。藤壺の返しに、

　世[6]がたりに人やつたへんたぐひなく憂き身をさめぬ夢
　　になしても

とあり。藤壺は源氏の為には継母なり。さるにかかる事ありしかば、たとひ憂き身は夢にてもはてたりとも、うき名はとどまりて後の世語りに言ひ伝ふべしとなり。「夢のうちにやがてまぎるる」の心をよく請け取りて詠みしなり。

6源氏物語・若紫巻・藤壺。
7注1の正徹歌の上句。

「さけば散る夜のまの花の夢のうちに」[7]とは、花を咲くかとみれば、夜のまにはや散る物なり。あけてみれば、雲はまぎれもせずしてあれば、「やがてまぎれぬ峯の白雲」とはいふなり。「夢のうち」とは咲き散るうちをさすなり。

187　田蛙、

ゆく水にかはづの歌を数かくや同じ山田に鳥もゐるらん[1]

鳥は鴫《しぎ》なり[2]。鴫は秋の物なれば、ただ鳥といひたれば、何鳥やらんにてよきなり。苗代には万の鳥がおりゐるなり。

188　夕日影の残れる山陰に、ひぐらしの鳴きたる程、おもしろき物はなきなり。「ひぐらしの鳴く夕かげの大和撫子《なでしこ》」[1]といひたるやうに転ずる事[2]、大事の物なり。「ひぐらしの

【187「田蛙」題の歌】

1出典未詳。

2古今集・恋五・七六一・よみ人しらず「暁のしぎの羽がき百羽がき君がこぬ夜は我ぞ数かく」に拠り、この歌の鳥は鴫となる。しかし、そう考えるには及ばないとしたもの。


【188歌を転ずること】

1古今集・秋上・二四四・素性「我のみやあはれとおもはむきりぎりすなく夕かげのやまとなでしこ」か。

2一首の主題を転ずること。

鳴く夕かげ」とあれば、末には雲とも日影ともこそ書くべきに、「大和なでしこ」と転じたるは、ちとつかぬやうなれども、面白く転じたるなり。定家の、

3蘭省《らんしやう》の花の錦の面影に庵かなしき秋のむら雨

の歌は思へば面白きなり。「蘭省の花の錦」に「秋のむら雨」にて転じたるなり。4これは「5蘭省ノ花ノ時錦帳《きんちやう》ノ下、廬山の雨ノ夜草庵の中」の詩の心なり。6蘭省・錦帳は御所などの事なり。

189 「潮のやほあひ」1とは「八百合」と書きたるなり。四方より潮の満ちあふさかひを「やほあひ」といふなり。

190 「そよさらに」1「そそやこがらし」2などいふ詞は、上手めいたる詞なり。好むべからず。3にくいけしたるなり。

3拾遺愚草員外・三三〇。

4上句の宮中での栄華から下句の草庵での失意に転じた。

5→145段注4。

6「蘭省」は尚書省（日本の太政官に相当）、「錦帳」は錦のとばり。官人として得意なさま。


【189「潮のやほあひ」とは】

1潮流の集まるところ。作例に「ぬさまつれうきたつ浪も早塩の八百あひはやきせとの舟人」（草根集・巻六・五〇〇六）がある。


【190上手めいたる詞】

1拾遺愚草・三六一「あられふるしづがささ屋よそよさらに一夜ばかりの夢をやはみる」。

2新古今集・秋上・三七三・基俊「高円の野路の篠原すゑさわぎそそやこがらし今日ふきぬなり」。

3→36段注3。

191

深夜夢《ニ》覚《ム》、

秋[1]のよはながら[2]につくるためしまでおもひね覚の夢の
うき橋

と詠[3]み給ひしが、「ね覚の夢[4]」といふ事はなき事なり。「ねざむる夢」と詠むべしとて、なほし給ひき。

192

一首懐紙は、「詠」の字の下に題を書くなり。「詠松有春色和歌[1]」、か様に書くべきなり。歌をば[2]三行三字に書くなり。奥[3]をひろくあましたるもみにくし。一[4]ぱいに書き合はせんとしたるもわろし。「詠」といふ字よりさきのあきたる程に、歌の奥を書き残したるがよきなり。歌の行のあはひのひろきもわろし。又三首の時の行の程にてもわろし。ちとひろくのけてかくべきなり。俗人は「春日同詠云々[5]」

【191「寝覚めの夢」と「寝覚むる夢」】

1出典未詳。
2「長い」と「長柄」を掛ける。本歌「難波なる長柄の橋もつくるなり今は我が身を何にたとへん」（古今集・雑体・一〇五一・伊勢）
3「詠み給ひし」の主語は正徹か。
4「覚めて見る夢」から「寝て見た夢で覚める」と改めた（全集）。

【192一首懐紙の書式】

1「松に春色有りといへることを詠める和歌」と読む。
2四行に書き四行目を三字にする。以下冷泉流の懐紙の書式を解説するが細部には拘らない。
3了俊口伝「書様は袖は手うち置く程置きて書くなり。袖のせばきは見苦しきなり」。
4行間を広くして紙幅に合わせる。
5歌題と「和歌」の字を略した。

書く間、一行にあるなり。[6]法師はただ「詠云々」ばかり書くなり。夏日・秋日・冬日と書くを、端作《はしづくり》といふなり。

193 歌は[1]極信《ごくしん》に詠まば、道はたがふまじきなり。されどもそれはただ[2]勅撰の一体にてこそ侍れ、さしはなれて堪能とはいはれがたきか。これはただ[3]流に分かれしから、か様になりもてきたるなり。為兼は一期の間、つひにただ[4]足をもふまぬ歌を好み詠まれしなり。同じ時に、[5]為世はいかにも極信なる体を詠まれし程に、頓阿・慶運・静弁・兼好などいひし[6]上足《じやうそく》も、皆家の風をうくる故に、極信の体をのみこの道の至極と任じて詠み侍りしかば、この頃ほひよりも歌損じけるなり。流に分かれざりし以前は、[7]三代ともに何の体をも詠まれけるにや。

194

6了俊口伝「法体の人は必ず詠何首和歌と端作はあるべし。同詠とは書かぬ事なり」。

【193二条派の奉ずる極信体】


1極信体。極信は謹厳真摯の意。逸脱のない実直な詠風。

2→91段注7。

3御子左家の諸流。→1段注12。

4奇矯な歌。

5二条為氏男。正二位権大納言。伝統的歌風を墨守し多くの門弟を擁した。一二五〇〜一三三八。

6特に秀でた弟子。

7俊成・定家・為家三代はいかなる歌体でも秀歌を詠んだ。了俊ら冷泉派の持論。→補注83

里ノ時鳥、

[1]あやなくも夕の里のとよむかな[2]待つにはすまじ山時鳥

[3]夕さりは里がとどといふ物なり。[4]連歌ならば「人」といはずしては、「なにがとよむぞ」といふべきなり。

195

寄スルレ煙ニ恋、

[1]立つとてもかひなし室《むろ》[2]の八嶋《やしま》[3]もる神だにしらぬむねの煙は

「室の八嶋もる神」とちやと引きちがへたる所にて、珍しくなりたるなり。これも又二度[4]「室の八嶋もる」といふ事をば、詠むまじきと存ずべきなり。中古には[5]「池にすむをし明けがた」[6]「露のぬきよはの山かぜ」などいふ事を、二たびまなびては恥辱と思ひしなり。


【194「里の時鳥」題の歌と自注】

1出典未詳。

2響む。声や音が響く。里で時鳥が頻りに鳴いているさま。

3夕刻はもとから里が人でざわめくものである。「とど」は擬声語。

4連歌では「人」と明示しないと「何がとよむのか」と言われるに違いない。


【195同じ句を二度使うことは恥】

1草根集・巻六・四六四三。

2下野国の歌枕。現栃木県栃木市惣社町。煙を詠む。

3「護る」に「洩る」を掛ける。

4「室の八嶋もる」は草根集に他に二首ある（集成）。

5新勅撰集・恋五・九六九・家隆「池にすむをしあけがたの空の月そでのこほりになくなくぞ見る」。

6壬二集・二五四一「露のぬき夜はの山風この頃は立田のにしき心ちしてふけ」。八雲御抄・巻六「ちかき人の歌の詞をぬすみとる事」にも引用。→補注3

196

[1]実相院《じつさうゐん》僧正[2]入峯《にふぶ》させ給ふとて、奈良の[3]尊勝院《そんしようゐん》へ立ち寄りて、一夜留りて、つとめて出でさせ給ひければ、[4]院主手づから盃もちて出でて、出門を祝ひ侍るに、実相院短冊を一枚もちて、「送行の歌一首承り候はん」とて、[5]予に給はりし。俄事《にはかごと》にて[6]計会《けいくわい》いふばかりなかりしかども、とかくいなび申すに及ばぬ事なれば、墨を閑《しづ》かにうちすりて、書き付けてまゐらせ侍りし歌、

[7]このたびは安くぞこえん[8]すず分けてもとふみなれし岩のかけ道

今度は[9]入峯の二度めにてありし程に、「もとふみなれし」と詠み侍りしなり。

197

慈鎮和尚《くわしやう》の[1]御弟、奈良の[2]一乗院《いちじようゐん》にておはしましけり。八

【196義運への餞別歌】

1義運。足利満詮の子。初名増詮。園城寺長吏。正徹と親しい権門歌人。一三八六～一四五七以後。

2修行のため霊山に入ること。修験道の道場である大峯（吉野から熊野に続く山系）に向かった。

3東大寺の子院。

4光経（広経）。僧正。東大寺別当。正徹の無二の歌友。一三八五～一四三三。↓補注84
5若い頃南都の門跡に仕えた縁で居合わせたか。↓102段注22。

6↓102段注14。

7出典未詳。本歌は古今集・雑下・九五一「世にふれば憂さこそまされみ吉野の岩のかけ道踏みならしてむ」。

8「篶」（篠竹）に「鈴」を掛ける。

9応永二十九年（一四二二）秋のことと考えられる。↓補注85

【197慈円の逸話】

1信円か。藤原忠通男。慈円の兄。興福寺別当。一乗院門跡。一一二五

月十五夜名もしるくさやかなる月に、中門にたたずみ給ひし折節、御[3]力者《りきしや》あまた御庭をはきけるが、「傍輩どち、いかに[4]今夜慈鎮坊の歌よませ給ふらん」といひあへり。さて明くるあした、慈鎮和尚の御方へ状を進らせられし様は「恐れある申し事ながら、又心底を残すべきにも候はず。[5]一山の貫頂《くわんちやう》、[6]三千の棟梁にて御座候へば、真言・[7]止観の両宗をこそ鑽仰《さんぎやう》もせられ、[8]興行もあるべき事に候へ、日夜[9]風《ふ》月《げつ》のたはぶれをもてあそばせ給ひ候事、且は[10]釈門の儀にも背き、還りて凡俗の体に准ぜられ候事、無《ク》二勿体《もつたい》一候。この室に召し仕ひ候奴ばら等、去夜の月に御身上を沙汰[11]仕《つかまつ》り候。まして天下の物言ひ、さこそと推量仕り候。向後《きやうこう》はこの道を御さしおきも候へかしと存じ候」由、委細教訓状を進せられしかば、慈鎮和尚その頃[12]天王寺別当にて、かの寺に渡らせ給ひしかば、あれへ御状をもって参りければ、御

三〜一二二四。

2興福寺の子院。摂関家の子弟が入室した門跡。

3力者法師。輿を担いだり、外出の供をする法体の下僕。

4名月を賞して詠歌すると見た。
5 6ともに天台座主のこと。比叡山延暦寺のトップで多くの僧徒を従えることから。
7天台宗。

8教法を盛んにすること。座主の責務である。

9詩歌のこと。仏教は文学の楽しみを狂言綺語として排斥する。

10仏門。

11お噂申し上げておりました。

12慈円の四天王寺別当在職は承元元年（一二〇七）〜二年、建保元年〜嘉禄元年（一二一三〜二五）。

返事には、「悦《よろこ》び入り承り候」とて、一首の歌を奥に書き給へり。皆人[13]に一のくせはあるぞとよこれをば許せ敷嶋《14しきしま》の道と一筆あそばしてまゐらせられしかば、一乗院門主[15]、「沙汰の限り[16]」とてやみ給ひき。

13出典未詳。江戸初期成立の月刈藻集などにも見えるが歌句には小異がある。
14歌道のこと。
15信円。
16沙汰の限りに非ず。話にならぬ。

198 馴《レテ》不《レ》逢恋《ハ》、

世の常の人に物いふよしながら思ふ心の色やみゆらん[1]

「世の常の人に物いふ」といひたるは、俗なるやうなれども、かくもあるべきか。

【198俗なる表現】
1草根集・巻六・四四〇三、正徹千首・六一一。

199 古寺燈《ノ》、

法ぞこれ仏のためにともす火に光をそへよことのはの玉[1]

【199題の文字をあらわさず詠む】
1出典未詳。
2和歌を指す。歌道が仏道の助けとなるとの意。→59段注5。

かやうに詠みつれば、古寺はあるなり。古寺[3]の題にて必ず寺と詠むべしと存じたるは、をかしき事なり。古もただそへ字なり。ただ寺までなり。

200

社頭ノ祝、

庵原《いほはら》[1]にあらず長良《ながら》のみ山もるみおの神松浦かぜぞ吹く

「庵原やみほの浦」[2]といふ所、駿河の国にあるなり。それ[3]にも松を詠みたり。これも[4]「みお」なれども、庵原にあらざれば、「庵原にあらず長良の山」[5]とはいふなり。「神のもる」[6]といへば、祝の心はあるなり。ここも浦風吹くべければ、「浦かぜぞ吹く」と詠み侍るなり。

201

歌の数寄《すき》[1]につきてあまたあり。茶の数寄にも品々あり。先づ茶の数寄といふ者は、茶の具足[2]を綺麗にして、建盞《けんさん》[3]・

3題字をそのまま詠まなくとも表現し得たとする。筆のまよひ「古寺といふ題は是もふるてらと詠むことば常の事なれども、寺と詠まで古寺のふるき名所を寺めきたるやうに詠む也」。32段参照。

【200「社頭の祝」題の歌と自注】

1出典未詳。

2現静岡市清水区。当時は「ミヲ」と読まれていた（全集）。

3例えば草庵集・七四二「松に吹くしほ風さむみ庵原や三保の興津に千鳥なくなり」など。

4正徹の歌は近江国の三尾社（滋賀県大津市）を詠んだので。

5近江国の歌枕。滋賀県大津市西方の長等山。「乍ら」を掛ける。

6神が守護すると詠めば祝の題意を満たす。

【201茶数寄もいろいろ】

1藝道に身を投じ耽溺すること。

2茶道具類。

3福建省の建竈で焼かれた天目茶

天目《てんもく》[4]・茶釜・水差[5]などの色々の茶の具足を、心の及ぶ程たしなみもちたる人は、茶数寄なり。これを歌にていはば、硯・文台・短冊・懐紙などうつくしくたしなみて、何時も一続《ひとつぎ》[6]など詠み、会所《くわいしよ》[7]などしかるべき人は、茶数寄のたぐひなり。

また茶飲みといふ者は、別して茶の具をばいはず、いづくにても十服茶《じつぷくちや》[8]などをよく飲みて、宇治茶ならば、「三番[9]茶なり。時分は三月一日わたりにしたる茶なり」と飲み、栂尾《とがのを》[10]にては、「これはとばた[11]の薗」とも、「これはさかさま[12]の薗」とも飲み知るやうに、よくその所の茶と前[13]山名金吾《きんご》などの様に飲み知るを茶飲みといふなり。これを歌にては、歌の善悪を弁《わきま》へ、詞の用捨を存じ、心の邪正を明らめ悟り、人の歌をもよく高下を見分けなどせんは、いかさまにも歌[14]の髄脳にとほりてさとりしれりと心得べし。[15]これを先の茶

碗。盞は小さな碗。
4 中世に広く用いられた抹茶喫茶用の茶器。下部に台を副える。
5 釜に足し入れたり、茶碗や茶筅を洗うための水を入れておく器。
6 続歌の一形式。永正日記「一続と申し候は懐紙の歌など候はで、ふといざ詠まんとて詠み候」。
7 客殿で詩歌等の雅会を催すために設けた場所。
8 「聞茶」の一種で、十服の茶を飲んで種類を判別するもの。
9 二番茶を摘み取った後に出た新芽の茶。味質ともに劣る。
10 京都市右京区。宇治とならび著名な茶の産地。
11 12 所在地未詳。ともに栂尾の茶園か。尺素往来（大永二年写本）には「閼伽井・逆・外畑・小畠・藤淵等の名園」とある。
13 金吾は衛門府の唐名。「前」は故人の意か。山名時熙。時義男。右衛門督。但馬・備後等の守護で幕府の宿老。持豊（宗全）の父。一三六七～一四三五。

飲みのたぐひにすべし。

さて茶くらひといふは、大茶椀にて[16]ひくづにても吉《よ》き茶にても、茶といへば飲みゐて、更に茶の善悪をも知らず、おほく飲みゐたるは、茶くらひなり。これは歌にては、詞の用捨もなく、心の善悪をもいはず、下手とまじはり、上手ともまじはりて、いか程ともなく詠む事を好みて詠みゐたるは、茶くらひのたぐひなり。

この三の数寄は、いづれにてもあれ、一の類にてだにあれば、座につらなるなり。[17]智蘊は「我は[18]茶くらひの衆なり」と申し侍りし。

202

初心の程は、先づ[1]まじはりを取り歌を詠むが最上の稽古なり。後には独吟するも子細なし。初から独吟しゐれば、無キ二心元《こころもと》一事もおほく、歌の面白き事もなきなり。

14奥義や神髄。転じて歌学書・歌論書のこと。
15歌会を熱心に行う人を「茶数寄」に、歌の奥義を知る人を「茶飲み」に擬し、前者を後者の上に置くのは数寄（愛好）心を重視するためか。213段参照。
16篩屑。茶を箕でふるって残ったくず。篩屑で淹れた粗悪な茶。
17→117段注3。
18下手とも上手とも交わり、詞の用捨、心の善悪を弁えぬ歌人の仲間である。智蘊の歌人としての謙遜な姿勢を示す（集成）。

【202初心者は衆人に接して詠め】
1交衆して詠歌せよ。→24段注11。

203 一度に歌をおほく詠むには、初一念《しよいちねん》[1]に取り付きたる物を、はなたず詠みもて行くなり。あれこれと[2]取捨すれば詠まれぬなり。

204 「天つ彦」[1]は日の事なり。彦星をも「天津彦星」とも詠みたり。「つ」はやすめ字なり。ただは天彦なり。

205 「たちぬはぬ日」とは、七月七日[1]ばかり、七夕は機《はた》をも織らず、裁縫をもせぬなり。こと時は三世常住[2]、機を織るなり。

【203多作する時の心持ち】

1最初に仏道に志した時の決意。転じて当初の直観的な発想。

2途中であれこれ着想を取捨選択していると結局詠めない。


【204「天つ彦」とは】

1八雲御抄・巻三「日、あまひこ。異名なり」。山彦の意もある（古今集・雑下・九六三など）。以下208段まで七夕歌の詞についての話題。


【205「たちぬはぬ日」とは】

1織女星は彦星と逢う七月七日だけは機も織らず裁縫もしないという伝承があったか（集成）。

2前世・現世・後世。永久に。

206
「衣手の七夕」[1]は、手といはんとて「衣手の七夕」とつづくるなり。これはかくもあるべきかとて、我から了簡[2]したるなり。「衣手の田上《たなかみ》」[3]のやうなり。「衣でのた」とだにつづかば、ともかくも詠むべきなり。

207
「手がひの犬」[1]は、男七夕[2]は犬をかふなり。万葉[3]の歌に見えたり。

208
「かささぎの橋」は、烏鵲《うじやく》[1]が河向にゐて、両方から羽をひろげて、七夕を渡すなり。「紅葉の橋」[2]といふも鵲の橋なり。紅葉[3]の木にてはなきなり。七夕の別れを悲しびて泣く涙がかかりて、鵲の羽赤くなる、紅葉に似たれば、「紅葉の橋」といふなり。

【206「衣手の七夕」とは】

1「衣手」は手（た）に掛かる枕詞。「七夕」の「た」に「手」を掛けた。

2思いついたものである。

3近江国の歌枕。現滋賀県大津市南部の瀬田川左岸。正徹の作例に「橋姫の波にかたしく衣手の田上つづく宇治の網代木」（草根集・巻二・一六四二）がある。


【207「手がひの犬」とは】

1飼い慣らした犬。

2倭名類聚抄・巻一などで彦星を「犬かひ星」とする（大系）。

3万葉集には見えない。


【208「紅葉の橋」とは】

1「鵲」と同じ。→118段注5。

2「天の川紅葉の橋の色に見よ秋待つ袖の暮を待つほど」（拾遺愚草・二二四〇）など。

3「紅葉の櫨」ではない旨注意を喚起（集成）。作例に「よも染めじ紅葉の橋もうつろふをうらむる

209 「山ぶみ」[1]は、山をふむなり。「山ぶみ」といふ事、源氏にただ一所あり。右近[2]が初瀬へ参りて、玉鬘《たまかづら》[3]にあひたる事を、かへりて源氏に語るとて、「[4]あはれなりし山ぶみにて侍りし」といひたるなり。

210 いかなること[1]を幽玄体と申すべきやらん。これぞ幽玄体とてさだかに詞にも心にもおもふばかりいふべき事にはあらぬにや。行雲廻雪[2]を幽玄体と申し侍れば、空に雲のたなびき、雪の風にただよふ風情を幽玄体といふべきにや。

定家の書きたる愚秘《ぐひ》[3]とやらんに、「幽玄体を物にたとへていはば、もろこしに襄王《じやうわう》[4]といふ御門おはしましき。或時ひるねすといひてひるねをし給ふ所へ、神女の天くだりて、夢ともうつつともなく、襄王に契をこめたり。襄王名残を

星の涙しぐれて」（常徳寺蔵正徹詠草・四一八）がある。


【209「山ぶみ」とは】

1山路を行くこと。この段は草根集・巻八・六二〇七「明日やみん山ぶみしても今宵まで桜にあらぬ雲の下ふし」に触れたか。宝徳二年（一四五〇）二月十四日の作。

2夕顔の乳母子。夕顔死後、源氏に仕える。

3頭中将と夕顔の間に生まれた娘。

4玉鬘巻「山踏みし侍りて、あはれなる人をなむ見給へつけたりし」。但し「山踏み」の語は浮舟巻にもある。

【210幽玄体と朝雲暮雨の故事】
1幽玄体について所謂「朝雲暮雨」の故事を用いて解説。↓補注86
2↓18段注12。
3愚秘抄。主要歌書解説参照。
4楚国の王。前二九八〜前二六三在位。但し原拠の文選高唐賦では

惜しみてしたひ給ひければ、神女「我は上界の天女なり。前世の契ありて、今ここに来て契をこめたり。この地にとどまるべき物にあらず」とて、飛びさらんとしければ、王あまりにしたひかねて、「さらばせめて形見を残し給へ」とありければ、神女、「我が形見には、[5]巫山《ふざん》とて宮中に近き山あり。この巫山に朝にたなびく雲、夕に降らん雨を眺め給へ」とてうせぬ。この後、襄王神女を恋慕して、巫山に朝にたなびく雲、夕に降る雨をかたみに眺め給ひけり。この朝の雲、暮の雨を眺めたる体を幽玄体とはいふべし」と書きたり。

これもいづくが幽玄なるぞといふ事、面々の心の内にあるべきなり。更に詞にいひ出だし、心に明らかに思ひわくべき事にはあらぬにや。ただ[6]飄白としたる体を幽玄体と申すべきか。[7]南殿《なでん》の花の盛に咲きみだれたるを、[8]絹袴《きぬばかま》きたる

神女と契ったのは襄王の父懐王で、賦の作者宋玉が襄王に伝える形になっている。

5　四川省夔州（きしゅう）巫山県の東南にある山名。

6　→18段注13。

7　内裏紫宸殿の前庭の桜花。

8　衣袴。袿姿。紅の生袴を穿き袿を着た。女房の日常服。

女房四、五人眺めたらん風情[9]を幽玄体といふべきか。これを「いづくがさても幽玄なるぞ」ととはんに、「ここそ幽玄なれ」とは申さるまじき事なり。

211 隆祐《たかすけ》[1]が歌、若年の頃ほひは、父の卿の歌にもおとらずたのもしく覚え侍りしが、老後[2]になりて、無下におとりたるよし定家の申さるると聞きて、「さらば[3]老後の歌こそあらめ、若年の歌をば勅撰には入れてたばぬぞ」と、隆祐恨みけるとなむ。家隆の歌をば、定家卿いささか亡室[4]の体ありとておそれ思はれしが、はたして家隆・隆祐・隆博《たかひろ》[5]は[6]つかに孫までにて絶えたりけるこそふしぎなれ。

212 花甑《ヲブ》、一[1]枝の花の色香をかざすゆゑいとどやつるる老の袖か

9極度に理想化された宮廷生活の一齣であろう。越部禅尼消息が続後撰集を「姿美しき女房の褄袖重なり唐衣の姿裳の裾まで鬢額髪のかかりすそのそぎめ美しう裳の腰ひかれたるまであな美しやと覚えたるを、南殿の桜の盛りにたてなめて見る心地して」とした評語の影響あるか（集成）。

【211長じてはただの人】

1藤原家隆男。従四位下侍従。↓補注87

2隆祐集・四一詞書「新勅撰集沙汰きこえ候し頃より、隆祐歌よみさがりたるよし世の中に聞え候しにあひて」による。当時三十歳前後と思われ「老後」は誇張。

3隆祐集に注2の引用に続いて「誠によみさがり候ひける、但しさらばよくよみ候はん時の歌も入り候へかし」とある。

4↓2段注5。

5藤原行家男。従二位大蔵卿。？～一二九八。隆博は歌道家六条藤

な

雪[2]の時わろき物を着たるが、殊にわろくみゆる物なり。

213

家隆[1]は四十以後始めて作者の名をえたり。それより前もいか程か歌を詠みしかども、名誉せらるる事は、四十以後なりしなり。頓阿[2]は六十以後この道に名を得たるなり。か様に昔の先達も、初心から名誉はなかりしなり。稽古・数寄[3]、劫《こふ》[4]積りて、名望ありけるなり。今の時分の人、いまだ歌ならば一、二百首詠みて、やがて定家・家隆の歌を似せんと思ひ侍ること、をかしき事なり。定家も「ゆかずして[5]長途にいたることなし」と書きたり。坂東[6]・鎮西の方へは、日をへてこそいたるべきに、ただ思ひ立ち一足にいたらんとするがごとしと云々。

ただ数寄の心ふかくして、昼夜の修行おこたらず、先づ

家の末裔で、家隆・隆祐の子孫ではない。誤認か。→補注88

6僅かに。

【212「花を翫ぶ」題の歌】

1出典未詳。

2雪の日に粗末な服を着るとよりひどく見える。色香の美しい桜を老人の袖にかざすのも同じ。

【213数寄の心さえあればよい】

1ささめごとにも「家隆卿は五十に入りて名誉の聞え侍りしとなり」とある。154段参照。

2頓阿六十歳は貞和四年（一三四八）。晩年は衰頽する二条家を支え勅撰集の編纂をも代行した。11段参照。

3→201段注1。

4長い年月。

5愚見抄の「ただこの道を思はば、寝食を忘れて朝夕に心にかけてよみならふべし。歩みを運ばずして、長途のさかひに至らんとせんこと、ゆめゆめ叶ふべからざるべし。詠

なびなびと口がろに詠みつけなば、自然と求めざるに興ある所へ行きつくべきなり。但し[7]後京極摂政殿は、卅七にて薨《こう》じ給ひしが、[8]生得の上手にておはしまして、殊勝の物どもあそばしき。もし八十、九十の老年までおはしましたらば、いかに猶重宝どもあそばされんずらんと申し侍りし。[9]宮内卿は廿よりうちになくなりしかば、いつの程に稽古も修行もあるべきぞなれども、名誉ありしは生得の上手にてある故なり。生得の堪能にいたりては、[10]初発心《しょほっしん》の時、便成《べんじゃう》正覚《しゃうがく》なれば、修行を待つ処にあらず。しからざらん輩は、ただ不断の修行をはげまして年月を送るは、終に[11]自得発明《じとくほつみゃう》の期あるべきなり。ただ数寄に越えたる重宝も肝要もなきなり。上代にも数寄の人々は[12]古今の大事をもゆるし、勅撰にも入れられ侍り。誠の数寄だにあらば、などか発明の期なからむ。


まずして誰かは上手になりたるためし侍る」による。

6関東・九州の古称。

7藤原良経。享年は三十八。↓41段注13。

8後鳥羽院御口伝に「故摂政はたけをむねとして、諸方を兼ねたりき。いかにぞや見ゆる詞のなさ歌ごとに由あるさま、不可思議なりき」とある。

9詠歌に精進する余り夭折した。↓41段注9。

10新たに心を起こす時、直ちに仏の正しい悟りを完成するの意。華厳経・梵行品「初発心時便成二正覚一知二一切法真実之性一、具二足慧身一、不二由レ他悟一」とある。

11「発明」は、悟り明らかにする、徹見する意の禅語。

12古今集の解釈など歌道の秘事口伝を受けること。

本云ニク
右這ノ一冊ハ[1]東素珊《そさん》ノ以テ二宸筆[2]
本ヲ一書写畢シをはンヌ
于レ時[3]永正十四天閏十月廿三日

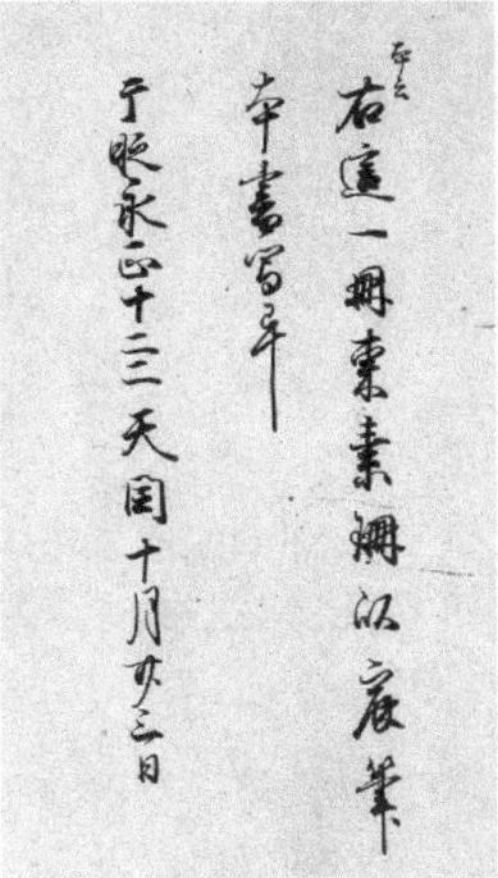

底本（国文学研究資料館蔵）奥書

【底本奥書】

1正徹に師事した東常縁の孫らしい（実隆公記永正二・二・四）。一説に常縁の甥東氏胤とも。

2「真筆」と同。「素珊の自筆本を」の意。

3一五一七年。「天」は年と同。

補注

1（1段）正徹は日頃から定家に対する尊崇の念を語っており、東野州聞書宝徳元年（一四四九）九月十八日条には、パトロンの一人である畠山持純《もちずみ》から貫之・能因・定家の各一首を示され、どの歌を好むかと尋ねられた時、「我は定家宗《ていかしゅう》にてはつべき上は」として、もちろん定家を撰んだとある。心敬《しんけい》の所々《ところどころ》返答《へんとう》（文正元年〈一四六六〉成立）には「定家の流も、為氏卿・為相卿二流になりて、二条家・冷泉家とてきびし。清巌和尚、尤も冷泉家の随一末葉なれども、「我はいづれもうるさく侍り。くだりはてたる家をば尊ばず。ただ俊成・定家の胸のうちを学び侍る」とつねに語り給へる」とさらに直截《ちょくせつ》な言がある。なお、定家の子孫は中世歌壇の指導者として君臨し、多くの分流が派生したが、十五世紀初頭、応永七年（一四〇〇）頃には殆どの血統が断絶し、冷泉家を遺《のこ》すのみとなっていた。

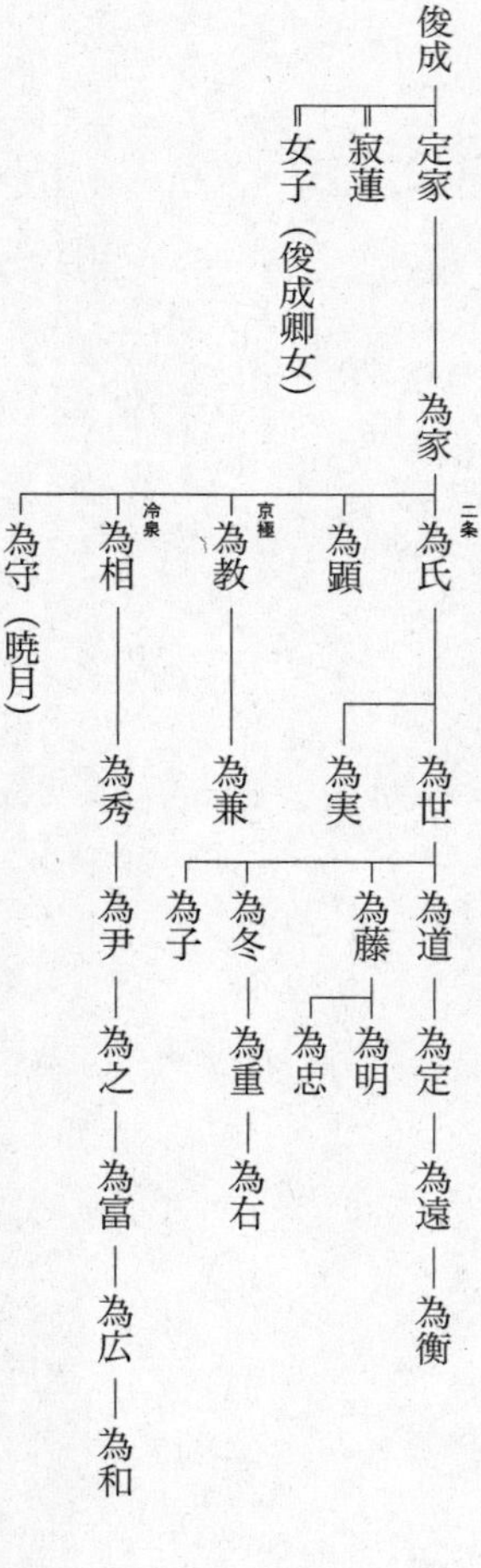

2（1段）和歌所は宮中に置かれた勅撰和歌集編纂の事務局のことであるが、中世は撰者の私宅に置かれた。やがて恒常的な施設となり、室町期には歌道家の冷泉家・飛鳥井《あすかい》家がそれぞれ「和歌所」と呼ばれている。

3（3段）八雲御抄巻六に「すべて歌にはきはめてうけられぬ事のあるなり。よりて六のやうをたて、これにのす。第一にちかき人の歌の詞をぬすみとる事」として、

雅経が「なく音もよはの」と詠みたりしをば、家隆が「露のぬきよはの嵐」と詠みたるに似たりと定家難じ申しき。一文字二文字といふとも、耳に立つ様なる事を取るがあしき也。およそ雅経はよき歌人にてありしを、後京極摂政の「人の歌をとるとはいはれける」と聞きしを、さしもやと思ひしに、建暦の詩歌合の時、有家が「するの松やまずこととへ」とよみたりしを、評定の時、定家・雅経などしきりに感じ申ししを、同七月に五首の会のありしに「あしひきのやまず心にかかりても」とやがてよみたりしは、いかなる事にか。雅経、さしも有家をうらやましく思ふべき歌よみにてもなきにだにかかり。まして已下の人、我も我もとおとらず取る、これ第一の咎なり。

とある。同時代歌人の詠み出した秀句を無造作に摂取することで非難を浴びたのである。また田村柳壹「藤原雅経の初学期をめぐって」（『後鳥羽院とその周辺』笠間書院平一〇。初出昭五〇）でも、本歌に依存し過ぎた作例を指摘する。

4（4段）福田秀一「中世私撰和歌集の考察―現葉・残葉・続現葉の三集について」（『中世和歌史の研究続篇』岩波出版サービスセンター平一九。初出昭三五）によれば、二十巻、弘安

元年（一二七八）から三年の間に成立、為氏撰の勅撰集続拾遺集の補遺ないし撰外佳撰的な私撰集と推定されている。

5（9段）慈澄は仙覚・由阿《ゆうあ》の万葉集研究の学統を汲《く》む（仙覚律師奏覧状後附文書）。関東公方《ぼう》足利持氏《もちうじ》と衝突して上京し、応永三十二年（一四二五）に足利義持とその周辺に万葉集を講《く》じた。兼宣《かねのぶ》公記同年五月二日条に「鎌倉大教院慈澄僧正ヲ招キ二寄セ於八講堂一ニ対面ス、是レ万葉集ノ物語也、依リテ二室町殿ノ仰ニ一也」とある。正徹もこうした機会に受講したのであろう。詳しくは小川剛生『二条良基研究』（笠間書院　平一七）参照。

6（9段）万葉集目安とも。巻順に約一六〇〇の語義を簡潔に解説する。編者・成立年代未詳であったが、小川靖彦『萬葉集目安』（正式名称『萬葉集註釈』）─南北朝期に誕生した「新註釈」（『萬葉学史の研究』おうふう　平一九。初出平一〇）が、仙覚・由阿の説を受けた南北朝期の注釈書であることを明らかにして、この段で言う「新注釈」に比定した。

7（9段）源承と同時期に活動した二条派の歌僧玄覚と誤った可能性がある。玄覚は万葉集註釈を書写するなど仙覚の学問を継承していた。久保田淳「権律師玄覚─中世の一万葉研究者に関する考察」（『中世和歌史の研究』明治書院　平五。初出昭三九）参照。

8（10段）永享五年（一四三三）新続古今集の下命に際し、冷泉家をさしおき飛鳥井家が二百年ぶりに撰者となったことへの反撥があろう。飛鳥井家では他に雅有《まさあり》（一二四一～一三〇一）が伏見天皇の永仁勅撰の儀に召されたのみ（この撰集は中絶した）。そのため飛鳥井家の家記文書は二条家はおろか冷泉家と比較しても質量ともに見劣りすることは否めなかった。

飛鳥井
雅経―教定―雅有―雅孝―雅家―雅縁―雅世┬雅親―雅俊
　　　　　　　　　　　　　　　　　　　└雅康

9（11段）これがある程度事実と考えられる旨、稲田利徳「新拾遺集―勅撰集の特色と評価」（国文学解釈と鑑賞　昭四三・三）に指摘がある。

10（12段）この三行五字の懐紙書式は数少ない飛鳥井家個有の家説と言えるものであるが、世間に認知されたのは雅縁（一三五八～一四二八）の代である（後愚昧記《ごぐまいき》永和三年〈一三七七〉三月四日条）。なお武井和人「一首懐紙書式雑纂」（『中世和歌の文献学的研究』笠間書院　平元。初出昭五九）参照。

11（14段）この歌の評価は必ずしも高くなく、藤原為顕《ためあき》の竹園抄《ちくえんしょう》（鎌倉後期）では「乱思病《らんしびょう》」（意味が優ならず内容の乱れている歌）の例とし、耕雲口伝でも「まなびてわろかるべき体」とされていたが、現在では定家のみならず新古今集の代表作とされている。そうした評価の源流にある優れた鑑賞である。

12（23段）古今集の入集《にっしゅう》歌数は、業平三〇（六位）、伊勢二二（七位）、小町一八（八位）、躬《み》恒《つね》六〇（二位）、貫之一〇二（一位）、遍昭一七（一〇位）。

13（26段）この段の正徹歌・為重歌の解釈については、井手恒雄「正徹の歌論―「うしとても」の発想」（香椎潟二〇号　昭五〇・三）が論じている。

14（28段）長綱百首・一一・待ツ春ノ月ヲ の「春雨の名残の軒ぞかをるなる月待つ里の梅の下風」

に対し、定家はこれでは「雨後ノ梅」の題の歌である、と咎《とが》め、さらに「主の被レ仰セべき要事にて、「御出居へ民部大夫《たいふ》左衛門尉藤内《とうない》まゐれ」と被レ仰セ候はんずるに、先づめされ候はぬ外記《げき》大夫馬允《うまのじょう》が、めさるるものがくびにのりて腋戸《わきど》よりいでて候はんは心得ず候べき様に、「待ツ二春月ヲ一」と候に雨梅などがまじり候事を申し候なり」と教えている。

15（29段）郭公は夏の主要な題であり、定数歌では複数題設けられるのが普通である。実際、正徹千首の郭公歌群でも待ツ二郭公ヲ一・初郭公・郭公一声・夜郭公・月前ノ郭公・海ノ郭公・郭公遍シ・郭公稀ナリ（一二一一〜八）となっていて、「郭公稀」は一連の郭公題で最後にあるべきと考えられていたことが分かる。

16（36段）「〜かほ」という句は院政期和歌で流行し、無生物を擬人化する措辞として西行が愛好したが、歌道家からは俗っぽく安易な表現として忌避され、中世には禁制詞とされた（井蛙抄・巻三・制詞之事）。「しらずがほ」「ぬるるがほ」は感情を交えないので許容されたのであろう。稲田利徳「西行の和歌の表現（一）―「〜がほ」をめぐって―」（『西行の和歌の世界』笠間書院　平一六。初出昭五六）参照。

17（39段）忠通の「さざ浪や…」の歌は、本歌と殆《ほとん》ど違いがないのに成功した作として有名で、愚問賢注に「また万葉歌などさながら下句をとりたるもあり。『ふるき都に月ひとりすむ』など法性寺関白の詠めるも、下は同じものなれど、秀逸になりぬればくるしみなきにや」とある。恐らくこれを踏まえる。

18（41段）愚秘抄・巻上に「またこの頃肩をならへてあらそひあへる歌のたたずまひ、各とりどりにして昔にも及び難く中ごろにも越えて侍るやらん。中にも摂政殿は天性不思儀堪機《かんき》と見え給へり。（中略）萱齋院《かやのさいゐん》（式子内親王）・二条院讃岐・宜秋門院《ぎしうもんゐん》丹後・宮内卿・亡父卿女などぞ女房歌にはすぐれて聞え侍る。いさいさこの人々の思ひ入れたらん歌をば有家・雅経・通具・家隆もよみぬきがたくや侍らん」とあるのによる。

19（43段）詩人玉屑《しじんぎょくせつ》・巻三・句法に冷齋夜話《れいさいやわ》（宋・釈恵洪《えこう》編、十巻）を出典として、象外句、唐僧《ニ》多《シ》二佳句一、其琢《ク》レ句《ヲ》法比《スルニ》レ物《ヲ》、以《テシテ》レ意《ヲ》而不レ指《シテ》二言《ハ》一物《ヲ》一、謂《フ》二之《ヲ》象外《ノ》句《ト》一、如《キ》二無可上人詩《ノ》一曰《ク》、聴《テ》レ雨《ヲ》寒更尽《キ》、開《テ》レ門《ヲ》落葉深《シ》、是《レ》落葉《ヲ》比《スル》二雨声《ニ》一也、又曰《ク》、微陽下《レハ》二喬木《ニ》一、遠焼入《ル》二秋山《ニ》一、是微陽《ヲ》比《スル》二遠焼《ニ》一也、用《キ》レ事《ヲ》、琢《クニ》レ句《ヲ》、妙《ハ》在《ル》下言《ヒテ》二其《ノ》用《ヲ》一而不《ルニ》上レ言《ハ》二其《ノ》名《ヲ》一耳、冷齋とある。詩人玉屑は南宋魏慶之《ぎけいし》編、北宋南宋の詩話詩論を集成した書である。日本にも鎌倉末期には将来され、五山版が刊行されて流布した。わが国の文学に与えた影響はきわめて大きい。

20（43段）詩人玉屑では和刻本も「雨を聴き」と付訓している。「雨と聴き」も和歌における時雨《しぐれ》と紅葉の伝統からは導かれやすく、たとえば「秋の夜に雨と聞えて降るものは風にしたがふ紅葉なりけり」（拾遺集・秋・二〇八　貫之）という発想の酷似した作がある。

21（50段）現在では「浅葉野《アサバノニ》　立神古《タチカンサブル》　菅根《スガノネノ》　惻隠誰故《ネモコロタガユヱ》　吾不恋《アガコヒナクニ》」と訓む。正徹の作例にも「あさば野や古里人の面影もたつみわこすげ今夜やどかせ」（草根集・巻十五・一一〇九四）がある。

22（52段）「霜のふりはも」の「はも」は、詠歎《えいたん》の終助詞「は」と「も」で、霜の何と降ることだなあ、の意となる。これは早く顕注密勘《けんちゅうみつかん》に「霜のふりざまはいかにせむと云ふべきを詞を略してしもはと云ふに、「はも」とたすけこと葉にも文字をいひつる也。たとへばかも・しも・そもなど云ふが如し」と説かれている。ところが、鎌倉後期の毘沙門堂《びしゃもんどう》本古今集注では「霜ノフリハト云フハ、霜降場也、又ハ霜降葉也」などとする解釈が見える。実際に「置きまよふ霜のふりはの跡ながら猶やかたみの水ぐきのをか」（宗良《むねよし》千首・六六六、歌題「寄《スル》レ庭《ニ》恋」）、「水くきのをかのあさちふ露さむし霜のふりはと今やなりなん」（慕風愚吟集《ぼふうぐぎんしゅう》・三六二、歌題「水茎岡」）などの作例があり、この段の語られた背景が分かる。言塵集・巻六では顕昭と同じく「霜のふりはと云ふは文字も口のはと同心也、霜のふりたる也」としているが、正徹は「氷しくさはべの松がねにぞなく霜のふりはも鶴や寒けき」（草根集・巻十一・八三三六、歌題「冬《ノ》鶴」）など、「霜のふり羽」の意で詠んでいる。

23（53段）「待てといはばいともかしこし花山にしばしとなかむ鳥のねもがな」（拾遺集・雑春・一〇四三・遍昭）など。この歌を釈して顕昭の拾遺抄注に「イトモカシコシトハ、イトハ最也、カシコシトハオソロシト云フコトナリ、カシコマル心ナリ」とある。

24（54段）歌数が多い定数歌では冬部に寒草・寒蘆《かんろ》が設定されることがあり、「寒草」題で蘆《あし》を詠めば傍題を冒すことになる。時秀卿聞書《ときひできょうききがき》（時秀は書写者か。正徹周辺で成立した歌学書か）に「寒草の題に蘆をば詠むべからず。その故は出題の時、寒草・寒蘆・寒衣などと別に出づる間、寒草の題にては寒蘆を詠むべからず」とある。

25（59段）三五記・鷲末に次のようにある。「亡父卿この道を年頃久しくたしなみて、ある時、さても人には必ず生死いたることのがれず。これ既に狂言綺語《きやうげんきぎよ》に相似たり。誠に出離の要道こそ学びたかるべけれとこの心を得てのち、かの事祈請の為に住吉御社に参籠して、一筋に祈り申されけるに、ある夜の夢に、年はや九九にも余りたらむとおぼしき老翁の、赤地の錦の帽子に白拂をかなでて、神殿の御前にうちうそぶきたる気色にて座し給へりけるを見つけて、このこと尋ねむと思ふ心出で来て、さうなく出離一大事のことを尋ね申されたりければ、かの老翁うちゑみて、ゆめゆめ他の事をなすべからず、ただ歌をもて往生すべしと申すめりとて、ほのぼのの歌をあたへられき。誠にめづらかなりし事どもなり。」

26（59段）毎月抄に次のようにある。「去にし元久の比、住吉参籠の時「汝月明らかなり」と冥の霊夢を感じ侍りしによりて、家風にそなへむため明月記を草しおきて侍る事も身には過分のわざとぞ思ひ給へる。」

27（60段）了俊日記によれば、延文元年（一三五六）頃より順覚・救済《きゅうせい》・周阿・良基の教えを受けたとあるが、良基から最も本質的なことを教えられたようで、この段の内容も同書に「稽古の間は句をみがきてよくせんと思ふべからず。只一念うかぶ句を不二斟酌セ一憚らず可キレ仕ル也、（中略）愚老がなま句を少々仕りてよろしき句ばかりと存じて仕り候しを、摂政殿いましめ給ひて、至極の上手にならざらん程は、その用捨は不ルレ可カラレ叶フ也、只いくらも口に任せて仕りて、他人に用捨させよとのみ教へ給ひし也」とあるのに近い。

28（63段）「なげの情け」を詠んだ例歌は「とはるるも嬉しくもなしこの海を渡らぬ人のなげの情けは」（後鳥羽院遠島百首・七九）など。なお、了俊日記に「なげの「なげ」とは、なをざりと云ふ言也。「なげら」と云ふ同言也、「暮れなばなげの花のかげかは」と云ふ歌は別の言也。「なげ」と「なげ」とはかはるべき也」とあり、「なげ」をそれぞれ異なる語と考えていたことが分かる。正徹もこれを踏まえるのであろう。

29（68段）毎月抄は定家真作か否か結論を見ない。またその内容が言及されるようになるのは南北朝期である。冷泉家に伝えられた諸本のうち、尊経閣本・島原松平文庫本などは送付先（すなわち詠草添削を依頼した人物）を実朝とする。一方、二条家では藤原家良《いえよし》（衣笠《きぬがさ》内大臣。一一九二〜一二六四）と伝えている。送付先を確定できる史料がある訳ではなく、本書の内容から後世、実朝や家良の名が挙がったのであろう。福田秀一『中世和歌史の研究』（角川書店昭四七）第三篇第二章「定家偽書の成立と毎月抄その他の真偽について―現段階と問題点を主として」（初出昭四四）参照。

30（68段）相当する文辞は毎月抄には見えないが、たとえば「中納言入道〈定家卿〉云、ひさかたの空、山をあしひき、あらがねの土といふは、ただ空にいひ、土にいひつけたると心得てあるべし」（古今集六巻抄）、「下ざまの好事の中に不審をいだし才学をたつる人も、久方の空とは何とていふぞ、あらがねの土とはかなる心にいひそめたるぞ、などいふ事をのみ問ひたるをいみじきこととせり」（為兼卿和歌抄）など、周知の枕詞を引き合いに出して、顕昭ばりの語義考証を重視しない態度は、二条・京極とも御子左《みこひだり》家に共通している。

31（72段）薬師寺公義は主人高師直《こうのもろなお》を諫《いさ》めて聞き入れられず遁世《とんせい》した後（太平記巻二十九）も、しきりに権門に出入りし歌壇で名声を得た。今川了俊は公義を嫌悪し、その作品は過大評価を受けたとし、「およそかの作者は歌道の高運のものにてありし也。つひによろしき歌を聞き侍らざりし也」と述べる（落書露顕）。新後拾遺集に四首という数も優遇である。勅撰《ちよくせん》歌人となる栄誉を逃した正徹にとって複雑な感情を持たざるを得なかったであろう。なお、公義の子孫は細川京兆《けいちょう》家の内衆《うちしゅう》として活躍し、和歌も好んだので、正徹とは旧知の間柄であった。

32（74段）兼好が久我家の分家である堀川家と関係を持ち、具守（一二四九～一三一六）や孫具親（一二九四～？）のもとに出入りしたことは家集や徒然草から窺える。徳大寺家に仕えたことを示す史料はないが、徒然草には実定・実基・公孝ら歴代の当主が登場する。久我家には春日家、徳大寺家には物加波家という古くからの諸大夫がおり、南北朝・室町期には歌人も出している。そこから兼好の出自を同じように考えたものであろう。

33（77段）幻巻に「外の花は、一重散りて、八重咲く花桜盛り過ぎて、樺桜は開け、藤はおくれて色づきなどこそはすめる」とあり、正徹もこの樺桜《かばざくら》について「枝アカウシテ花モ紅梅ニテ艶ナル桜ナリ」（源氏《げんじ》一滴集《いってきしゅう》）と注している。

34（81段）一口に制詞といっても、単に古過ぎる詞《ことば》、和歌の表現として差し障りのある詞、特定の歌にとっては好ましくない詞など、制限された事情は区々である。ここで問題になっているのは「ぬしある詞」のことで、院政期から新古今時代の、近い時代の独創的な秀句であり、安易な模倣を防ぐため、為家の詠歌一体が四十余語を書き出したことに端を発する。「うつるもくもる」「我のみ知りて」もこれに入る。

35（86段）兼載雑談に「人丸影に信実・岩屋《いはや》とて両流あり」とあり、信実と行尊《ぎょうそん》が描いた二つの像が行われていた。実際、信実筆人麻呂像は室町期の公家日記に多く見える。法性寺流の活動は井上宗雄「藤原（法性寺）為継と為信　付為理以下の末孫たち」（『鎌倉時代歌人伝の研究』風間書房　平九。初出平三）参照。

36（88段）定家歌の初句「忘れぬや」の係助詞「や」は終止形接続なので「ぬ」は完了の助動詞「ぬ」となる。正徹のように打ち消しの意味で取るのは誤り。「さは忘れける」の「さ」は下句の「夢になせとぞいひてわかれし」を受ける。東常縁《とうつねより》の拾遺愚草抄出聞書（室町中期）に「自問自答したる他。二度おぼしめしいだすな、夢のごとくなし給へとたがひにいひて別れ、また恋しく思ふほどに、契りし事をば忘れたると也。その人を忘れぬ事すなはち忘るる儀なり」とあるように、自問する歌であるので、耕雲のように相手に尋ねたと解するのも無理がある。

37（89段）「やまとうた」は、「「やま」をさげて、「と」をあげて、「うた」をさげて読む」（栄雅抄）とある如く、歌道家の標準的な教えでは平平上平平と発音する。ところが毘沙門堂本古今集注など、異説を載せる注釈書には「平平平上平」「上平上上平」などの声点が見える。こうした異説は六条家説や家隆説を称することが多い（実際の六条藤家や家隆とは殆ど関係ない）。秋永一枝「「やまとうた」と「やまとうり」」（国文学研究八七　昭六〇・一〇）参照。

38（91段）この歌は「玉津嶋の有様をこまかに詠みたらんよりも、かの浦の景気眼に浮かびて多くの風情こもりて聞ゆる也」（和歌庭訓）と称賛された。このエピソードが井蛙抄・巻六にも載るが細部はかなり異なる。「故宗匠（為世）語りて云ふ、亡父卿（為氏）の「人とはば見ずとやいはむ玉津嶋かすむ入江の春の明けぼの」の歌は建長詩歌合の時、紙屋紙のたてがみの裏に書きて、祖父入道（為家）に見せ申されし時、「みつとやいはむ」と書かれたりしを、「みずとや」とそばに直されたり。作者は猶所存とけずながら、「みずとや」と書きて出ださると云々」。すなわち、為氏がもともと「みっとやいはん」と詠んでいたのを、為家が「みずとやいはん」と改めたとなっており、正徹物語とはまったく逆である。正徹は「勅撰集の和歌は実なる体を重視して採る」という持論に合わせて引用したのであろう。

39（94段）貞永元年（一二三二）七月関白左大臣家百首の内。父俊成の官位を越えて正二位権中納言に上ったこと、歌壇でも頂点に立ったことを自祝する。やや尊大な述懐で違和感があるためか、正徹は「我が身のことを詠まれたる由、申されしかども、是ばかりは人のうへに心得たきよし」（東野州聞書宝徳元年七月二十六日）と語ったとある。

40（95段）この話は落書露顕に、「五条和歌所にて為秀卿歌侍りしに梅散リテ得レ客ヲと云ふ題を人々よみ残して侍りしを頓阿追って上《たてまつ》る。「とはるるもいとど思ひの外なれや立枝の梅は散りはてにけり」宜しき由為秀卿仰せられしを誠に作者かたじけなしと申しき。この歌もただ「いとど」と云ふ言一つによりて歌の肝の入りたるなるべし」とある。五条和歌所は二条為明が新拾遺集撰進に際し設けたもので、為秀は息為邦を為明の養子にしその遺跡を継承した。ここで為秀が歌会を開いて頓阿らが参じたのは、当然為明の没後（貞治三年没）となろう。井上宗雄『中世歌壇史の研究　南北朝期』（改訂新版　明治書院　昭六二）参照。

41（96段）二条家の会席作法を記した和歌道作法条々（室町後期）に「当座あらば、必ず詠草の料紙、引合、内々には杉原、文台の主位の端に置くべし」とある。文台の上座に面した側で、中央を主位と呼んだか。山本啓介『詠歌としての和歌　和歌会作法・字余り歌―付〈翻刻〉和歌会作法書』（新典社　平二一）参照。なお会席の室礼《しつらい》と所役の位置については補注46も参照。

42（102段）治部禅蘊は俗名未詳、室町幕府奉行人として南北朝末期に活動し、最終の所見は応永元年（一三九四）八月である（東寺百合文書《とうじひやくごうぶんしょ》）。一方、今川了俊は応永二年閏《うるう》七月に探題の任を解かれて上洛する。彼是合わせればこの段で描かれた出来事は二年八月のことと見てよく、正徹の十四、五歳の頃という記憶とも合致する。

43（103段）無名抄に次のようにある。「俊成卿女は晴の歌よまんとては、まづ日を兼ねてもろもろの集どもをくり返しよくよく見て、思ふばかり見終りぬれば、皆とり置きて、火かすかにともし、人音なくしてぞ案ぜられける。宮内卿は始めより終りまで草子巻物とりひろげて、切《きり》燈台《とうだい》に火近々とともしつゝ、かつがつ書き付け書き付け、夜も昼も怠らずなん案じける。」

44（103段）愚秘抄・巻下に次のようにある。「また歌を詠まん時、あからさまにもその座ただしからで詠むことなかれ。自由にてよみならひぬれば、いかにも晴の時よき歌よまれず。西行は毎度に歌よまんとては縁行道してうそぶきよみけるが故に、先年禁中にて老若の勝負御歌合当座ありしに「西行いだすな、たてこめてよませよ」と勅定ありき。げにもと覚えて侍りしか。さればその時はさまで秀逸とおぼしき歌なかりき。和泉式部はひきかづきてよみけるとかや。はれの時もかほをふところに引き入れて読みけるとか。それは中々女房のさまめきてあらまほしき気色にて侍りけりと申し伝へ侍り。道綱卿母はくらき所にてよみならひたりけるとかや。いつも灯をそむけて目をとぢて案ぜられ侍りけるとなん。是も女房などなればくるしからず。」

45（103段）桐火桶に次のようにある。「亡父の卿（俊成）は、寒夜のさえはてたるに、ともし火かすかにそむけて、白き浄衣の煤けたりしを上ばかりうちかかり、紐むすびて、その上にふすまをひきか丶りつつ、そのふすまの下に桐火桶をいだきて、ひぢをかの桶にかけて、たゞひとり閑素として床上にうそぶきてよみ給ひける也。」

46（104段）冷泉為和《ためかず》（一四八六〜一五四九）の題会之庭訓《だいかいのていきん》幷和歌会次第によれば、七六頁の図のように、読師は文台に向かって左、講師は正面ないし右側に座する。なお川平ひとし「清浄光寺蔵冷泉為和著『題会之庭訓幷和歌会次第』について」（跡見学園女子大学紀要二三号　平二・三）、同「〈翻刻〉彰考館蔵本『冷泉家秘伝』」（同二六号　平五・三）参照。

47（106段）近来風体に、為世の孫で為明の弟である二条為忠《ためただ》（一三一一〜七三）を賞賛して「古今などはそらにみな覚えられき」とある。

48（107段）愚秘抄・巻上に次のようにある。「また或人の筆体の事を書きて侍る物に、皮肉骨の三体といふ事を立てて申したるに、古《いにしへ》の三跡にこの三体をよせて、三得三失を宛てて侍り。三跡とは野跡・権跡・佐跡の三跡なり。野跡は骨をかきて皮肉の二を書かず。権跡は肉の一体を書きて皮骨の勢を得ず。佐跡は皮を存して骨肉の両姿を忘れ侍り。をのをの得て書く体は得たり。得ざるかたは失なり。それ道風は筆勢をもいはず、つよくしたたかにして、やさしく愛ある姿を書かず。行成卿は愛ばかりを書きてやさしくつよき体を得ず。佐理はやさしき様を得てつよきと愛あるすぢを書かず。いはばつよきは骨、やさしきは皮、愛あるは肉なり」。これによれば野跡はつよくしたたかな姿（骨）、権跡は愛ある姿（肉）、佐跡はやさしき姿（皮）であるが、正徹物語では権跡と佐跡とが逆になっている。なお臥雲日件録抜尤《がうんにっけんろくばつゆう》長禄元年（一四五七）六月四日条にも正徹の言として「日本能ノ書者、道風・佐理・行成三人為リレ最、後人評シテ日ク、道風書《ハク》レ骨《ヲ》、佐理書《ハク》レ肉《ヲ》、行成書《ハク》レ皮《ヲ》」と見える。

49（107段）この家は西園寺《さいおんじ》公経《きんつね》の庶子実有《さねあり》の子孫で、南北朝期の実材《さねき》・公勝《きんかつ》・実秋《さねあき》と歴代能書であった。清水谷《しみずだに》の号は実秋が同族の清水谷公広《きんひろ》の養子になったことによる（吉田家日次記応永九年〈一四〇二〉六月十八日条）。正徹当時の当主は実久《さねひさ》（一四三一〜九七）でその弟が後に尭孝《ぎょうこう》の養子となった尭憲である。

```
実宗─┬─公定（清水谷）─実持─公兼─実秀─公広
     └─公経（西園寺）─┬─実氏
                      └─実有（一条）─公藤─実連─公有─実材─公勝─実秋─公知─┬─実久
                                                                          └─尭憲
```

50（109段）歌林で一説として「そが菊の事を、治部入道の申し候は、僧（俗）の説とかやに、十日の菊也云々、そがは十日也、晦日をもみそかと云ふ、則三十日也云々。菊は九月九日を正日と云ふ云々」と紹介する。なおこの「治部入道」とは102段に登場した禅蘊か。

51（109段）古来風体抄ではまず「「そがひ」とは「おひすがひ」などいふやうにみゆるなり」とし、「そが菊」をも「向ひの岸にそがひに見ゆると詠めるにや」と解した。これを受けて言塵集・巻三でも「そが菊とは黄菊といへり。承和菊といふとも。俊成卿説にはそわ菊なり。おひすがひさまに見えたる菊云々」と、やはり「そがひ」と「そが」を同根の詞《ことば》としている。さらに了俊はこの説を歌林や了俊日記でも繰り返し取り上げている。

52（109段）当時は「文の歌」に対して「地の歌」とすることが多いが、「やり歌」の語も、千五百番歌合・二四三番判詞に「左歌、いざ駒なめてしがの山ごえ、これらはただ詞にまかせて百首の中のやり歌とは見え侍れど、心詞をかしく侍るにや」とある。

53（109段）声調美を重視した俊成の歌論に基づく。古来風体抄に「歌はただ詠み上げもし詠じもしたるに何となく艶にもあはれにも聞ゆる事のあるなるべし」とある。

54（118段）実際には頓阿は「七夕鳥」の題で「鳥の音も心あらなん星合の天の関戸のあけまくもうし」（草庵集・四三三）、「天の河たづぞ鳴くなる七夕の逢ふほどもなくあけぬこのよは」（同・四三四）など鶏や鶴も詠んでおり、鵲《かささぎ》だけしか許容しなかったというのは誇張であろう。

55（120段）管領とは将軍の家政機関の長であるから、律令で定められた官職体系の埒外にある。一方で室町社会でも令制下の朝廷官職は社会的ステイタスとして依然有効であった。満元はじめ細川家の管領は代々右京大夫（従四位下相当）となるのが慣例であり、他に管領を務めた家柄の斯波《しば》・畠山両家も左衛門督《さえもんのかみ》（従四位下相当）なので、満元を中納言（従三位相当）の上に置くのは破格である。参議は相当位がないが中世は従四位上とされ、ほぼ同格と見てよいが、これは満元が雅縁《まさより》の上位になることを忌避するために出した口実であると見られる。すなわち義持は、公家化した父義満への反撥からか、酒宴などでもわざと大・中納言より先に管領に盃《さかずき》を授けることがあって批判されている（建内記《けんないき》正長元年〈一四二八〉六月十九日条）。義持のやり方を肯《がえ》んじなかった満元の賢明・謙抑も印象に残る。

56（122段）この話は八雲御抄・巻六「よくよく思惟すべき事」および耕雲口伝でも「一、当座の歌詠む時可キ二心得一事」に見える。しかし、歌を出すのは遅かったが宿老なので許されたとあって、初句に難渋したとは書いていない。東常縁の新古今集聞書（室町中期）になって「その時清輔出題也。河《ノ》水久《シク》澄《ム》と云ふ題をとりて詠み侍りしに各の歌は出で来たれども清輔の歌出来せで、みな題者の歌を待ちけるに、清輔汗をながし頭より煙をたてて案ぜられしかども出来せで、各も笑止と待ちける所に此の歌を書きて出だされし也」と見える。

57（122段）為世の和歌用意条々（鎌倉末期）に「この流には肝要を初五文字に置くが故に探題を詠むときも、五文字を残して後に書く事のあるによりて五文字の書所つまりて注付などをしたる様に見ゆる事侍り」とあり、当座歌会ではこのような書き方をして短冊を出すことも許容されたことが分かる。なお毎月抄にも「又歌の五文字はよく思惟して後におくべきにて候。されば故禅門（俊成）も、歌ごとに五文字をば注につけ候ひしに候」とある。

58（125段）頓阿は本歌に取るのは後拾遺集所載の和歌までとし、堀河百首は推奨せず俊頼などの名歌に限る、とする（愚問賢注）。一方、二条良基は新古今集まで下げる（近来風体）。正徹は堀河百首で勅撰集に入ったものならばよい、とするのは、この百首には俗語や万葉語を詠む実験的な作品もあるので、勅撰集入集《にっしゅう》という枠を設けたのである。なお183段では、さらに堀河百首の作者でなくともこの時代（一一〇〇年頃）ならば良い、としている。

59（127段）題字が貴人の崩御などの讖をなしたことは、むしろ歌合の故実として語られる。伝藤原基俊作の悦目抄《えつもくしょう》（鎌倉後期か）に「堀河院の御時、長忠が題まゐらせける出題に、夢《ノ》後《ノ》郭公といふ事を出だしたりける、いまいましき事に侍り。（中略）又賢子のさぶらひ所に、孝言が出題に、月暫《ク》隠《ル》といふ事もあり」などとある。

60（131段）慈円の歌はささめごとに「疎句体《そく》の歌」として引用する。三五記・鷺末に「親句《しんく》に秀歌稀なり。疎句によき歌しげしと申せり」とあるように、親句・疎句の別は定家偽書で取り上げられ、連歌論に多大の影響を与えた。

61（134段）「従門帰恋」題は藤川《ふじかわ》百首に初めて見える。藤川百首は定家が晩年に詠んだとされる四文字の結題《むすびだい》百首で、以後その題は詠歌修練の為に好んで詠まれた。正徹にも「おのれのみ帰るも知らずむぐらふのさす門たたく葛のうら風」（草根集・巻六・四四八八）など数首の作例がある。「等思両人恋」も結題の難題として著名で、詠歌一体・愚問賢注などでは物語の情景を借りる手法が推奨され、そのような作歌が多い。正徹の紀行なぐさめ草でも、この題につき解説し、源氏物語に拠《よ》った京極高秀《たかひで》の「あやにくに雲居の雁の来る秋や落葉の露も袖ぬらすらん」を紹介する。この題での正徹自身の作例には「わか心かたひきもせず小車のもろわながらにめぐりあひてん」（草根集・巻六・四四九一）があり、永享四年（一四三二）四月十六日の冷泉家和歌所の会でも「等思両人」が出題されている（持為《もちため》集Ⅰ・五五）。

62（134段）この歌は題詠ではないが、後世に題を冠されて参考にされたのであろう。為重《ためしげ》集・一〇六「従門帰恋」題で詠まれた「かへりこし波路ぞつらき鳴戸よりさし出だされし舟のゆくへは」は、後撰集歌の本歌取りである。また、この題は康暦二年（一三八〇）五月八日上御所（室町殿）当座五十首の内で、為重自身の出題である。

63（136段）この語は万葉集・巻十・一八九七、寄レ鳥《スニ》「春之在者《ハルサレバ》 伯労鳥之草具吉《モズノクサグキ》 雖不所見《ミエズトモ》 吾者見将遣《ワレハミヤラム》 君之当婆《キミガアタリハ》」に発する。院政期に好んで詠まれ、歌学書に物語を伴う形で取り上げられた。了俊日記に「百舌鳥《モズ》の草ぐきとは、昔野中にて男女行き合ひて契りて、女の里をとひけるに、もずのゐたりける草をさしてあなたなりと教えけり。男後にその野に行きて尋ねしに、しるしなかりしことをはかなき契にたとへたるなり」と説明し、旅先での契りが「途中契恋」に、再訪しても跡形のないことが「忘住所恋」に利用されたことが分かる。

64（141段）「たらちねや」は父または親、一首の意味は中国に渡った親が子供の迎えに来るのを待っている、ということになろう。これは所謂「燈台鬼」の伝説（宝物集巻第一によれば、遣唐使として中国に渡った軽大臣《かるのだいじん》が騙されて薬を飲まされ生きたまま燭台《しょくだい》とされていたのを、子の弼宰相《ひつのさいしょう》が渡唐して救出する）と符合し、事実正徹もそう考えたのである。

しかし、拾遺愚草自筆本によれば「たらちね」「たらちめ」を明確に区別しているので、定家は待っているのは母ととったことになる。待つのが母ならば松浦宮物語のプロットに適合するが、「まだもろこしに」は主人公を思う母の心中語と解さなくてはならない。樋口芳麻呂「解説」（新編日本古典文学全集『松浦宮物語　無名草子』小学館　平一一）参照。

65（141段）御津の浜松（浜松中納言物語）は首巻が散逸しているが、主人公中納言が亡父式部卿宮が唐帝の第三皇子に転生したという噂を聞き渡唐を決意する、という内容であったらしい。

66（142段）後鳥羽院御口伝に歌合歌の作法として「源氏等物語の歌の心をばとらず詞をとるは苦しからずと申しき」とある。この「物語の歌の心ではなく、歌の詞を本歌とする」とする教えが、頓阿の頃より「物語の歌ではなく、詞（地の文章）を本歌とする」と誤解されていった。正徹はさらに飛躍している訳だが、単に和歌の句を借りるのではなく、登場人物になりかわって物語世界を再生する気構えで臨め、と考えたのであろう。

67（145段）愚見抄に次のようにある。「常によき詩を吟じて、心をすますべき也。詩は心を高くすますものにて侍るから、「蘭省花時錦帳下、廬山雨夜草庵中」此の詩をぞ亡父卿は詠ぜられし。「故郷有レ母秋風涙、旅館無レ人暮雨魂」これ又すぐれたることにて、感を動かすたぐひなり。白氏文集の中に大要の巻あり。常に披見せよと古人も申しためる」。正徹は「蘭省花時錦帳下」詩の如きを和歌で詠むことが望みであると語ったと伝えられ（蔭涼軒日録《いんりやうけんにちろく》延徳三年〈一四九一〉五月四日条）、定家を通じ、白詩の世界への愛着は強いものであった。

68（149段）八雲御抄には上句が無いので別に出典があると考えられるが、一首全体を引用する文献は正徹物語以前には見出せない。しかし中世には家隆作として伝承されていたようで、多《た》聞院《もんいん》日記天正十四年（一五八六）三月十四日条に「家隆五才ノ時ノ哥」として見える。さらに新撰狂歌集・巻冬には「定家卿六歳の時、うたよみて俊成へつかはし侍るとて」として入る。

69（151段）百首歌には、題の構成が決まっているもの（組題百首）と、各部の歌数だけを指定したものがある。ここでは当然前者を意識したものとしなくてはならない。
「弘長」は亀山天皇の年号、一二六一～四。この時代の百首歌としては元年に後嵯峨上皇が召した弘長百首がある。但し題は初春・霞・鶯・春雪・若菜・梅…となっている。一方、弘長三年に亀山天皇が召した内裏百首の題は立春日・海辺霞・春雪・竹鶯・野若菜…となっており、正徹の「二字題などのなびなびとしたるにて、詠みつきたるがよきなり」という意見に適う。
「宝治」は後深草天皇の年号、一二四七～九。二年の仙洞百首が該当する。題は歳中立春・山霞・春雪・朝鶯・沢若菜・余寒・梅薫風…である。

「建久」は後鳥羽・土御門天皇の年号、一一九〇〜九。同四年に藤原良経が百首として召した六百番歌合などが開催されるが、それらしき題の百首歌はない。

「貞永」は後堀河・四条天皇の年号、一二三二〜三。元年、藤原教実《のりざね》が召した洞院摂政家百首とされるが、題が一題各五首、霞・花・暮春・郭公・五月雨…となっており不適当である。これは同時期、藤原基家《もといえ》が召した九条前内大臣家百首を意識したと考えられる。題は立春・残氷・春洞雪・原上霞・春浜霞・野宿梅・浦鶯・朝若草…となっている。

このうち弘長三年内裏百首・九条前内大臣家百首の本文は散逸しているが、歌題は類題抄《るいだいしょう》（明題抄《めいだいしょう》、原型は南北朝期成立）に収録されている。この段の内容もこうした歌題集成書の成立を前提としている。正徹自身が「九条前内大臣家百首」の題を管領細川勝元家の歌会で出している（東野州聞書宝徳四年六月四日条）。

70（153段）六百番歌合では春下・二十二番左・一六三・顕昭「山吹のにほふ井手をばよそに見てかひ屋がしたもかはづなくなり」、および恋六・三十番右・九六〇・寂蓮「山田もるかひ屋が下の煙こそこがれもやらぬたぐひなりけれ」の二首が出て、それぞれ激しい応酬があった。

後者では、寂蓮側は「鹿火屋と万葉に書けり。その上、山田に鹿を寄せじ料に、髪など臭きものを取りて焼くを雨に濡らさじ料に舎を作り覆ふ也、これを鹿火屋と土民も申しき」とあり、俊成も古来風体抄でこれに同調する。顕昭側は「万葉集に鹿火・香火と書《キ》レ之《ヲ》、無《シ》二定《レル》儀一、飼といふ文字を訓ぜん料に如《ク》レ此《ノ》書歟、一方に鹿火とは不《ル》レ定《マラ》歟」と疑問を呈し、陳状では「ますらをが藻伏しつか鮒《ふな》ふしづけしかひやが下は氷しにけり」（堀河百首・九九三　公実）を引いて、「かひや」は「飼ひ屋」であり、川の柴漬《ふしづ》けに集まった魚に餌を撒《ま》くための施設、あるいは蚕を飼う建物とする説を主張する。

了俊は歌林で「かひ屋とは鹿火屋と書けり。又蚊火屋とも云り。又魚とる所を飼屋と云ふ家也と清輔の説也、此の事六百番歌合に見えたり。又桑子の飼屋とも云へり。鹿火屋と俊成卿説歟」と簡潔にまとめており、正徹もこれによるのであろう。

71（154段）家隆は千五百番歌合の時、既に四十五歳前後であり、その和歌が「聞えぬ」ものだったとは言い難い。後鳥羽院御口伝の「家隆卿は若かりし折はきこえざりしが、建久のころほひより殊に名誉も出できたりき」という評に影響されたか。

72（156段）和歌で「鴨の足」を詠んだのは正徹のみである。一方、連歌では「鴨の足」と「短し」は付合《つけあい》として知られていた。菟玖波集《つくばしゅう》には「みじか夜なれば祈りあかしつ」に付けた「我が憑む社の御名も鴨の足」（神祇《じんぎ》連歌・六一一・藤原家躬）という句がある。この句はささめごとの「写古体句」にも見える（作者は家隆とする）。

73（164段）為家は仁治二年（一二四一）二月に権大納言となり、同年八月父定家の死により服《ぶく》解《げ》しそのまま復任せず。新撰六帖題和歌はその三年後の作。一方、為氏が権大納言となったのは文永四年（一二六七）二月のこと。したがって為氏のために官を返上したとするのは当たらないが、為氏は晩年の為家に対して不孝の振る舞いがあり、冷泉家はこのことを非道な仕打ちとして記憶し、為家の「生けながら…」の歌と結びつけたらしい。月庵酔醒記《げつあんすいせいき》・巻上に、明融《みょうゆう》

(冷泉為和の子)の言談として「為氏卿父大納言を前大納言になして我大納言の望ありし比、獣といふ題のありし会に」として、また冷泉家の教えを受けた馴窓《じゅんそう》の雲玉《うんぎょく》和歌抄にも「大納言を為氏にとられて」というう詞書を伴って、それぞれこの歌が収められている。小川剛生「虎の生剝」―『新撰和歌六帖』の為家歌をめぐって」(銀杏鳥歌一八号 平一二・一二)参照。

74 (165段) 心敬の「松かねやいはほにさがるあら磯の苔のいとなくよする浪哉」(心敬集Ⅰ・一八四、歌題「浪洗二石苔一」)は、正徹歌を参考にしたと考えられる。

75 (165段) 草根集・巻六・四九五三、歌題「海路友」に「風よりもあらき舟子のことの葉にしらぬ浪ぢをまかせてぞ行く」という作があり、これを話題にしようとしたのかも知れない。

76 (172段) 未来記は野放図な本歌取り、珍奇な表現、意味晦渋な歌五十首を掲げて悪しき例として誡めた仮託書。鎌倉末期、京極派など異風に対する糾弾の書として製作されたか。すぐれて現在の問題意識を反映した書であるという点では、中世に現れた各種の予言書と軌を一にする。正徹も決して未来記を排斥すべきものと見ていなかったことが注意される。「招月(正徹)は一生の間の歌に、未来記をのがれたるは、十首ともあるまじきなり」(兼載雑談)とあるのは当時の人にとって正徹の歌は未来記と同じように見えたことを意味する。

77 (172段) 雅経歌の大意は「海草を焼いて作る塩は辛い、そのからかの嶋で海草を海人《あま》が集めている、そのあまではないが、雨の止む間も分からぬ五月雨の頃だよ」となり、表現の面白さに頼っただけの歌であるが、正徹にも「さすしほのからかのしまをこの世にてしづみうかぶと身をならみそ」（草根集・巻十一・八三八九、歌題「寄《スル》レ海《ニ》述懐」）という作例がある。

78（178段）総角《あげまき》巻で匂宮《におうのみや》が内裏で薫に遇い、「同じ御騒がれにこそはおはすなれ。今宵の罪にはかはりきこえさせて、身をもいたづらになしはべりなむかし。木幡の山に馬はいかがはべるべき。いとどものの聞えや、障りどころなからむ」と言われて宇治へひそかに出立するところなどを想起するか。木幡・宇治・白波を取り合わせた作例にはもう一首、「身にかへる契ならずや木幡川白波の名の宇治の明ぼの」（常徳寺蔵正徹詠草・三一二、歌題「俄《ニ》初《メテ》逢《フ》恋」）がある。

79（182段）源氏物語の絵合巻には「まづ、物語の出で来はじめの親なる竹取の翁に宇津保の俊蔭を合はせてあらそふ」また「次に伊勢物語に、正三位を合はせて、また定めやらず」などとあり、正徹はこの記述を受けて古物語を挙げたのであろう。実際正三位は源氏物語に見られるほかは全く所見が無い。鎌倉中期成立の風葉和歌集にも収録されていない。なお住吉物語は原作も継子虐めの主題を持っていたと推定され、この物語を取った和歌は稀である。

80（183段）正徹は鳥羽院は堀河院の父であると考えていたらしい（鳥羽院と白河院とを混同したか）。そう見るならば「西行は鳥羽院の北面であったから、堀河院の時代にはもう和歌をたくさん詠んでいるのだから本歌に取ってよい」と述べたことも理解できる。実際には西行は詞花集初出の歌人であるので、本歌取りの下限からは外れることになる。

81（184段）これらの速詠歌は題詠の修練として詠むもので、百首歌の組題が院政期以後に盛んになった。堀河百首題や為家の中院《ちゅういん》一夜百首の題を踏襲することが多い。一方、単独詠の千首歌は貞応二年（一二二三）の為家卿千首が古く後世の規範となるが、五日間を要している。

82（185段）「閑中雪《ノ》」題は草根集に六首見え、「花盛《リ》」題はさらに多く、言談の内容は復元し難い。一方、「まさか木」「上つ枝」とは、「香具山の神代の鏡上つ枝にいまもかけたるまさか木の月」（草根集・巻六・五二〇七、歌題「山《ノ》榊」）という作のことと思われる。この歌は日本書紀・神代上、「中臣連の遠祖　天児屋命《あめのこやねのみこと》・忌部《いんべ》の遠祖太玉命《ふとたまのみこと》、天香《かこ》山の五百箇《いほつ》の眞坂樹《まさかき》を掘《ねこじにこ》じて、上枝に八《や》坂瓊《さかに》の五百箇の御統《みすまる》を懸け」とある天岩戸神話に取材したものである。「まさか木」は和歌に詠まれているが、「上つ枝」は正徹詠のほか確認できない。

83（193段）たとえば落書露顕には「為世・為兼卿にもおのおの得給ひし一体をのみ詠み給ひて、門弟にもさぞ教へ給ひける。又近代は歌の聖のごとくに頓阿法師をば人々存じて草庵とかいふ家集をのみ、或はへつらひ或はぬすみ詠む輩も侍るにや。さるはかの法師もただ一節詠み得たる姿の外をば、つやつや詠み侍らず。（中略）詠歌のかかりは十体の内ならば人の好みにおのれおのれ得たらん様をこそ学び侍らめ、人を是非すべき事かは」とあり、為世・為兼が信奉する一体に固執して門弟も追随したこと、頓阿の和歌も一体を離れなかったため、和歌が隘路に陥ったと主張する。

84（196段）光経は応永六年（一三九九）九月既に「光経《尊勝院》大法師〈年十五戒四〉」として見え（東寺百合文書）、やがて師の経弁《きょうべん》から尊勝院を継承する。応永二十一年六月十二日東大寺別当、仙洞・内裏・室町殿の修法にも度々召され、満済《まんさい》や義運とも交流があった。満済准后日記永享五年（一四三三）十二月一日条に「尊勝院僧正光経〈改《ス》二名智経《ト》一〉入滅《ス》〈四十九歟〉」との死没記事がある。同四年四月十二日条に「智経僧正〈号《ス》二海印寺《ト》一、前《ノ》尊勝院〉来臨《ス》」ともあり、この頃尊勝院を退いて海印寺と称し、智経と改名したが、依然旧名でも通っていたらしい。なお、薩戒記《さつかいき》応永三十三年正月十九日条には「彼光経僧正有二子細一、入道殿（足利義持）御気色快然之故、於二南都一耀盛」と見え、義持お気に入りの、南都僧綱中の実力者であったことが分かる。義持時代の正徹を支えた一人といってよいであろう。

85（196段）義運は応永二十年（一四一三）八月に那智に参籠し、さらに二十九年八月には三十三所詣（那智を一番とする）に出ている（満済准后日記）。光経の尊勝院在住の時期、また義運が将軍家護持僧として多忙であり長途の旅の記録は他に知られないことを勘案すれば、二十九年秋の三十三所詣を二度目の入峯と称したと見られる。正徹は四十二歳、既に少壮の歌人として活動しており、和歌を好んだ義運との間でこのようなやりとりがあることも自然である。

86（210段）愚秘抄・巻上に以下のようにある。

幽玄体も一途ならず。幽玄体の歌とてあつめたる中に、行雲廻雪の姿あるべし。幽玄は惣名なり。行雲、廻雪は別号なるべし。所謂行雲廻雪は艶女の譬《たとへ》名なり。それに取りても、やさしくけだかくして、薄雲の月を帯びたらん心ちせん歌を行雲と申すべし。又やさしく気色ばみてただならぬが、しかもこまやかにて、飛雪のいたくつよからぬ風にまよひ散る心ちせん歌を廻雪とは申し侍るべき。文選高唐賦云、昔先王遊二高唐一、怠而昼寝、夢見二一婦人一、曰妾巫山之女也、為二高唐之客一、旦《あした》為二朝雲一、暮為二行雨一、朝々暮々、陽台之下、旦朝観レ之如二其言一、故為立レ廟号曰朝雲。同洛神賦云、河洛之神、名曰宓妃《ふくひ》、髣髴《はうふつ》兮若二軽雲之蔽一レ月、飄颻《へうえう》兮若二流風之廻一レ雪、肩如二削成一腰如レ絢《つか》レ素《しろぎぬ》云々、是神女なり。

　この段で試みられた幽玄体の説明は、同じく定家偽書である愚見抄・三五記などにもある。中世に幽玄の美的特質がしばしばこの朝雲暮雨の故事によって説明されたことは、斎藤純「定家・正徹の幽玄について—神女の系譜」（言語と文芸九九号　昭六一・六）、松岡心平「定家の雨—巫山の神女の系譜学」（『山口明穂教授還暦記念国語学論集』明治書院　平八）参照。

87（211段）隆祐の生年は一二〇〇〜一〇年頃と推定され、本格的な歌壇デビューは嘉禄《かろく》元年（一二二五）三月の藤原基家家三十首会であった。この時は藤原定家の推薦があり、はじめは定家も歌才を高く評価していたのである。久保田淳「藤原隆祐」（『中世和歌史の研究』明治書院　平五。初出昭四〇）、佐々木孝浩「後鳥羽院歌壇成立期における一問題—正治二年十月一日歌合の代作説をめぐって」（国文学研究資料館紀要二一号　平八・三）参照。

88（211段）隆博の「隆」を家隆の子孫の通字と見た故に誤認したのであろう。なお実際の家隆の子孫は、尊卑分脈《そんぴぶんみゃく》によれば、隆祐—俊隆—冬隆—季隆と続いたが、公卿に列する者もおらず、歌壇的にも無名であり、南北朝期に断絶した。

校訂箇所一覧

校訂に用いた諸本と略称は以下の通りである。詳しくは解説を参照されたい。
国文学研究資料館蔵正徹物語（一一・二九）（素珊本）
国立歴史民俗博物館蔵正徹物語（田中本）
清浄光寺蔵樵談記（永禄本）
肥前島原松平文庫蔵正徹物語（一一七・八四）（松A本）
同蔵徹書日記（一一七・八五）（松B本）
同蔵清巌茶話（一一七・八六）（松C本）
熊本大学附属図書館寄託永青文庫蔵徹書記（北岡本）
寛政二年版本（寛政本）

段頁行
2 15 14 家隆は…よまれしなり　底本欠、永禄本・田中本等で補う。
9 19 14 詞林採葉集　底本「林採葉集」、田中本で訂す。
12 21 3 門弟たりしほどに、代々みな二条の家の　底本欠、松B本・北岡本等で補う。
12 21 4 公宴　底本「公界」、田中本・松B本等で訂す。
14 22 7 つづきて　底本「つきて」、田中本・松A本等で訂す。
15 23 2 中の衣にて　底本「中の衣也とにて」、永禄本・田中本等で訂す。
19 27 3 二条后にあひし事を思ひ出でて　底本欠、永禄本・田中本等で訂す。
19 27 4 月があらぬか、春がもとの春であらぬか　底本「月かあらぬから春かもとの春てあらぬから」、永禄本・松B本で訂す。

19 27 13 空にてははてぬ歌なり　底本「空」なし、田中本・寛政本で補う。
20 28 4 あはん　底本「ならん」、田中本・松B本等で訂す。
21 30 5 うけずとや　底本「うけそとや」、永禄本で訂す。
22 30 14 ある人　底本「百人」、永禄本・田中本で訂す。
24 32 10 さこそ　底本「さにそ」、永禄本・北岡本で訂す。
26 34 2 侍りと　底本「侍云々」、永禄本・松B本で訂す。
27 34 10 為兼　底本「為重卿」、永禄本で訂す。
28 35 4 長綱　底本「長岡」、永禄本・田中本等で訂す。
31 36 7 野月…それを　底本欠、永禄本・松B本等で補う。
37 39 7 千載集に　底本「ふるき歌に」、永禄本で訂す。
41 42 11 おもひより　底本「おもねよる」、永禄本・田中本等で訂す。
43 45 7 上句にてあるなり　底本欠、永禄本・田中本で補う。
43 45 13 「雨と」と　底本「雨と」、意により補う。
44 47 2 又雪にふかくなりたりともよむべきなり　底本欠、田中本・松B本等で補う。
47 48 4 物にて　底本「物て」、永禄本・松B本等で補う。
47 48 5 そのゆゑは　底本欠く、永禄本・松B本等で補う。
53 50 7 心なり　底本「心」なし、永禄本・田中本・松A本等で補う。
59 52 6 九月十三夜明神うつつに現じ給ひて　底本欠く、永禄本・松B本で補う。
60 52 13 本意　底本「本き」、素珊本・永禄本等で訂す。
60 53 8 文書を　底本「文書」、永禄本・田中本等で補う。

61 53 12 勘ぜられ　底本「感せられ」、田中本・松B本等で訂す。

62 54 6 夕付夜　底本「夕月《附歎》夜」、松A本・松B本等で訂す。

63 54 12 かげかはとは無げなり　底本「かけかはしなせん也」、永禄本で訂す。

67 56 4 ただ塩　底本「たゝ」、永禄本・田中本等で補う。

70 57 11 俤霞みたる…霞むぞ　底本欠く、永禄本・田中本等で補う。

71 58 4 飾磨川人はかち路　底本「しかま川に人にかち路」、永禄本・松B本等で訂す。

72 59 1 色なる槇の　底本「色なる鷺の」、松B本・北岡本等で訂す。

72 59 1 かがり　底本「はかり」、永禄本・田中本等で訂す。

73 59 7 皆声によまで　底本「皆声によみて」、永禄本・田中本等で訂す。

76 61 13 何と　底本「何かと」、素珊本・永禄本で訂す。

80 63 3 ゆるし侍るなり　底本「極て中侍る也」、永禄本・松B本等で訂す。

81 63 6 一句名言　底本「一句名歌」、永禄本・松B本等で訂す。

85 66 6 ふつと　底本「すへと」、永禄本・松B本等で訂す。

88 68 13 予が　底本欠く、永禄本・寛政本で補う。

88 69 1 さらうには　底本「さゝまには」、永禄本・田中本で訂す。

88 69 6 とはれぬ秋の　底本「とはぬ秋の」、永禄本・田中本等で補う。

92 71 12 師とすと云々　底本「師と云々」、永禄本・田中本等で補う。

93 72 5 摂政など　底本「摂政公と」、永禄本・田中本等で訂す。

94 72 11 などよめり　底本欠く、寛政本で補う。

95 73 7 為秀卿　底本「為季卿」、田中本で訂す。

95 74 4 四天王　底本「四天」、寛政本で補う。
95 74 13 見ければ　底本「見けれ」、松A本で補う。
95 75 4 か様の時こそ　底本「か様そ」、永禄本・松B本で訂す。
95 76 1 往来の　底本「行末《衛歟》の」、永禄本・田中本等で訂す。
96 76 6 読師の後が一下座也読師　底本欠く、永禄本・松B本で補う。
100 78 7 花が　底本欠く、永禄本・松B本で補う。
102 80 6 □□□雁　底本欠く、永禄本により補う。空格は私意。
103 82 11 衣文正しく着て　底本「衣文たゝ敷居て」、永禄本で訂す。
103 83 3 おきてみれば　底本「置てみれは」、永禄本・田中本等で訂す。
105 84 2 歌の字　底本「哥の字」、永禄本・寛政本で訂す。
106 84 11 と仰せおかれたるなり　底本欠く、田中本で補う。
107 86 7 みがきつけの屏風障子　底本「きみかき付の屏風障子」、寛政本で訂す。
107 86 10 けだかき　底本「けかき」、寛政本で訂す。
107 86 12 すすみ出でたるやうなり　底本「すゝみいてたるらんやうなり」、寛政本で訂す。
109 88 6 承和菊　底本「和菊」、寛政本で補う。
109 88 11 そがひに　底本「そかひ」、田中本・寛政本で訂す。
109 88 13 うゑめ　底本「うゑそ」、田中本・寛政本で訂す。
109 89 1 ながれての　底本「なかれの」、田中本・寛政本で補う。
121 96 8 心うべき事　底本「心うき事」、寛政本で補う。
122 97 6 幾世に　底本「き世」、田中本・松A本等で訂す。

122 97 8 橋守より　底本「より」欠く、田中本・松C本等で補う。

124 98 11 必定　底本「必是」、松C本で訂す。

131 101 7 ねぬにめざむる　底本「ねぬるにそめさむる」、田中本・寛政本で訂す。

131 101 10 「はや」と…寝入らねども　底本欠く、松C本で補う。

132 102 9 「花の音して」　底本欠く、松C本で補う。

134 104 2 従門帰恋をば　底本欠く、松C本で補う。

134 104 3 いまだ…聞き侍らぬなり　底本欠く、松C本で補う。

141 107 4 今年も暮れぬ…もろこし・松浦舟　底本欠く、田中本・松C本等で補う。

141 107 6 いかなる事　底本「いなか事」、田中本・松C本等で訂す。

144 110 7 殊勝に　底本「しやうに」、寛政本で訂す。

145 110 14 暮雨魂と　底本「暮雨魂を」、松C本・寛政本で訂す。

145 111 3 この詩の心　底本「この時の心」、松C本で訂す。

146 111 12 やうある　底本「さまある」、松C本・寛政本で訂す。

147 112 2 論ずべき　底本「謙ずべき」、田中本・松C本で訂す。

149 112 14 御感ありしなり　底本欠く、田中本・松C本等で補う。

149 113 4 ききたれども　底本「聞たれとも」、田中本で訂す。

160 118 3 あまた　底本欠く、田中本・松C本で補う。

167 121 13 首夏藤　底本「首夏夏藤」、田中本・松C本で訂す。

167 122 1 ふさの、本　底本「ふさの詞」、松C本等で訂す。

167 122 4 と詠みたる事…「白妙の衣」　底本欠く、松C本で補う。

170 124 7 こゐぞすくなき　底本「こゐそわくなき」、松A本・寛政本で訂す。
174 126 1 結句は…歌の　底本欠く、松C本で補う。
174 126 2 おしなべてよしと　底本「をしなへてと」、田中本・松C本で訂す。
177 127 14 五十首…出だし　底本欠く、松C本で補う。
180 129 2 暮夏と…いふなり　底本欠く、松C本で補う。
184 130 10 手綱　底本「たりな」、素珊本・松A本等で訂す。
186 131 10 月は　底本欠く、松C本で補う。
186 132 14 詠みしなり　底本「みしなり」、松C本・寛政本で訂す。
188 134 5 の歌は…にて　底本欠く、松C本で補う。
191 135 3 夢のうき橋　底本「うき橋」、松A本・松C本等で補う。
191 135 6 夢と　底本「夢」、松C本・寛政本で補う。
195 137 13 恥辱　底本「聖恥」、素珊本・松A本等で訂す。
197 139 6 貫頂　底本「岩頂」、松C本・寛政本等で訂す。
201 142 8 なりと飲み　底本「也とものみ」、松C本で訂す。
201 142 12 明らめ悟り　底本「あきらむるさとり」、寛政本で訂す。
201 142 14 これを先の…にすべし　底本欠く、松C本で補う。
206 145 3 我から了簡　底本「我から草」、素珊本で訂す。
206 145 4 やう　底本「山」、松C本で訂す。
206 145 4 だに　底本「たるも」、松C本・寛政本で訂す。
208 145 10 両方から　底本「両から」、寛政本で訂す。

209 146 2 山ぶみは　底本「山ふかみは」、松C本・寛政本で訂す。

210 146 8 あらぬにや　底本「あらぬや」、松C本で補う。

210 146 9 行雲　底本欠く、松C本で補う。

210 147 9 とはいふべしと…いづくが幽玄　底本欠く、松C本で補う。

213 149 14 先づ　底本「先に」、松C本で訂す。

213 150 8 便成　底本「俘成」、松C本・寛政本で訂す。

213 150 11 も肝要も…古今の　底本欠く、松C本で補う。

現代語訳

1和歌の道に身を置きながら定家《ていか》を軽んずるような連中には、道の神の加護は絶対にないし、罰を受けるに違いない。定家卿《きょう》の末流は、二条・冷泉《れいぜい》両家にわかれ、また別に為兼《ためかぬ》の京極流といって計三つの流派があって、ちょうど摩醯首羅《まけいしゅら》の三つの目のようである。三家がお互いに褒《ほ》めたり貶《けな》したりするので、いずれか一つを軽蔑《けいべつ》したり持ち上げたりすることでもないのであろう。これらの各流派はみなたった一つの歌風を習得して、互いにいがみあっている。こうした末流に目を向ける必要は全くない。及ばぬながらも定家の作歌精神にあこがれて学ぶのがよいと存じます。このように言うと、「それは「向上の一路」というようなもので、凡人の考えの及ぶ所ではない」として、「子孫の歌風を目標とすべきである」と申す連中がおりますが、私の考えますには、「最上の道を学んで、やっと中程度の道を得る」と申しますので、たとえ及ばぬまでも最高の所を目標にしてこそ、目標が叶《かな》わなければ中程度の道を得るものである、と思うのである。仏道の修行でも、最高の成果である悟りを目標として修行しこそすれ、「頼りない三乗道《さんじょうどう》でもまあいいや」という志で修行するような事ではないであろう。但し、定家の歌風を学ぶといっても、助辞などうわべの表現を模倣しますことは笑止千万である。何でもあれその作歌精神や心の働かせ方を学ぶのがよい。

八月二十日は定家卿の命日である。私どもの幼少の時分は、冷泉家の和歌所《わかどころ》でこの日は追善に歌を詠まれたものである。

明けばまた秋のなかばも過ぎぬべしかたぶく月のをしきのみかは（八月十五夜、西に傾く月が惜しいばかりではない。この夜が明けたら秋の半ばも過ぎてしまうのである。）

この歌の一字一字を冠字に置いて詠まれたのである。この歌は「らりるれろ」がないからである。この歌で詠まれたのである。

[2]家隆《いえたか》は詞《ことば》の使い方が上手で、高雅で爽《さわ》やかなスタイルを詠まれたのである。定家もひどく愛着を覚えられたのか、新勅撰《しんちよくせん》集には家隆の歌を多く採られましたので、まるで家隆の家集のようである。但し、いささか不吉な寂しさを感ずる所があって、子孫が長く続きはしない歌風であると、定家は懼《おそ》れられたのである。

[3]雅経《まさつね》は秀句を好まれた余りに、ややもすると他人の和歌の表現を剽窃《ひようせつ》することがあったものか。また似た発想や表現の歌を避けることをお知りにならず、他人の和歌の句を制限より多く取って詠まれたのであろうか。

[4]現葉《げんよう》集は私撰集でしょうか。歌道の家々でみな打聞《うちぎき》と称して、その当時の和歌を集めて私撰集を編んだのである。

5為相《ためすけ》は安嘉門院《あんかもんいん》四条の所生である。彼女は安嘉門院へ参仕したので、安嘉門院四条と呼ばれたのである。弟の為守《ためもり》も同母である。この安嘉門院四条を出家の後は、阿仏《あぶつ》と申し上げたのであった。教月坊こと為守は浄土宗《じょうど》に帰依していたのであった。

6伏見《ふしみ》院の御手紙の筆跡は枯木のようで美麗でもないのである。少しも筆を整えずにお書きになったので、人が真似るような書ではない。

7人麻呂《ひとまろ》の木像は石見国《いわみのくに》と大和国《やまとのくに》にある。石見国では高津《たかつ》と言う所である。この地は西の方角には内海が入り込み、背後は高津山が取り囲んでいる所で、畠《はたけ》の中の、宝形造の堂に安置申し上げていた。その像は片手には筆を取り、片手には紙をお持ちであった。木像でいらっしゃった。ある年大雨が降った頃は、その附近も水が出て、海水も満ちて陸地も水面になり、この堂も海水か波かに流されて、どことも行方が分からず消失してしまいました。そして水が引いた後で、土地の者が堂の跡に畠を作ろうとして、鋤《すき》や鍬《くわ》などで掘ったところ、何であろうか先に物が当たるような音が聞こえたために、掘り出してみると、この人麻呂の像である。筆も落とさず持って、藻屑《もくず》の中にいらっしゃったのであった。ただごとではないということで、そのまま色を塗って差し上げて、元の如く堂を建てて安置申し上げた。この事が噂で伝わって近隣数ヶ国の者たちが、皆ここに参詣《さんけい》した旨、人が語ったのを耳にしました。

この高津というのは人麻呂が昔住まわれた所である。万葉集に、

石見野や高津の山の木の間より我ふる袖をいも見つらんか（石見野の高津の山の木の間から私が振る袖《そで》を妻が見ているであろうか。）

という歌は、ここで詠まれたものである。そしてここで没したのである。辞世の歌も上句は同じものである。

石見野や高津の山の木の間よりこの世の月を見はてつるかな（石見野の高津の山の木の間からこの世の月を見終わることである。）

とある。さて人麻呂には神秘があるのだ。和歌が絶えようとする時、必ずこの世に復活し、和歌の道を再興される事になっている。神として出現したことも度々に及ぶのである。

8 続歌《つぎうた》の時、各季の最初の題が当たると詠むのを遠慮する人がいつもいるが、それはあってはならない。巻頭を詠むことに配慮が必要であるのは、立春の題だけである。百首歌の巻頭歌では、その場で地位身分のある人、歌道家の人、あるいは名人に譲るものである。しかし季題の二十首三十首程度の続歌で題を分け取る時は、巻頭歌を誰が詠んでもよいのである。

9 万葉集全巻の講説を大教院慈澄《じちょう》僧正のもとで拝聴しました。しかしその聞書を今熊野の庵《いおり》で焼いてしまいましたので、そのまま放棄し研鑽《けんさん》も積みませんでした。少しは今も記憶する事もあります。万葉集には仙覚《せんがく》が著した万葉集註釈というものと、由阿《ゆうあ》の詞林采葉《しりんさいよう》抄《しょう》と、また仙覚が著した新注釈というものとがあり、この三部さえ持っていれば、人前で万葉集を読んでもよろしい。この新注釈というものが万葉集を読む時に役立つ。万葉集には集中でたった二首の和歌について秘事を相伝する事がある。それを私どもも伝えておりますます。万葉集はとりたてて由緒もない本を一部所持しています。仙覚の弟子に源承《げんしょう》という者が…。

10 飛鳥井《あすかい》家の先祖の雅経は、新古今集の五人の撰者の中に入りましたが、その頃は全くの若輩であったので、ただ名を列《つら》ねたというだけである。だからいまの飛鳥井家には勅撰集を撰《えら》ぶため参照すべき記録や文書などは伝わってはいるまい。

11 頓阿《とんあ》が健在の頃に、新拾遺《しんしゅうい》集を為明《ためあきら》が撰ばれたのであったが、為明は完成も見ず、編纂《へんさん》中に死去されたために、雑歌の部か恋歌の部からか、頓阿が編纂を後継しましたので、頓阿の流にはそうした記録や文書もたしかに伝わっている筈である。

12 雅経は定家の門弟であったので、飛鳥井家の歴代はみな二条家の門弟の扱いである。内裏仙洞《せんとう》の御会などで、懐紙を三行五字に書かれることだけが、飛鳥井家と他家との違いなのであるが、その他の作法は何であれすべて二条家と同じものである。

13 和歌の上句・下句の頭字が同じであるのを、平頭病《へいとう》と呼ぶのである。但しこれは近年とりたてて気にしないのである。一方で声韻病《せいいん》といって、上句・下句の末字に同字が重なることは避けるのである。事物の名を詠み込む物名歌《もののなうた》でない限り避けるのである。

14 定家の、

春の夜の夢の浮橋とだえして嶺に別るるよこ雲の空（春の夜の夢がとぎれて、峰に目をやると、横雲が離れていく曙《あけぼの》の空。）

の歌は、春の夜のはかない夢がふと覚めて外を見やると、朝になり横雲が峰から離れていく時分であった、というものである。そのありさまを、見たままで上手に表現した歌である。「夢の浮橋とだえして嶺にわかるる」と言っているのが、巧みに続いて何とも興を誘うのである。

15 内藤四郎左衛門尉《さえもんのじょう》 元康《もとやす》の歌会で、「衣《ころも》に寄《よ》する恋」の題で、

契《ちぎ》りつつ送りし程の年をへば今夜や中の衣ならまし（契りを結んでより今まで送ったくらいの年月をこれからまた過ごすとしたら、今夜は衣でいえば、中の衣、つまり、ちょうど中程になるのであろう。）

と詠みましたのを、みな理解できないで、「これは源氏物語でしょうか」と言い合った。私は、決して源氏物語を思って詠んだのではありません。ただ人と添い寝をする時に着る衣を「夜の衣」とも「中の衣」ともいうのである。それを斬新な感じを出そうとして、「以前に契りを交わした時から、何年もたって今夜やっと逢《あ》った。次に逢うのに今まで過ごしてきたのと同じくらいの年月を送るとしたら、今夜は「中の衣」となるに違いない」と詠んだのである。今夜がちょうど真ん中であるので、「中の衣」である、という意なのである。この程度のことさえ理解できない今日この頃であるから、呆《あき》れてしまうのである。

16 山名大蔵大輔之朝《ゆきとも》の宿所で、月輪基賢《もとかた》卿と会合しました時、「後朝《きぬぎぬ》の恋」題で、

契れけさ逢ふもおもひのほかなればまた行末も命ならずや（逢ったのも思いもかけないことでしたから、将来も命があってこそではありませんか。だからいま、別れるこの朝に忘れないと堅く約束して下さい。それを糧に生きていきますから。）

と詠みました、とか。

17 ある所の褒貶《ほうへん》の歌会に、為尹卿《ためまさきょう》が、「契りて絶ゆる恋」の題で、
かけてうき磯松がねのあだ浪はわが身にかへる袖のうらかぜ（あだ波のように立ち騒ぐ不実なあなたに、波をかけるではないが、誓いをかけて約束したために辛《つら》い目にあうよ。浦風に吹かれた波が磯《いそ》の松の根にかかるように、あてのはずれた苦しみが我が身にはね返り、袖は波がかかったように涙で濡《ぬ》れている。）

と詠み、一座の人々が皆負けと言いましたのを、私一人言い張って、誠にすぐれていると申し上げた。「題の契りを交わしたとの意が見えません」と非難していましたのを、「「かけてうき」とあるのが契りを交わしたということであるが、そんなことは当たり前で、重要なのは「わが身にかへる」というのが、作者が苦心されたところである。こんなことすらお分かりにならないようでは、お話にならない」と激しく応酬しましたのを、了俊《りょうしゅん》殿が静かに聞いていて、しばらくして涙を流し、「本当にその通りです」と言われた時、一座は皆一斉に黙ってしまい、勝ちと判定された。

さて後で作者を明らかにすると、為尹卿の歌であった。為尹卿は、この時のことを喜んで、歌会のたびにお話しになった、とか。神髄に近づかず高い境地に到達していない人は、他人の歌を理解することも難しい。

[18]「暮山の雪」題の歌は、このところの作歌の中では、「これこそ見事に詠みました」と思えるものである。

渡りかね雲も夕をなほたどる跡なき雪の峯の梯《かけはし》(雪明かりで、空を渡る雲もなおこの夕べを迷って歩いているようである、雪の上には足跡もない、この山の桟道を。)

「雲が足跡のない雪を渡りかねる」ということはあろうはずもない。しかし心情のない事物でも心情があるとするのが和歌の決まりごとなので、それで言えば、雲は朝や夕に天空を動いていくものである。雪が降り積もった夕方の頂きを見やると、白く降り積もった雪で夕方とも分からず、ゆっくり流れる雲が、迷って渡りかねているかと思えるのである。こうやって雲にも心をつけてみると、本当に雲が渡りわずらっているような趣向が生ずる。また桟道の雪には人跡もないから、「雲も渡りわずらっているか」と思う気持ちもある。それなら「「雪に跡なき」と表現したらよいであろう」と人は思うかも知れない。しかしそれではつまらない。「跡なき雪の」と言ったところに、また一層の眼目がある。それというのも、雲に足跡というものはないので、「なほたどる跡なき」と言うと、雲の動いた跡がないことにもなる。だから「雪に跡なき」と言うより、「跡なき雪の」と言った方が理想に近いのである。

こんな風に「行雲廻雪の体《こううんかいせつ》」といって、雪が風に吹かれていく姿、また花に霞《かすみ》がたなびいている姿は、どこがどうとは言えないが、感興もあり華やかに美しいものである。漂う雲のように奥が深く何とも言えぬところがあるのが、最高の歌なのであります。そのような和歌は、容貌《ようぼう》の美しい女房が物思いに耽《ふけ》っていて、何も言わずにいるのに譬《たと》えられる。何も言わないが、それでも物思いに耽る様子は手に取るように分かるのである。また幼い子で、二つ三つくらいのが、何かを手にして人に「これはね、これはね」と言っている、訴えかける気持ちは働くのであるけれど、はっきりと言い尽くせないのにも譬えられる。だから言い残したような和歌こそすぐれたものなのである。

19すべてを言い尽くさず、わざと一句を詠まずに残す歌がある。業平《なりひら》の、

月やあらぬ春や昔の春ならぬ我が身一つはもとの身にして（月よ、お前が去年の月と変わってしまったのか。それとも春よ、お前が去年の春と変わってしまったのか。私だけはもとのまま取り残されて…去年のこの夜に逢った人はいない。）

という歌は、よく理解していなければ感興も湧かない歌である。これは去年の春の頃に、二条の后《きさき》に逢ったことを思い出して、例の西の対に行って詠んだ歌である。「月が去年と同じ月ではないのか、春が去年と同じ春ではないのか、ただ私だけ去年のままで、去年のこの夜逢った人はここにいない」と言っているのである。だから古今集の仮名序が「業平の歌は、内容は有り余るほど豊かなのに表現が不十分である。萎《しな》びた花の色が失せて、香だけが残っているようである」と述べている根拠に、この歌を引いたのも、同じような意

図なのである。「去年のこの夜逢った人はいない」という一句を残して詠んでいるのである。だからこそ感興もあるのです。寂蓮《じゃくれん》が、

恨《うら》みわびまたじいまはの身なれども思ひなれにし夕暮の空（あの人のつれなさを恨み、歎いて、「今はもう待つまい」と思う我が身であるけれど、夕暮れになると、空を眺めて待つことに慣れ切ってしまったよ…さてどうしたらよいか。）

と詠んだ歌でも、「夕暮の空」では終わらぬ歌である。「夕暮れの空を見て、さてどうしょう」と言っている歌である。「さていかにせん」という一句を言い残しているのである。

20 「晩夏の蟬」という題で、

森の葉も秋にやあはん鳴く蟬の梢《こずゑ》の露の身をかへぬとて（森の葉も秋になったら枯れ落ちてしまうであろう。梢に鳴く蟬も露のようなはかない身を変えたところで…。）

と詠んだ歌も前段の歌に似ている歌といえるであろう。「森の葉も秋にやあはん」というのは、森の葉が青々と茂っていても、秋になれば、草木の葉が枯れ落ちる時は必ず来る。「鳴く蟬の梢の露の身をかへぬとて」と言っているのは、蟬が殻から抜け出て、露のようなはかない身を変えたのだからと期待をかけても、秋には必ず虚しく死骸となってしまうのである。「二度変身したとしても余命はいくらもなかろう、あてにするのもはかないことである」という一句を残しているのである。「森の葉も」の「も」の字が重要である。

この「も」の字だけでも、歌の意を理解する人がいるに違いない。「露の身をかへぬとも」と詠もうと思ったのですが、「森の葉も」と上の句で言っているので、「かへぬとて」と詠んだのである。「かへぬとも」と詠んでいたら、誰でも理解し得るに違いない。

21「祈る恋」という題で、

ゆふしでも我になびかぬ露ぞちるたがねぎごとの末の秋かぜ（あの人に逢《あ》わせてと祈って奉った御幣も、そしてあの人も、靡《なび》いてくれないで秋風が涙のような露を散らす。これは誰が祈って、その願いの果てに吹いた秋風なのか。）

と詠んだ歌も、「たがねぎごとの末の秋かぜ」と言ったところに、複雑な働きがあっていささか理解しがたいでしょうね。これは、自分が祈っていると知れば、相手も神に祈るに違いない。自分が神前に幣を立てて置いたところ、それは自分の方へは靡かず、露もあらぬ方向に散っていくことがあったら、「さてはあの人は逢うまいと祈っているのであろう」と思う気持ちを「たがねぎごとの末の秋かぜ」と表現した、そういう内容である。「ねぎごと」とは祈る事である。この歌を誰かが批判するとしたら、「そのまま「我は逢はじと人や祈りし」と詠めばよい。難しく表現する意味はどこにあるのか」と言うに違いない。それは道理であるが、定家の家集を御覧なさい、平板な歌はまったくない。贈従三位《ぞうじゅさんみ》為子《ためこ》の歌に、こういうものがある。

数ならぬ御祓《みそぎ》は神もうけずとやつれなき人の先づ祈りけん（逢わせて欲しいと祈っても、人の数にも入らぬ御祓では神も聞き入れないというのか。冷淡なあの人が聞き入れぬよう先に祈っていたのであろう。）

こちらはよく分かる歌である。

22初心者のうちは、それほど深く考え込まずに、さらりと気楽に詠むのに慣れるのがよい。初心者がどんなに骨を折っても、実力の程はもとから定まっているので、上手な人から見ればたいしたことはないのである。どんなに深く考えたとしても、自分の実力程度の歌しか出て来ないのである。

ある人の歌で三首のうち二首は本歌取りをして詠んでいるのは感心しない。古い昔も本歌取りを難しいこととしています。上手と言われる段階になってから、恋・雑の歌を四季の歌にし、四季の歌を恋・雑の歌に取り、また句の位置を換えなどして、内容を本歌とは違うものになるように詠むのである。初心者の時に本歌取りをすると、少しばかり句の位置を換えなどしても、内容は本歌と同じものになる。だから初心の段階で本歌取りをするのは慎重であった方がよい。

23古今集の歌も、内容はさることながら、表現は古めかしく、当世の歌には合わない。古今集の歌であるからといって、全てを本歌に取って詠むべきでもない。とくに業平・伊勢・小町・躬恒《みつね》・貫之《つらゆき》・遍昭などの歌を取るべきである。古今集の中で本歌に取って詠むのに適した歌は、二百四、五十首を超えることはないであろう、ということである。

24 歌人は学問知識を心にかけるべきではない。ただ歌の意味をよく心得て完全に自分のものにしてしまうのが良いのである。ここで「よく心得て」とは悟るという意である。歌をよく心得る人は、歌が上手にもなるのである。私どもは古歌を見る時も、「この歌の意味はどのような意味なのか。これは幽玄の歌か、あるいは長高体《ちょうこうたい》の歌と言うべきか」などと吟味するのである。「ここの詞《ことば》はもし自分が今詠んだら、こうはとても詠めまいよ」などと思うものです。名人の歌では、一首一首に気をつけて吟味し分らぬ所があったら、作者に質問するのがよいでしょう。せっかく歌会などに出ても、そのまま懐紙短冊をたぐり寄せて文台に置く時、人の歌が理解できないのに文台に置かれてしまえば、自分の歌のレヴェルが上がることもあるまい。また理解できないけれども、作者がこうだと解説なされば、「そういうことであったのか」と疑問も解消されるもので、事実そうやって懐紙を置いてくれる人もいる。こちらからは「御詠はよく理解できないです」とは口にしにくいものである。了俊殿が言われたことには、歌人たちが集まって、歌は詠まないで、歌をあれこれ談ずることが最上の稽古《けいこ》である。また衆議《しゅぎ》判《はん》の歌合に、一回でも接することがあると、千度二千度稽古したのより貴重な経験となる。ここではお互いに和歌の欠点を指摘して明らかにするために、「人はあのように理解したけれども、自分はそのようには考えない」などということが起きるのである。

25人が「吉野山はどこの国にあるのか」と尋ねましたら、「花には吉野山を詠み、紅葉には竜田《たつた》山を詠むと思って詠んでいるだけですので、伊勢の国か、それとも日向《ひゅうが》の国であろうか分からない」と答えるのがよいでしょう。どこの国にあるかという知識は覚えても役に立たないことである。吉野山の場合、無理に覚えようとしなくても、自然に覚えられるので、大和国にあると知っているのである。

26「秋夕」という題で、このように詠んだ。

うしとてもよもいとはれじ我が身世にあらん限りの秋の夕ぐれ（辛《つら》いといってもよもや遁世《とんせい》することはできまい。自分がこの世にある限り、味わい尽くすであろう秋の夕暮。）

故後小松院《ごこまついん》に合点をお願いしましたところ、御判定の詞に「生涯、秋の夕の光景に接し、心を悩ますというのは、しみじみと感動的に思われて仕方がないことです」とお書きになり、たいへん感心なされた。現在はこれほどの歌は詠めまいと思う。

為重卿《ためしげ》も、「秋夕」という題で、
一かたに思ひしるべき身のうさのそれにもあらぬ秋の夕暮（一途《いちず》にこの身の辛さが思い知らされるはずなのに、それとは別の―遁世できないでいる辛さを覚える、秋の夕暮。）
と詠んでいます。

27京極為兼は、とんでもなく容貌《ようぼう》の醜い人であった。宮中で女房がいたので、その手を握って、「今晩どうですか」と言い寄られたところ、その女房が返答に「あなたのその顔でよくも言えますね」と言ったので、二の句を継がずに、
されぱこそよるとは契れ葛城《かつらぎ》の神も我が身もおなじ心に（だから夜とお約束したのです。昼を憚《はばか》った葛城の神と私も同じ気持ちでおりますので。）
と詠んだのです。

28長綱《ながつな》百首を為家が判じなさった時の評語に、「太郎と呼んだら、呼ばれていない次郎が太郎の首に乗って出て来たようである」と言われた。これは題をさしおいて、その他のことを詠むことを咎《とが》めたのです、とか。但し一首の内容が題に対して過不足なければ、懸念することはないのである。

29「郭公《ほととぎす》稀なり」という題で、ある人が「一声」と詠みましたところ、「この題は六月頃の題であるので、郭公もただ一声ばかりではあるまい」と疑問を持たれたけれども、初夏も晩夏も郭公の声は珍しいと感ずる気持ちに変わりはないのである、とか。

30雑の題では、最初から特定の季節を詠むまいとするのである。自然とある季節が詠まれることは、望ましいことではない。

31季の題では、題が前の方にあるか後の方にあるかによって、季節のうちの初めか終わりかも変わってくるのである。そのことをよく理解して詠めば、初め終わりを区別できるはずである。月の題では山月・峯月・岡月・野月・里月などの順序で出るのである。それなのに「山の月」という題で、「長月の有明《ありあけ》」などとは詠んではいけない。絶対に秋の初めの月を詠むべきであるというわけではない。ただ、終わりの頃の月を詠んではいけないのである。

32名人達人の段階となり意のままに詠める時は、題字をあらわに詠み据えずともよい。詠んだ一首がそのまま題の世界になりかわってしまえば、必ずしも題字を詠まずとも過不足ないのである。

33「蓮葉《はちすば》の八千本《やちもと》」とは、数の多いことを「八千たび」とか「八千代」など言うので、「無数の蓮」ということである。

34「夏祓《なつばらえ》」という題で、このように詠んだ。

御祓するこの輪のうちにめぐりきて我より先に秋やこゆらん（茅《ち》の輪を廻《めぐ》って夏越《なごし》の祓をしていると、季節も廻って私より先にこの輪を越えていくのであろうか――早くも秋らしい気配が立ったことである。）

35「夕顔」という題で、このように詠んだ。

かきこもる美豆野《みづの》の岸によるあはの消えぬもさけるゆふがほの花（川が湾曲して淀《よど》む、この美豆野の岸に寄ってくる水泡ははかなく消えてしまったが、まるでその水泡のように、はかなく白く咲いている夕顔の花。）

宗砌《そうぜい》が申しますに、「消えぬもさける」とはとても詠めまい。自分ならば「消えぬやさける」とでも詠むに違いない、と。

36「かこちがほ」「うらみがほ」は、嫌味で気障《きざ》な詞《ことば》である。「ぬるるがほ」は、今も詠んでよい詞である。「しらずがほ」もさしつかえない。

折々は思ふ心もみゆらんをうたてや人のしらずがほなる（時々は恋い慕う気持ちが面に現れるであろうに、ああ嫌だ、あの人は知らない顔をしている。）

という歌を、玉葉集《ぎょくよう》第一の名歌と申しております。本当に興趣を覚えます。

37「浪《なみ》のあはれ」「水のあはれ」などとは詠んではいけないのである。こんな風に詠むと、まるで「あはれ」という物体がどこかにあるように思えてよくない。「あはれなる」などと詠むのはよい。千載集《せんざい》にこのような歌がある。

われゆゑの涙とこれをよそに見ばあはれなるべき袖の上かな（この涙を自分のせいであると、もしはたから見て思ってくれたら、気の毒なと感ずるに違いない袖《そで》の状態であることよ。）

38古い歌に、こうある。

忘らるる身をばおもはずちかひてし人の命のをしくもあるかな（あなたに忘れられる我が身のことは何とも思いません。誓言をしてまで忘れないといったあなたが神の怒りに触れて命を縮めることが気の毒に思われますよ。）

この歌は「誓ひを憑《たの》む恋」という題に相当するであろう。相手が自分に「神にかけても忘れまい」と誓ったのに忘れたのを、「自分がこうやって忘れられるより、誓いを破った罰が当たって、死んでしまうあなたの命がそれでも惜しいのです」という、一首の意味である。光源氏が明石《あかし》から紫の上のもとへ、明石の上との関係を告白された手紙に、「隠しおおせない夢の話につけて、思い当たる事が多く、忘れまいと誓ったこともあるので」と記したところ、紫の上の返事に「身をば思はず」と書きましたのは、皮肉を込めてこの歌の句を書いたのである。

39 本歌を取る際に、取った詞が上句にあれば下句に置き、下句であれば上句に移して自作を詠む手法は、普通のことである。一方、句の位置が換わらないのに、意味内容が別になるものもある。どんなに句の位置を上句下句と置き換えても、よく似た歌になってしまうのもある。万葉集の歌などに対しては、詞の一、二字を変えて、自分の歌にした例もある。後法性寺《ごほっしょうじ》摂政兼実《かねざね》公の歌であろうか、本歌の万葉歌は、

さざ浪や国つ御神の浦さびてふるき都のあれまくもをし（さざ波寄せるこの近江《おうみ》では国の神の心が荒れて国土が荒廃し、人のいない古い都が崩壊していくのが惜しいことである。）

とあるのを、第四句の「ふるき都」までは全く同じであるのに、第五句を「月ひとりす

む」と詠んで、御自身の歌になされたのである。

40「ますらを」という語の「を」は、昔はみな「ちりぬるを」の「を」を書いていたが、近頃では「うゐのお」の「お」を書く事にしているのである。「女神男神」の「を」には、昔から「ちりぬるを」の「を」を書いたのである。そうであるから「ますらを」も「ちりぬるを」の「を」を書いてもさしつかえあるまいとのことである。了俊殿が書写された物語・和歌などの写本でも、「ますらを」は「ちりぬるを」の「を」を書いています、とか。

41恋の歌は、女房の歌に心の底まで沁《し》み込むような情趣の深いものが多い。式子《しょくし》内親王の「生きてよも」「我のみしりて」などの歌は、幽玄の歌である。俊成卿女《しゅんぜいきょうのむすめ》の「みし面影も契りしも」、宮内卿《くないきょう》の「聞くやいかに」など骨の髄まで深く沁み込むような歌は、通具《みちとも》や良経《よしつね》公などでも思いつけないであろう。

42俊成卿女の、

あはれなる心長さのゆくゑともみしよの夢をたれかさだめん（夢のような逢瀬《おうせ》はもうなかったことにしようとするのでしょうか。これを私だけが哀れにも辛抱強く待たされた結果であるとは、一体誰が分からせてくれるでしょうか―他ならぬあの人であるのに。）

は、究極の幽玄の歌である。その夜の密事は、相手と自分以外は知らない。私がひとり辛抱強く待っていることを相手が知るならば、その夜交わした契りもなかったことにするであろうに、という心である。式子内親王の「生きてよも」の歌も、人に詠みかけているのではない。ただひとりこの世にとどまって明日まで生きながらえる気持ちもしないから、訪ねるつもりがあるなら今夜訪ねて欲しい、と歎《なげ》いているのである。

43 為秀《ためひで》の、

あはれしる友こそかたき世なりけれひとり雨聞く秋の夜すがら（この情趣を分かってくれる友が得難いこの世であるなあ。ただひとりで雨の音に耳を傾けている秋に一晩中、しみじみと思いに耽《ふけ》ると。）

という歌を聞いて、了俊殿は為秀の弟子になられたのである。「ひとり雨聞く秋の夜すがら」は意味的には上句である。秋の夜にひとりで雨の音をきいて「情趣を理解する友は得難いこの世であることだ」と思ったのである。情趣を理解する友がいるならば、誘われてどこへでも出かけて語り明かすならば、このように一人で雨に耳を打たせているはずがない。どうしようもないところが、特にすぐれていると思われます。「ひとり雨聞く秋の夜《よ》半《は》かな」というのであれば、句は切れるはずであるが、「秋の夜すがら」と言い捨てて切れないのが重要である。「孤独に雨音を聞く秋の夜すがら思っていることには」という思いをわざと言い残して詠んでいるのである。したがって「ひとり雨聞く秋の夜すがら」が上句であるという訳である。これが意味上も切れる下句であるならば、それほど取り立てて特徴のない歌となってしまうのである。

杜甫《とほ》に「聞レ雨寒更尽《キ》、開《キテ》レ門《ヲ》落葉深《シ》」という詩があるのを、同門にある老僧がいて、この詩の訓点を改めたのであった。昔から「雨と聞きて」と訓点を付けていたのを見て、「この点はよくない」として、初めて「雨を聞きて」と直した。たった一字の違いで、天と地ほどの差である。「雨と」と訓《よ》んでは、はじめから落葉と知っていることになり、スケールが小さい。「雨を」と訓めば、夜はただ本当に雨が降ると思って聞いていて、さて夜が明けて、朝に門を開けてみたところ、雨ではなく落葉が深く庭石の上に散り積もっていたのであった。この時になりはっと気づくところが感興を覚えるのである。ゆえに和歌もたった文字一つで全く異なったものに思えてくるのである。

44 「山の深雪」という題で、このように詠んだ。

時雨《しぐれ》まで曇りてふかくみし山の雪に奥なき木々の下をれ(時雨の時分までは曇って奥深く見えた山も、下の方の枝が折れて見通せるので雪によって奥がなくなっている。)

時雨の頃は雲がかかって、山も奥深く見える。雪が降ると山には奥もなく、あらわに見える、というのである。この「雪に奥なき」というのが優れた表現なのである。木々も折れてしまったので、遮るものなく奥がないのである。雪が降って山が浅くなっている、というのが一興なのである。

慶運の歌に、

草も木もうづもれはつる雪にこそなかなか山はあらはなりけれ（草も木も完全に埋もれてしまう雪によってかえって山があらわに見える。）

と詠んでいる、とか。通常ならば「雪で山が深くなっている」とでも詠むことであろう。

45 定家の歌に、こういうものがある。

魂をつれなき袖《そで》にとどめおきて我が身ぞはてはうらやまれける（別れた時、冷たいあなたの袖に魂をとどめておいたので、逢《あ》えなくなった結果、自分の身が羨《うらや》ましいと思えることである。）

46 鶴殿《たづどの》こと内大臣基家《もといえ》公は、光明峯寺《こうみようぶじ》殿道家《どのみちいえ》公の御子息である。いまの月輪殿の先祖である。鶴殿は続古今《しよくこきん》集の撰者である。

47 家隆卿の花の歌に、

人づてに咲くとはきかじ桜花吉野の山は日数こゆとも（人の口から桜の花が咲いたとは聞くまい。たとえ吉野山に行くにはどんなに日数がかかろうも、自ら訪ねてこの目で見よう。）

これは、古今集の恋の歌に、

越えぬまは吉野の山の桜花人づてにのみ聞きわたるかな（国境を越えて大和へ行かない間は、吉野の山の桜の花が咲いたと、人の口から聞くだけでおります。私はあなたのことを噂だけで聞き続けているので、早く直接お目にかかりたいものです。）

とありますのを、「句の位置こそ少し換えたものの、内容も表現も本歌と同じものになっておりますのは、どのような訳なのか」とお尋ねしましたところ、「これはよいのである。理由は、本歌が恋の歌であるのを、季節の歌に詠み替えられているからである。本歌取りには様々な手法がある。そのうち本歌に全面的に依拠するような詠法、または本歌への返答のような詠法というのは、こんな風に詠むのである。定家と家隆との本歌取りの手法も、様相は少々異なっている。定家は本歌の内容をそのまま取って詠むことはない。家隆には本歌と同じ内容の歌がままあります」と答えられた。

48 千五百番歌合の作者に「三宮《さんのみや》」とあるのは、後鳥羽院の兄上である。そして後堀河《ごほりかわ》院の父上である。

49 行能《ゆきよし》は藤原行家《ゆきいえ》の父である。行家は続古今集の撰者《せんじゃ》である。

50 「たつみわこすげ」とは、「みわ」は水の溜まる「わだ」である。水の溜まった「わだ」に、菅が立っているものである。

51 「やぶし分かぬ」とは、藪《やぶ》のことである。「し」は助辞である。

52 「霜のふりは」には、人があれこれ解釈を立てている。「ただ霜が降るなあ、という事である」として「ふりは」と言う人もいる。一方で「鷹場などと言うように、霜が降る場ということである」とて「ふりば」と言う人もいる。

53 「いともかしこし」とは、「恐れ多い」と言う意味である。「かけまくもかしこけれども」などと言うことも同じことである。

54 「寒草」の題では蘆《あし》を詠まないのである。「寒蘆《かんろ》」「寒草」と続けて題に出るからである。

55「歳暮」の題は、「除夜」でないなら、大晦日《おおみそか》より前の日のことも詠んでよい。しかし「九月尽」題では必ず九月晦日のことである。

56「さらぬ」とは、そのようではない、ということである。「さらぬだにも」も同じである。一方「さらぬ別れ」では「去らぬ」という字を宛てる。

57「庭」の題では軒を詠み、「軒」の題ではたいていは軒と詠んでいるのである。

58本歌を取るのに、二首から取っている歌はいくらもある。

59俊成卿は老齢となり、それでも朝晩歌ばかり詠んでいて、まったく来世の為の修善も積んでいない。これでは後生がどうなるかと歎《なげ》いて、住吉大社に七日間参籠《さんろう》して、このことを憂いて、「歌が無駄な事であるなら、これから歌道を捨ててひたすら後世の為に修行をいたしましょう」と祈念していたところ、七日目の夜、夢中に明神が現れなさって、「和歌と仏道は全く区別がないぞよ」とお告げがあったので、なるほど歌道に精進するほか仏道を究めることはできない、として、いっそう歌道に重きを置かれたのである。
　定家も、住吉大社に九月十三夜が七日目に当たる様に参籠して、この事を心配して悩みを申されたところに、九月十三夜に明神がはっきり現れなさって「汝の上に月が輝いているぞよ」と啓示なされてより、なるほどこの道はこういうものであったのかと悟られたのである。この奇蹟《きせき》などを書き載せた書物を明月記と称するのである。

60 了俊殿がいつも言われたことで、「自分が若い頃、連歌の稽古をしていましたとき、出来の良くない句を多くつくるよりも、五句や三句でも、満足のゆく連歌をしたいと思って、句数を少なく制限していました。それを二条摂政良基《よしもと》公がお聞きになって、自分が質問の状を差し上げた時、その状に答えを書いてお返し下さり、『そなたはこの頃良い連歌をしようとして、句数を少なくされていると聞きました。あってはならぬことである。一句二句に技巧をこらして、たいそう良い連歌であると思っても、上手の目から見れば、初心者の境地を出ず、少しも良い句ではない。だから初心者の内は、とにかく軽やかに多くの句を詠んでいけば、おのずと上手になるのである』と仰せになり、まことに厳しくお叱りになった」と。そして了俊殿も、私が良い歌を狙って詠もうとしているといって、手紙でもってお叱りになったのである。

了俊殿はいつも謹んで良基公の仰せを口にしては、「これこそ甚深の御恩である」と言われたのであった。

61 万時《まんじ》といって万葉集の撰ばれた年代を定家が考証されたものがある。貴重である。為秀自筆の本を了俊殿が下さった、その本を、人が欲しがられたので譲りました。淡々とした内容である。

62 「夕づくよ小倉の山」という古今集の歌は、昔から人が疑問とする歌である。詞書《ことばがき》では九月末日の歌である。「夕づく夜」と言えば、夕方から月が出る、四日・五日の頃である。どうしてかと不審とされるのであろう。万葉集では「夕づく夜」という詞に、さまざまな表記をしている。そのうち「夕月夜」と書いているのは、夕方から月が出る頃のことである。一方「夕付夜」と書いている場合は、月ではなく、ただ夕暮から次第に暗くなり夜になる時間帯を「ゆふづくよ」と言うのである。古今集の歌もこれで、夕方から夜にかけてという意で、「夕付夜小倉の山」と詠んだのである。

63 「なげの情け」は、かりそめの情という意味である。一方、「暮れなばなげの花のかげかは」とは「無げ」である。「暮れたからといって、無くなってしまうような花か」といった意である。

64 「しかなかりそ」とは、「そんなに刈るな」という意である。

65 仏持院《ぶつじいん》での歌会で、十五首の題で「春の風」「春の日」などを出し、または「春の恋」「春の山」などを出し、さらには「秋の風」「秋の木」「秋の草」などを出す、人数少なくかつ十首や十五首程度を詠む時には、こうした題で詠むのである。ちょっと詠みにくい題である。

66 「夜の水鳥」という題で、このように詠んだ。
夕づくよ水なき空のうす氷くだかぬ物と鳥や鳴くらん（夕方遅く、空に出た月が薄氷のように水面に宿る、それを砕けない氷であるといって水鳥が鳴くのであろう。）

67 「もしほ」とは藻に沁《し》み込んだ塩である。だから「藻に寄する恋」という題でも、「もしほ」と詠んでよいのである。定家は「藻塩の枕」と詠んでいます。ただの塩であるなら、枕にすることはできない、とか。

68 毎月御百首の書とは、定家が鎌倉右大臣実朝《さねとも》公のもとへ差し上げられた著作である。この書きぶりがあっさりとして特別の事もないのが貴重である。ことごとしく「足引とはどのようなことか」などと諸説を書き立てているのは、みな他家の説で、当家の相伝ではないのである。この書を毎月抄とも言うのである。「万葉の古風を詠むのをしばらく御控えなさいませ」と実朝公に申し上げられた、とか。

69「春の風」という題で、このように詠んだ。

色にふけ草木も春をしらぬまの人の心の花の初かぜ（草木はまだ春を知らず固い蕾《つぼみ》のまま、しかし人の心は早くも春を知って花と咲き始める、その花の色が初風として吹いて欲しい。）

春が来てもまだ木々の梢《こずえ》は冬のままで、春を知らないが、人の心は早くも春を知るのである。心の中なので、その喜色は目には見えないが、だからこそ、どうせならば人の心の花を咲かせた、そのような色として風が吹いて欲しい、と詠んだのである。

70「春の恋」という題で、このように詠んだ。

夕まぐれそれかと見えし面影の霞《かす》むぞ形見有明の月（夕暮の暗さにあの人か、と見えた面影が明け方の今は霞んでいる、それが形見となってしまった、この帰るさの有明の月。）

夕暮に霞が辺りにかかった時分、思う人をちらりと見て、「これが自分が恋し慕っていた人なのか、おお」と思って、その面影を心にしっかりと刻んで、一夜を過ごして明け方に残月を見て、あの面影を思い出すと、霞んだ月にぼんやりした面影が浮かんだように感じたので、「霞むぞ形見」と言ったのである。月を薄雲が覆い、花に霞がかかっている趣向は、どんな表現・内容でも追いつかず、ただ名状し難く優美である。これは言語を超えたことなのである。

この歌、源氏物語の「袖ふれし人こそなけれ花の香の面影かをる春の曙（袖を触れて匂いを移した人の姿はないが、花の香がその人の面影かとばかり薫る、春の曙。）」と好一対と言うべき歌であろうか。

71 「負くる恋」題で「飾磨《しかま》川人はかち路《じ》」と詠みましたところ、重阿《じゅうあ》がことのほか立腹しました。人を勝たせたのであるから、自分が負けたのはおのずと知られるのである。

72 元可《げんか》入道こと薬師寺公義《きんよし》の歌に次のようなものがあります。

五月雨《さみだれ》の布留《ふる》の中道しる人や河と見ながら猶わたるらん（五月雨が降る、布留の中道、事情を知る人はまるで河のように思いつつも横断していくのであろう。）

夕暮の色なる槇《まき》の嶋津鳥宇治を夜川とかがりさすなり（夕暮の色に染まる真木の島に鵜《う》がいる。宇治川を夜川として嶋が篝火《かがりび》を灯《とも》したようになっている。）

同じくは我がかくれ家の山桜花も憂き世の風をのがれよ（我が隠れ家にひっそり咲く

山桜よ。私と同様に辛《つら》い世の中の風から逃れて欲しい。）
新後拾遺集《しんごしゅうい》に入集《にっしゅう》したのであった。

73結題《むすびだい》は、上の二字を字音で読み、下の二字を和訓で読むものであるが、すべて音で読まなくては通らぬ題もある。一方、すべて訓に読むものもある。「秋暮残菊」などは、通例とは逆に、上二字を和訓で読み、下二字を字音で読むのである。

74兼好が「花は盛りの時だけ、月は曇りもなく澄んでいる時だけを鑑賞するものだろうか」と書いたような心性を持った者は、世間には他にただ一人もいない。こういう心性は生まれつきのものである。兼好とは俗体でいた時の名である。久我《こが》か徳大寺《とくだいじ》か、そのような大臣の家の諸大夫《しょだいぶ》でいたのである。官が滝口《たきぐち》の侍であったので、禁中の宿直《とのい》の番に参って、常に天皇のおそば近く仕えたのであった。しかし後宇多院《ごうだいん》が崩御したことで、遁世《とんせい》したのである。仏道に入る心を起こした理由として感心させられる。優れた歌人であり、頓阿・慶運・浄弁《じょうべん》・兼好の四人が当時四天王に数えられていたのである。徒然草のスタイルは、清少納言の枕草子のようである。

75達人の和歌は、どんな事を詠んで見せても、どこか耳に留まり感興も湧く。初心者がこれを見て、心中羨《うらや》んで、達人の和歌に似せて詠もうとすると、支離滅裂で狂ったような歌を詠むのである。「これは何を扱われましたか」と他人が尋ねたら、「自分でも分からない」などと言って、世迷《よまよ》い言《ごと》を詠むのである。よくよく気をつけるべきことである。初心のうちは、ひたすら実直な態度で、一首がすらすらと理屈の通るように詠むのがよい。達人の段階にも達していないのに、その真似をすると、珍妙な歌が出て来るのである。

76 定家卿の著作に、「歌はどのように詠むべきでしょうか、と亡父に尋ねましたところ、「心の働きに合わせようとするのがよい」と言われたのが、今も思い当たるふしがありまして、尊い親の教えである」とお書きになっている。この心の働きにも浅い深いがある。初心の段階では、初心者の浅く狭い心の働く範囲に収まる様に、ひたすら実直に詠むのがよい。一方、熟達した後では、どんなに才気に任せて詠んだとしても、心の働く域は深く広いから、そこに収まるに違いない。

77 「かば桜」は、一重桜である。

78 「えび染の下襲《したがさね》」は、蒲桃つまり葡萄《ぶどう》色をしているものである。葡萄の熟した色は、紫黒色をしているものである。この色をえび染と言うのである。ちなみに「蒲桃」と書いて、

「えびかずら」と読むのである。

79「鎌倉の右府《うふ》」とは、右大将頼朝の御子息実朝公の事である。

80遍昭の歌から「かかれとてしも」という句を取って詠んだことは、昔から多くあります。誰の歌であろうか、紅葉を詠んだ歌で、「かかれとてしも染めずやありけん」などと詠んでいます。三代集などに載る古歌を取って詠むのに、たとえば「月やあらぬ春や昔」の歌を取って詠むとしたら、「月やあらぬ」を第三句に置き換えて詠むのはさしつかえない。はっきりとその歌を取ったと示しながら取る事は先達も許容しています。

81制詞《せいし》といって、たとえば「うつるもくもる」「我のみ知りて」などと書き出した一句の名言を、さも自分で詠んだ顔をして密《ひそ》かに本歌に取ることは昔から禁じています。衣を盗んで小袖《こそで》にして着るようなことであるといって、コソコソ取ることを厳しく禁止しているのである。本歌を取るとは、なるほどその歌を取ったのだと思わせて取ることである。また現在活動の場を同じくしていても、既に故人でも、ここ百余年の歌人の作は本歌に取って詠まないものである。

82幽玄体は、間違いなくそのような和歌を詠める段階に達して初めて理解できることであろう。人がしばしば「幽玄なことであるよ」と褒める歌を聞くと、単なる余情体であって、少しも幽玄ではありません。ある人は物哀体《ものあわれてい》の歌なども幽玄と言うがこれも違う。幽玄体は余情体などとは隔絶して別のものである。みな一緒くたに理解しているのである。定家卿は「昔、紀貫之といった大歌人も、きちっと理屈の通った体は詠みましたが、幽玄味のあふれる体は詠まなかった」とお書きになった。物哀体は歌人ならば誰でも詠むものである。

83「あまのすさみ」とは、海水を煮て塩を取ったり海藻を掻《か》き集めたり貝を拾うといったことを言うのであろう。こういう日常の営みを「あまのすさみ」と言うのである。

84「風に寄する恋」という題で、このように詠んだ。

それならぬ人の心のあらき風憂き身にとほる秋のはげしさ（厭きが来て別人になってしまったあの人の心の荒い風が、つらい我が身を吹き貫くことが何とも峻烈なことよ。）

人の心が冷たく酷であるのは、風のように吹かぬものであるとはいえ、烈しく向かって来られると、身を貫くように悲しいものである。この歌では「それならぬ」という五文字を、際限なく置き換えて試してみたものです。「忘れ行く」とも「かはり行く」とも、候補は千も万もあるはずである。「忘れ行く」などは、インパクトが弱く感じます。「それならぬ」とは、私の知る人ではない、ということである。はじめはニコニコと愛想がよかったのに、いまは烈しく冷たく当たるので、「その人ではない」のである。これは「秋」と言っているにも、うまく対応してよいのである。自分のことを厭きてしまった人は、もうその人ではないのである。

85恋の和歌で、定家ほどのものは、昔も今も決してあるまい。「待つ恋」題で、このように詠んでいる。

風あらきもとあらの小萩袖に見て更けゆく月におもる白露（根本がまばらの小萩に置く露は風が荒いとこぼれ落ちるが、私は袖に溜《た》まった涙の露とくらべつつ見ている、夜が更け月が傾くにつれて露は重くなっていく。）

この歌は、完全に自分の身を題の中に置いて詠んでいるので、「待つ」と詠まなくとも、人を待つ意が伝わってくる。ちょっと聞いただけでは、何のこととも理解しがたく、世迷い言を言っているように思えるであろう。しかし自分の身を「待つ」という題に投じて深く考えてみれば、心底に染み入ってきて味わい深い。萩の花が咲き乱れている庭を眺めながら人を待っていると、根本がまばらである小萩に風が強く吹いて、葉の上の露がこぼれ落ちるのが、人を待ちわびて落ちる袖の涙と同じに見え、夜が更け月が傾いていくのにつれて、いよいよ袖には涙も落ちて重くなり、小萩の露とまるで競っているような情景が思い浮かび、人を待つ気持ちが深く感じられる。「縁の端にまで出てきて、月を眺めて過ごしたのであろうよ」とも想像できるようなスタイルである。本当に心をくだき一晩中待っていた様子は、優美の極みである。

86 為継《ためつぐ》は隆信《たかのぶ》の子孫である。信実《のぶざね》は隆信の子である。信実は人麻呂を画いた人である。専門の絵師ではなかったけれども、信実以後代々家風を伝えて絵をよく画いたのであります。この法性寺《ほっしょうじ》家の現在の当主為季《ためすえ》は歌も詠まず、絵も画けぬ人である。

87 「忘るる恋」という題で、このように詠んだ。

うきものと思ふ心の跡もなく我を忘れよ君は恨みじ（交わした約束を忘れるあなた、私を嫌だと思う心をきれいさっぱり忘れて下さい、そうすればもう見も知らぬ他人であるから、もうあなたを恨むまいよ。）

「忘るる恋」という題は、何度でも相手が自分を忘れることです。自分が相手を忘れるということはないのである。相手が何を忘れるかといえば、交わした約束を忘れるのである。当方を憎い、嫌だと思うことは、少しも忘れないのである。この自分を憎いとも嫌とも思う気持ちもきれいに忘れてしまえば、全く見たことも聞いたこともない人のようになるに違いない。「そんな風に契りを忘れるというなら、すべて忘れてしまえよ。その時には、決してあなたを恨むまいよ」と言ったのである。私を嫌って避けることは、忘れてくれないところが遺恨である訳なのである。

88定家卿の「忘るる恋」という題の、

忘れぬやさは忘れける我が心夢になせとぞいひてわかれし（忘れてしまったのか。自分の心はたしかに忘れてしまった。あの一度逢《あ》った夜、これは夢、もうなかったことにして欲しいと言って別れたことを。）

という歌も、すぐには理解できない歌である。勝定院《しょうじょういん》殿義持《よしもち》公の御治世に、私と耕雲《こううん》にこの歌の意につきお尋ねがあったところ、二人が申し上げた趣旨は違っていた。その当時洛中《らくちゅう》で評判したのは、私が申しました方が、やはり正しいと。私が申しましたのはこういうことです。恋人と約束を交わして少しも現実と思えないまま、「無かったことにしましょう」と言ったことを単に「忘れぬ」のでは、すっかり相手を忘れたことになる。「無かったことにして忘れて下さい」と自分から言って別れたのに、そのことを「忘れぬ」というのは、そう言ったことを忘れてしまったのである。だから相手のことは決して忘れられないのである。こんな風に定家の歌は題に心底共感しすっかりその中に乗り移って詠んだのです。定家に誰も肩をならべられまいと思うのは、恋の歌である。家隆は劣るまいが、それでも恋の歌では定家の敵ではあるまい。わずかに「さても猶とはれぬ秋の」「たがかねごとの末ならん」などが匹敵する歌でしょう。なお耕雲が申しましたのは、「忘れぬや」とは、相手に対し「忘れたのか」と尋ねたという意である、とか。

定家の、

やすらひに出でにしままの月の影我が涙のみ袖にまでども（残月の下、あの人はためらいがちに帰っていったが、もう訪ねては来ない。月の光が宿るほどに、涙で袖を濡《ぬ》らして私は待っているけれども。）

や、「白妙の袖の別に」などは究極の幽玄体である。これらも簡単には理解できない歌である。

89 和歌の声点《しょうてん》の説には、家隆の説といって執着する向きもあるようです。私どもは俊成・定家の御子左《みこひだり》家の説のほかは一切知らない。それは、たとえば「やまとうた」と発音するとき、定家は「大和紙ではない」と述べた、とか。「やまとかみ」は清音で上声である。つまり、ただ「やまとうた」と、平声で発音すべきということである。

90 「いづくにか今夜はさねん」とあっても、少しは寝ているのである。

91為氏《ためうじ》の、

人とはば見ずとやいはむ玉津嶋《たまつしま》かすむ入江の春の明けぼの（人が尋ねたらわざと「見ていない」と言おうか、この玉津嶋が浮かぶ、霞む入江の春の曙のありさまを。）

の歌を、父の為家が、勅撰集に入れようとして、「二句は「見つとやいはん」として入れるのがよいであろう」と言われたところ、為氏は、親子の間柄であるから、御意のままにと思われたが、しかし「見ずとやいはん」も一興の体である、こう言っても問題ないのでは、ということになり、そのまま続後撰《しょくごせん》集に採られたということである。この話によって勅撰集に採られる和歌のスタイルをよく知ることができよう。この歌は玉津嶋に面と向かっていて、霞が立ちこめる曙の風景を、人が尋ねたら、「見た」と言おうか、「見ない」と言おうか、ということである。どちらでも結局同じであるけれど、それでも「見た」とするのは素朴実直なスタイルである。

92定家の著作に「和歌に師はない。古歌を師とする」とある。また「精神を古歌の世界に浸らせ、表現は古人の句に学ぶのであれば、誰でも和歌を詠むことができよう」とある。

93内裏仙洞の会では、臣下の歌を全て披講《ひこう》してしまうと、そのまま講師《こうじ》は退く。再び詠吟する段になり、その時おもむろに御製《ぎょせい》を懐中から取り出されて、摂政などに下され、それを別の講師が参上して披講するのである。御製は七度披講する。臣下でも摂政などの歌は三度披講するのである。将軍の歌も近年は三度披講されるのである。

94述懐《じゅっかい》の和歌は、連歌とは異なり、何でも心に思った事を詠むのである。「懐《おも》ひを述ぶる」というのだから、祝言であっても詠んでよい。だから定家は「たらちねのおよばずおもふ（父も及ばなかったと思う）」などと詠んでいる。

95続歌《つぎうた》を詠む時に、たまたま短冊を取り忘れたりなどして、ある題が残ってしまい、もう短冊を重ねる段になってそれを見つけると、その場の達人に投げつけるのである。投げつけられたら、即座に詠むものである。ここでは、いささかも思案したりするものではない。了俊殿が言われたことには、そういう場面で頓阿の達人ぶりを二度まで目撃しました、とのこと。

為秀卿がいらっしゃった会で、一首人が詠まない題が余って、もう短冊を重ねる時になってこれを見つけたので、為秀は短冊を重ねる役をされていたため、「これは頓阿殿に」と言って投げつけられたところ、頓阿は少しも考え込んだりせず、短冊を重ねる間に、即座に和歌を書いて出した。その題は「梅散りて客来たる」という題でありました。人が詠

まなかったのももっともである。「さてどんな歌を詠んだのであろうか」と思って、披講の時に、耳を澄ませておりましたところ、

とはるるもいとど思ひの外なれや立枝の梅は散り過ぎにけり（もともと誰も来ない家ですが、今になってお訪ねを受けるのはいっそう思いのほかのことです。目立つ高い枝の梅は散り果ててしまったのですがね。）

と詠んだのでした。

またある邸の会で、為秀、そして頓阿・慶運・浄弁・兼好など当時四天王と称された名人たちが集まった続歌会があり、頓阿・慶運たちはみな六首ずつ取った。為秀は、さらに多くお取りになった。一方、末席にいる初心の者は一首二首取ったのである。さて頓阿は自分の六首の題をざっと見て、「ちょっと所用があります。勝手ですが外してまた参ります」と言って、自分の六首の題を小棚の下へ押し込んでおいて、退出していったところ、慶運が自分の取った六首の題とすべて取り替えて置いたのであった。そうこうするうち早くも他の皆の歌は出来て短冊に書いて出されたので、「頓阿はどうして遅いのか」と言っているところへ、頓阿が戻って来た。さて先ほどしまって置いた題を取って、墨を摺《す》って歌を書こうとして見たところ、自分が取った題ではない。六首を見渡したところ、全て別の題になっている。しかし頓阿は少しも取り乱した様子もなく、「なんと、おかしなことだ。誰がなされた悪戯《いたずら》かな」と言い、墨を摺って筆を染めて、そのままさらさらと六首み

ながら書いて出したのである。披講が済んだ後、慶運が「見事にやりましたな。こういう時にこそ、練達の程が明らかになるものですな」と告げたので、頓阿は「ひどいことをなされたものだ。あなた、いい年をして、人がこんなことをしようとしたらせめて注意くらいはしなくてはいけない立場でしょうに」と答えたのです。その六首のうち、「橋の霜」という題で、

山人の道の往来《ゆきき》の跡もなし夜のまの霜の真間《まま》のつぎはし（山人が道を往き来した痕跡《こんせき》もない。夜の間に置いた霜がそのまま積もっている、この真間の継橋《つぎはし》では。）

と詠んだのである。

96 読師《とくじ》の対面の座は、主位《しゅい》といって主催者など重んずべき人の居る座である。文台の上方は、主上の御座である。読師の後ろが一等下座である。読師講師の傍らには、その他の人々が、ぎっしり取り囲むように座るのである。

97 「戸外の梅」「晩の鐘」、句題の百首。

98 「山の早春」という題で、このように詠んだ。

来る春に逢坂《あふさか》ながら白川の関の戸あくる山の雪かな（新しい春に逢《あ》ったので逢坂の関

と言いたいのですが、これでは白河の関で明けたような、深い山の雪であるよ。）よくある逢坂をさしおいて白河の関で年が明けたなと思っている歌なのである。ここがちょっと目新しくもありますかね。

99 「祈る恋」という題では、こんな風に詠んだ。
あらたまる契りやあると宮造神《みやづくり》をうつして御祓《みそぎ》せましを（冷え切った関係も改まるのではないか、と宮を立て替えて御神体も遷座していただき身体も清めてお願いをしたいものよ。）

これもまた昔から人が詠んだことのない内容である。

100 「名所の春の曙」という題でも、このように詠んだ。
明けにけりあらましかばの春の花なぎさにかすむ志賀《しが》の山もと（夜が明けた。渚《なぎさ》に立つ霞がかかる志賀の山のふもとに春の花があれば、どんなに素晴らしいか。）

これも「あらましかばの」と言ったのが興を覚えるスタイルである。曙に霞がかかっている志賀の山の麓《ふもと》に花が咲き乱れていたなら、どんなに興を誘ったであろう、というのである。「なぎさにかすむ」には、今は花が「無き」を掛けているのである。

101「暁の夢」という題で、このように詠んだ。

暁のね覚は老の昔にて宵の間たのむ夢も絶えにき（明け方に目が覚めるのは老人の習いといってもずいぶん昔のことで、今は宵の間をあてにして夢を結ぶことも絶えてないのである。）

明け方に目が覚めた事は、老人といっても随分昔の四、五十歳の頃である。今は夜もまだ更けない宵にもう寝られないのである。

102幼少の頃、七月に二星に供えるといって、一首歌を詠んで、梶《かじ》の葉に書き付けましたのが、歌というものを詠んだはじめである。そういう訳で、二星の御恩恵に謝して、去年の秋まで七首歌を詠んで七枚の梶の葉に書きつけて、二星に供えていたのでした。

また、ろくに練習も積まぬ前から、厚顔にも、晴れがましい歌会に出て習ったのでした。私の家は三条 東洞院《さんじょうひがしのとういん》にあった。その向かい、幕府奉行人の治部《じぶ》といった者のもとで、月《つき》次《なみ》歌会があり、冷泉為尹《ためまさ》とその実父為邦《ためくに》入道殿、前探題《たんだい》今川了俊殿、その他近習《きんじゅ》の人、計三十余人が会衆であった。親しい恩徳院《おんとくいん》の律僧がいて、「歌が詠みたいなら、向かいの治部の家に連れていってあげます」と言われたので、その頃はまだ前髪も下がる年頃にて、照れくさかったけれど、その律僧に連れられて、治部の家へ行きましたところ、治部入道はその時八十を越した老入道であり、白髪姿であったのが、わざわざ出て来て対面して申しましたことには、「児《ちご》が和歌を嗜《たしな》むことは、昨今絶えて無い事である。この禅蘊《ぜんうん》の若く盛んな時分ならば、そのような話を聞いたことがありますが。感心なことでいらっしゃる。こちらでは毎月二十五日に月次会があります。おいでになり詠んでみて下さい。今月の題はこちらです」と言って、自ら書いて渡してくれたのでした。「深夜の閑月」「□□雁《かり》」「別れて書《ふみ》無き恋」、四字の三首題であった。これが八月初めの事であった。

さて二十五日に月次会に参上してみると、客座二列のうち一方の上席には、冷泉家の為尹とその実父為邦入道殿、もう一方の上席には前探題今川了俊殿、その下へ順々に近習の人々、そして禅蘊の一門三十余人が威儀を正して並んで座している所へ、遅れて入っていったので、横座《よこざ》へと招かれたために、はたと困惑したことであったが、ともかく着席したのでした。了俊殿は、その時八十も過ぎた法体で、裳《も》もない黒衣に、平江帯《ひんごうたい》の長い房の飾り帯をして座っておられた。さて「深夜の閑月」という題では、このように詠んだ。

いたづらに更け行く空のかげなれやひとりながむる秋の夜の月（ひとりでこの秋の夜の月を眺めているが、それでは見る甲斐《かい》もなく更けていく空の光である。）

また雁の歌はたしか「山の端に一つらみゆる初雁のこゑ」であったか、上句を忘れました。恋の歌も記憶していません。それからは積極的に出席を重ねて、和歌の鍛錬を積んだのである。その時は十四、五歳であった。

その後、奈良の門跡へお仕えしました時期には、延暦寺講堂供養の儀に上童《うえわらわ》として門跡のお供などをして、奉公で暇もなかったゆえに、しばらくは歌を詠まなかった。さらにその後、父親と死別しましてから、またあちこちに顔を出して歌を詠んだのであります。治部入道のもとでの月次会よりこのかたの詠草はまとめて三十六帖《じょう》あった。二万首余りになるはずである。それを全て今熊野の火災で焼いてしまったのです。その後、現在までの詠草は一万首にちょっと足らない位である。

103 歌を詠まない時に歌書を博《ひろ》く見ておき、いざ晴の歌を詠もうとする時は、書物はさっとそこに置いて、何も無い状態で構想を練るのがよいのである。歌を詠む時に、昔の歌書を見て、少しずつ句を書き付けながら詠んでいると、どうかすると類想歌を見つけてしまい、それで良い歌が詠めたためしはないのである。そうやって詠むようになると、癖になって、晴の歌が詠めなくなるのである。昔は女房などは、あるいは横になって詠み、あるいは照明を暗くして、わざと頼りなげな状態で構想を練る人もいた。西行は生涯修行の身で歌を詠んだので、廊下を廻《めぐ》りながら、あるいは北向きの戸をわずかに開けて、月光を見ながら構想を練ったし、定家は南向きの戸を撤去して、部屋の中央に座して、南方を遠くまで眺めて、装束をきちんと着して構想を練られた。こういう姿勢が内裏仙洞などの晴の御会で詠む有様と相違せずよいのである。俊成はいつも黒ずんだ浄衣《じょうえ》の上着だけを引っ掛けて、桐の火桶《ひおけ》にちょっとよりかかってそうされたのである。ほんのわずかでもしどけなく横になったりなどして、構想を練ったことは無かった。私どもも偶然寝床で目が覚めて詠んだような歌は、起きてからまた見てみると、必ずしも良くはなかったのである。

104懐紙を文台に置くことについては、昔はいろいろと面倒で、「文台より下座に置かなければならぬ。文台の上には置いてはならぬ」とか、あるいは「文台の右は上座から見れば左なので、ことさら大事にする位置であるから、文台に向かって左の端に置くのがよい」ともいう。こんな風にやかましいので、近年は文台に置く段まで懐中に忍ばせておき、内読師といって懐紙を重ねる役の人に渡すのである。

105懐紙の端作《はしづくり》に必ず記す「和歌」の「歌」の字についても、少し昔の二条家では「歌」の字を書き、冷泉家では「謌」を書くと言っておりますが、ことさら必ずそのように書くべきということではない。ただ自然と、二条家では大概「歌」の字を書き、冷泉家では「謌」字を書かれていたのを、こんな風に言ったのである。なお、「和」の字についても、人偏の「倭」の字は「和」と同じ意である。とはいっても、どれでもわざわざ使わない字を使って人目を惹《ひ》こうとするのは感心しない。結局、人と同じようにしているのが良いのである。

106歌道の先人も「古今集を肌身離さず持つべきである。和歌もそらで覚えるべきである」と言い残されているのである。

107道風《とうふう》・佐理《さり》・行成《こうぜい》をそれぞれ皮《ひ》・肉《にく》・骨《こつ》に当てているのは、道風は骨髄まで貫く雄勁《ゆうけい》な風を書き、佐理は愛嬌《あいきょう》のある肉感的な風を書き、行成は繊細優美な風を書いた、というのである。この三人はおおよそ同時代の人である。道風の晩年に佐理が現れ、佐理の晩年に行成が現れたのである。伏見院《ふしみいん》は、漢字は道風と佐理の書風を模倣なさった。仮名はまったく御自分で創出工夫なされた。道風・行成の仮名が、今も世間に少々ありますのは、小刻みに折れて鼠の足跡のようであった。連綿が美しく、ふっくらとしている仮名は、伏見院が創出されたのである。これ以後は世間一同この御所風を学んだのである。後伏見院《ごふしみいん》・花園《はなぞの》法皇などは、みな父上の伏見院風の書をなされたのである。六条内大臣有房《ありふさ》公の筆跡は、本当に伏見院の宸筆《しんぴつ》にちっとも変わりません。世間では多くの人が見分けがつかずに、伏見院の書といって秘蔵するのである。ことに仮名がよく似ている。久我家の先祖でありますとか。禅林寺《ぜんりんじ》中納言と若い頃は称したのである。清水谷《しみずだに》家なども、有房公の門下より出た能書の家である。

道風・佐理も、中国の書を伝えてきて書いたのである。伏見院の宸筆は、仮名・漢字の双方に達したものである。趙子昂《ちょうすごう》や張即之《ちょうそくし》が書いたものと比較して見ますと、運筆はいささかも変わらないものである。それはたとえていえば、床の間の板には牧谿《もっけい》和尚の三幅一対の絵と銅製の調度三点セットを置き、金箔《ぱく》銀箔を押した屛風《びょうぶ》を立てた座敷の室礼《しつらい》の様に、和漢の長所をともに持っているのは、伏見院の宸筆である。御子の青蓮院門跡尊円《しょうれんいんもんぜきそんえん》親王の御筆跡は、座敷に御簾《みす》を懸けめぐらし、やはり金箔銀箔を押した屛風障子を置き、いずれも日本製の調度ばかりを置いた室礼のようである。また御曾孫《そうそん》の後光厳院《ごこうごんいん》の宸翰《しんかん》は、本当にまがうことなく繊細で美しいけれども、伏見院の宸翰と比較してみれば、枯淡にして高貴なる趣きは到底及ぶものではない。たとえば、後光厳院の書は、美しい女房を几帳《きちょう》の向こうに置いたかのようである。伏見院の書は、立派な男が礼服を着て、紫宸殿《ししんでん》に登場したかのようである。几帳に隠れた女房は、室内で見ると、優美なものである。しかし公式の場所に出てみれば、やはり立派な男が束帯を着ているのが、気高く堂々としている、伏見院の書はそんな風なのである。

108 歌は「寛平《くわんぴやう》以往の歌に心をかけよ」と定家も書いていますので、古今集よりさらに以前の歌を理想とせよということである。このように和歌は「古風を心に染めよ」とあるからといって、後拾遺集の時代の歌の風体は、詠みぶりがとりわけ悪い。まるで埃《ほこり》がもうもうと立つようなもので、たとえば中国からの船来品といったって、口が歪《ゆが》んで、端が欠けている銅製品の粗悪なものの如くである。

109 「初雁《はつかり》」という題で、このように詠んだ。

払ふらんそがひにわたる初雁の涙つらなる嶺の松かぜ（雁の一行は前後を追いつつ飛んで涙を落していく。その雁が越える、いくつもつらなる峰の松風が、雁の涙を吹き払うであろう。）

「そがひ」とは、後より追って続くという意である。後から追うようにして飛ぶのを、「そがひに渡る」というのである。「かのみゆる池辺にたてるそが菊の」という歌のそが菊は、俊頼《としより》・清輔《きよすけ》らの流では、承和帝こと仁明《にんみよう》天皇が好んだ承和《そわ》菊である、あるいは同じく黄菊をそが菊という、とか。また別の説では、九日に遅れた十日の菊をこう呼ぶ。三十日を「みそか」というので、十日は「そか」になる訳である。また俊成の家説では、池のほとりにちょっとうつむいて咲いているのをそが菊とした。「そがひにたてる峯《みね》の松」と言うのも、前後重なるように立っているのである。

さて「梅が香を幾里人か」「数おほきおくてのうゑめ」といった歌は、一興を覚える歌である。しかしこれらは、所詮《しよせん》百首の地歌《じうた》である。さきほどの「はらふらんそがひに渡る」とか「ながれての世をうぢ山」という歌こそ、私の本懐の歌であります。和歌はふと吟じてみると、詞《ことば》の続き具合も何とも和歌らしく自然であり、吟じても滑らかに下っていき、理屈っぽくなく、奥が深く優美でもあるのが良い歌である。そして究極の歌というのは、論理を超越したものである。理解しようとしてもどうにもしようがない所にある。これは詞で人に説明するような事ではない。ただ自然と理解すべきことなのである。

110「はたれ」とは、草木の葉がちょっと傾く位に降った雪のことである。または斑《まだら》に積もった雪である。どちらであっても、薄雪のことである。

111「朝《あした》の霜」という題で、このように詠んだ。

草の原誰に問ふともこの頃や朝霜置きて枯るとこたへん（草の原はどこか、と誰に問うたところで、この頃は朝霜が置いてもう枯れたと答えるであろうよ。）

この「草の原誰に問ふ」というのは、本歌を取った句である。狭衣《さごろも》物語に、

たづぬべき草の原さへ霜がれて誰に問はまし道芝の露（分け入り尋ねる草の原さえ霜に枯れてしまい、道にはかなく消えた人の行方を誰に問えばよいのか。）

とある。また源氏物語には「草の原をば問はじとや思ふ」と詠んでいるようである。その後、さらに新古今集で俊成卿女《むすめ》が、

霜がれはそことも見えず草の原たれに問はまし秋の名残を（霜で枯れてしまって、もうどこがそれとも分からぬ草の原。秋の名残をとどめる場所を誰に問えばよいのか。）

と詠んでいる。

このように「草の原」には皆「問ふ」ということを詠んでいる。そしてこれらは皆「問はまし」と言っているのを、今、私は「誰に問ふとも」と少し違えたのである。

112 「雲に寄する恋」という題で、このように詠んだ。

思ひわび消えてたなびく雲ならばあはれやかけん行末の空（この先を悲観して死んでしまい、火葬されて空に棚引く雲となったら、あの人も同情してくれるでしょうか。）

「消えてたなびく」とは、いっそ死んでみたい、ということである。「死んだと聞いたら、可哀想だとは思うであろう」という意である。

113 「染めばぞうすき色を恨みん」とは、恋人に逢《あ》うこともできないとの意である。逢って初めてその薄情さも恨みもするが、というのである。

114 「浦の松」という題で、

おきつ風いさごをあぐる浜の石にそなれてふるき松のこゑかな（沖からの風が砂を吹き上げる浜の岩の古い磯馴《そな》れ松が声を上げているよ。）

という歌を詠みました時は、家隆卿の、

浜松の梢《こずゑ》の風に年ふりて月にさびたる鶴《たづ》の一こゑ（浜松の梢を吹く風に年老いて、さらに月の光に照らされ古びた鶴の一声。）

という歌の情景が心に浮かびました。この歌のスタイルを説明するならば、巌《いわお》が苔生《こけむ》して、幾千年とも分からないほど歳月を経た、蒼古《そうこ》な姿を見ている気持ちがします。いわば仙郷を見る気分のする歌である。格調高く堂々とした歌のスタイルである。但し幽玄体では少しもない歌である。

115 「松原」ということは、宵の時分では詠もうとは思わぬ詞である。

116 「蘆橘砌《ろきつみぎり》に通ふ」という題を得て「玉の砌」などと詠もうとするのは、言わずもがなのことである。単に軒・床・庭など詠んだら、おのずと砌は含まれるのである。

117 常光院尭孝《ぎょうこう》・右馬頭《うまのかみ》細川持賢《もちかた》殿・蜷川智蘊《にながわちうん》などと会合した機会に、「昔のすぐれた歌人の中で、誰のような歌が詠みたいか」という話題が持ち上がったので、面々が書いて出したことがあった。常光院は曾祖父《そうそふ》の頓阿の歌に、

ふくる夜の川音ながら山城《やましろ》の美豆野《みづの》の里にすめる月かげ（更けていく夜に、淀川《よどがわ》の川音もいよいよ高くなっていく、それにつれて、ここ山城の美豆野の里で澄みまさっていく月の光よ。）

という歌を書いて出したのであった。智蘊は、
あやしくぞかへさは月の曇りにし昔語りに夜や更けぬらむ（おかしなことに帰り道では月が曇ってしまいました。昔を語っているうちいつしか夜が更けたのでしょうか。）
という歌を書いて出したのであった。持賢殿は後鳥羽院下野《しもつけ》の、
忘られぬ昔は遠くなりはてて今年も冬は時雨《しぐれ》来にけり（忘られない昔は遠く隔たってしまい、今年も冬となったことを知らせる、時雨が降ってきた。また一年過ぎて昔は遠くなった。）
という歌を書いて出しました。「これほどの歌はない」とか。持賢殿はこの歌を吟ずる度に涙がこぼれると語りました。

118 ある所の七夕歌会に、頓阿と子息の経賢《きょうけん》法印が出席しました。経賢が「七夕の鳥」という題を取って一首詠んで、頓阿に見せたところ、「思ってもみないことである」と、突き返しました。経賢が詠み改めて見せたところ、また頓阿は突き返した。またまた詠みて見せましたものも、「これもふさわしくない」といって返した。そこで経賢は、「どういたせばよいでしょうか」と言ったので、頓阿は、「七夕には決まって詠む鳥があるでしょうが」と申しました。さて、経賢が詠んで見せたところ、「これはさしつかえない」と言いました。さて披講の時に、何を詠んだのか見てみましたら、鵲《かささぎ》でありました。昔は七夕でも別

の鳥を詠んだものですが、このように二条家では、少しでも伝統から外れ異風となることを嫌がるのである。「七夕の鳥」ならば何度でも鵲を詠まなくてはならない。たしかにいつも星と鵲ではあるが、しかし何とか趣向を目新しく立てようと心がけるのがよい。こうすることがまず好ましいスタイルにもなる。もちろん、「七夕の鳥」とある題で五首も六首も詠もうとする時は、雁《かり》でも他の鳥でも詠むのがよいのである。

119兼題の歌会で、当日になって懐紙の歌をあれこれ沙汰《さた》するのはあってはならぬことである。だいたい、そういうことがないように前もって題を出すのであるから、前日には相談すべき人に添削を願い、批評も受けて清書し準備して置いて、当日にはただ懐中に入れて出仕するだけにすべきである。懐紙は紙面を擦《す》って修正などはしないのである。これも前から用意するものであるからである。短冊で詠むのはその場に臨んでのことなので、なるほど擦って直してあるのがあるべき姿である。

120懐紙を重ねるのが第一の難事である。人の位階の順により、あるいは家格により重ねるものなので、厄介なのである。公家衆の会では、官職と位階があるので、それに従えばかえって重ね方は簡単である。公家と武家とが会合する時の重ね方が、面倒なのである。勝定院殿義持《よしもち》公の御治世に、官は中納言、位は正二位でありました飛鳥井殿の雅縁卿《まさよりきょう》の懐紙を、当時の管領《かんれい》でありました岩栖院《がんせいいん》こと細川満元《みつもと》殿の上に重ねましたところ、満元殿はもうこの国の執政なのであるから、飛鳥井殿よりも上に重ねよと義持公は仰せられたのであるが、管領は参議に准ずるので、中納言より上に重ねることはできませんと満元殿は申し上げて、とうとう承伏しなかったのである。

121 当座歌会では、若輩者であれば、短冊を書くことは遅く、出すことは真っ先にするのである。老若が居並んで、年長者がはじめに硯《すずり》の墨をつけて書いて、順に硯を押して渡していくので、末座の連中はいちばん後に書くことになる。しかし短冊を題者のもとへ出すことは、いちばん早くするのである。どんなに歌が早く出来たとしても、年長者の書くより前には、若輩は書かないのである。心得ておくべきことである。年長者は長々と思案に耽《ふけ》るのもさしつかえない。しかし末座の若輩であれば、長々と案じて遅れて出すことは、無礼千万の振る舞いである。和歌を互いに見せ合うにしても、昨今のように面々が折紙を手に持って見せますことは、以前には無かったことである。隣同士の親しい仲間ならば、お互いに「ここはこんな風には詠めないから」などと、批判を求めるのである。しかし、昨今のようにあちらこちらへ立ち歩いて騒ぐと、当座といっても慌ただしく落ち着かず、みっともないことはなはだしい。

122宇治への行幸があって、清輔《きよすけ》が供奉《ぐぶ》され、和歌の御会があったところ、他の人の歌はみな出来たけれども、清輔一人が長々と考えて遅れて出されたのであった。なにしろ清輔なので、人も許容したし、遅れたこともかえって問題とならなかった。さてその歌は、こういうものであった。

年へぬる宇治の橋守事とはむ幾世になりぬ水のみなかみ（年老いた宇治橋の番人よ、おまえに尋ねよう。この水は水上から流れ出して、いったい幾代になったのだ。）

この歌は「宇治の橋守」から下は全部出来て、最初の五文字が、どれほど思案しても、思い浮かばなかったので、長々と考え込まれたのである。あまりに長くなってしまったので、どうしようもなく、「年へぬる」の五文字を注のように小さく書いて出されたのである。これはなるほど、下四句と比較すると平凡貧弱な五文字ではあります。

123無心所着《むしんしよじやく》の歌とは、一句一句違うことを言った歌である。万葉集に、こういうものがある。

我が恋は障子の引手《ひきて》峯の松火打袋の鶯のこゑ（我が恋は障子の手をかける金具。峰に生える松。火打ち袋の鶯の声。）

我がせこがたうさぎのをのつぶれ石ことゐの牛のくらの上のかさ（我が背子がふんどしにする円い石。強い牡牛の鞍《くら》の上の腫《は》れ物。）

法師等がひげのそりくひむまつなぐいたくな引きそ仰ながらも（法師らの髭《ひげ》の剃《そ》り残しに馬を繋《つな》いでひどく引っ張るな。仰せであろうとも。）

124 宗尊親王《むねたか》は、四季の歌にもどうかすると自らの感慨を詠まれたのが、欠点であると取沙汰されたのである。このような物哀体は歌人が必ず好む歌風である。このスタイルは、わざわざ詠み出だそうとしたら、できるかも知れないが、やはり生まれつきの詠みぶりなのである。物哀体を詠もうとして、「あはれなるかな」などと言って、哀れがらせようと詠んだら、少しも物哀れな体などではない。どことということなくしみじみと感ずる歌風の歌が、物哀体である。俊成の歌こそ物哀体です。「しめ置きていまはと思ふ」と言ったり、「小篠原《おざさはら》かぜ待つ露の」などと言った歌は、どことなくしみじみとするのである。

125 堀河百首の作者の歌で勅撰集に入集したものは、たとえそれが近代に成立した集でも、本歌であってよいのである。堀河百首の作者の歌で勅撰集に入集していないものは、証歌とはなる。本歌とはならない。

126 「まし水」は、ただの清水である。本当の清水という意である。

127 法楽のために百首を詠みました時、どちらの法楽でしたでしょうか、神を慮《おもんぱか》って題を書くようにとのことであった。その理由は、百首にも不吉な先例があり、題を悪く出したので、人に非難されたのである。この不吉な先例とは、百首を詠み終わらないうちに、時の帝が崩御なさったことである。

128 十訓抄《じっきんしょう》は、菅原為長《ためなが》卿の作かと思われる。為長卿は優れた歌人で有職《ゆうそく》故実に通じそして書道にも秀でていた。官の庁でしたので、文学を第一としたのである。いろいろ興味深い内容を書いたものである。私も持っていましたが、今熊野で焼いてしまいました。

129 枕草子は、とりたての主張や方針なく書いたものである。全部で三冊ある。徒然草は、枕草子を受けて書いたものである。

130 「とはばとへかし」と言っているのは、嫌味な詞である。不実な恋人のもとへ消息を送りつけ「とはばとへかし」と言っているは嫌な感じである。何もせず一人で居て、「とはばとへかし」と言っているのは、しみじみとして心を動かされると以前も書いたのである。

131 三体和歌《さんたいわか》の中でも、慈鎮和尚《かしょう》こと慈円の「ねぬにめざむる」の歌が、抜群に深いものです。まず「ねぬにめざむる」と言うのは、たとえば、宵の口に寝ないで居たところに、郭公《ほととぎす》が鳴いたのを聞けば「おお」と言ってはっとするものなので、なるほど寝入っていないのにはっと驚くのが目覚めるということなのである。これを理解できない人が、「寝てもいないのにどうして目覚めることができようか」などと言うことはもっともであるけれど、その類《たぐい》は言うに足らない。但し、この句は卓越して深いけれども、名人ならばそれでも思いつくこともあるかも知れません。しかし、かりにこの句を思いついても、上句には「夕されの雲のはたてを眺めて」あるいは「宵のまに月をみて」と詠むに違いない。それなのに「まこもかる美豆の御牧《みまき》の夕まぐれ」とあるのは、およそ人智を過ぎていて、理屈をも超えた深さは、まったくどうにもできないところであります。このように上句下句で隔絶した内容を取り合わせているのは、歌人として自由自在の段階に達した上での所業なのである。

132 三体和歌の春の歌で、慈円が、

吉野川花の音してながるめり霞のうちの風もとどろに（吉野川は花が音を立てて流れるようである。霞の中で風が轟《とどろ》き響いて吹くので。）

「花の音して」というのが、大ぶりなのである。なお同じ秋の歌では、慈円はこのように詠んでいる。

秋ふかき淡路の嶋の有明にかたぶく月を送る浦かぜ（秋も更けた淡路島の暁がた、西に傾いた月を送るかのように吹く浦風。）

修理大夫畠山義忠《よしただ》殿の家の会で、「夏の樹の鳥」という題でこんな風に詠んだ。

時鳥また一声になりにけりおのが五月の杉の木がくれ（時鳥の声は再び一声が待たれる程に稀になってしまった。時を得て鳴いていた五月が過ぎ、繁った杉の木に姿が隠れるようになって。）

「時鳥また一声になりにけり」といっているのが、やや大ぶりと言える。たとえ千声百声と言ったところで、微細な歌柄となることもあるでしょう。

133 ある所の歌会で、「祈る恋」という題で、

思ひねの枕の塵《ちり》にまじはらばあゆみをはこぶ神やなからん（あの人は訪れず、思いながら寝る枕には塵が積もる。神は濁世《じよくせ》に現れるというから、ここに交じって下さってもよかろう。それならば敢《あ》えて足を運んで祈ることもないであろうに。）

「あゆみをはこぶ」と表現したのが、わざわざ足を運んで祈るような面影があってよいのである。その翌日、畠山義忠殿の歌会で、また「祈る恋」の題を取りましたので、「この歌をもって替えよう」と思いましたけれども、力不足かなと思い、

そのかみのめ神を神の道あらば恋に御祓《みそぎ》を神や請けまし（太古の二神の始められた男

女の道が今もあるならば、この御祓をしての祈願を神も納《い》れて下さるであろう。）

と詠みました。六月の御祓などと言って、御祓があちこちであるので、恋の題で御祓を詠んだのである、とか。

134「門より帰る恋」の題はもう何度も詠みました。「等しく両人を思ふ恋」の題は、まだ詠んだ事はありません。だいたい、この題が実際に出たということすら、聞いたことがありません。「門より帰る恋」の題では、古く後撰集に、

鳴戸よりさしいだされし船よりも我ぞよるべもなき心ちする（轟々《ごうごう》と鳴る海峡に押し出された舟より、この戸から追い出された私の方がとりつく島のない気がする。）

という歌がある。

135「途中に契る恋」という題で、

やどりかる一村雨《ひとむらさめ》を契りにて行方《ゆくへ》もしぼる袖のわかれぢ（たまたま雨宿りをしたため、まさにこの瞬時の通り雨を縁としての結びつき。だからこの先のことはどうなるかも分からず袖もしぼらんばかりの別れであるよ。）

と詠みましたのを、飛鳥井殿などもお褒め下さったことがあった。

136「鵙《もず》の草ぐき」という句は、「住む所を忘るる恋」にも「途中に契る恋」という題にも通用して詠むのである。「媒《なかだち》を憑《たの》む恋」というのも難題である。

137慶運の子に慶孝《きょうこう》という者がいた。東山の黒谷に住んでいました。花の盛りに、冷泉為尹《ためまさ》卿がまだ参議であった時分、実父の為邦入道殿、今川了俊殿などがお伴《とも》をして、東山の花を見物しました時、「題を懐中にして、道中考えて、鷲尾の花の下にて発表しよう」ということになって、「それなら慶孝を誘おう」と、庵室《あんしつ》へ訪ねて行ったところ、ちょうど中にいたのを誘いつつ、「花を尋ぬ」という題を一首出しましたところ、慶孝は、

さそはれて木のもとごとに尋ねきぬ思ひの外と花や恨みん（人に誘われて木々をあちこち尋ねて歩いてきた。それでは心外だと花は私を恨むであろう）

と詠んだのでした。

138少し昔に、素月といって禅僧の歌人がいた。この者の歌がただ一首、新後撰《しんごせん》集に入っている。一首だけであるが憧《あこが》れる歌である。

思ひ出のなき身といはば春ごとに馴れし六十《むそじ》年の花や恨みん（よい思い出のない生涯、と愚痴を言ったら、六十年間も毎春馴《な》れ親しんだ花が私を恨むであろう）

といっている。慶孝の歌のついでに思い出しました。

139 懐紙では作者名を、官・姓・名と書いて、実名の下に「上」の一字を小さく書くのは、謙遜《けんそん》する気持ちからである。

140 題はまずはすべて和訓で読むのが、基本である。だから「旅宿帰雁」という題も、「旅の宿のかへる雁《かり》」と読むはずであるが、あまり冗長であるので、「旅宿のかへる雁」と読むのである。それでも帰雁は「かへる雁」と読むのがよい。昔は山家は「山の家」、田家は「田の家」と読んだのである。

141 六百番歌合で定家卿は、「歳暮」の題でこう詠んでいる。

たらちねやまだもろこしに松浦《まつら》舟今年も暮れぬ心づくしに（親はまだ唐土《もろこし》にいて松浦舟を待っている、私は何とか渡ろうと心を砕いたがここ筑紫《つくし》国にとどまったまま年が暮れてしまう。）

「歳暮」の題で「もろこし」「松浦舟」などを詠んでいるのは、どのようなことなのであろうか。そうはいっても想像するに、親などが唐土に居て、我が国からの迎えを待っているのに、年も暮れようとする状況は、なるほど不安げには漠然と思えるけれど、それにしても実際には何を詠んだのかと判然としないでいました。

昔、松浦宮物語という物語草子を見ましたところ、松浦の中納言という人が、遣唐使の身分で、唐土へ渡ったことを書いていた。これを藍本《らんぽん》にして、定家は詠んだのであります。

同じ六百番歌合で、

　夜もすがら月にうれへてねをぞなく命にむかふ物おもふとて（一晩中、月に歎《なげ》きを訴えつつ声を立てて泣くことである。命にもかかわるような物思いをして。）

と詠んでいる、この「命にむかふ」という詞《ことば》も、例の松浦宮物語にある詞である。このように定家の歌は、本説《ほんぜつ》を踏まえて詠んでいるのであります。

142 何であろうか「源氏物語では、作中の和歌は本歌に取らないで、物語の内容を取る」と書いてあったと思いましたが、実際は和歌も多く取っています。「思ふかたより風や吹くらん」とあるのを、定家は、

　袖にふけさぞな旅ねの夢もみじ思ふかたよりかよふ浦かぜ（袖に吹いてくれよ。恋しい方角から通う浦風よ。旅寝ではなつかしい人の夢も見ることもあるまいから。）

と詠んでいます。「袖にふけ」とは、願っているのである。旅寝では寝られないので、せめて自分の恋しく思う方角からの風が袖に吹け、というのである。

143 俊成の家は、五条室町にあった。定家卿が母上と死別した後に、父俊成の家に行って見

てみますと、秋風が吹いて荒廃して、早くも俊成も心許《こころもと》ない様子でいるように映りましたので、そののち定家の一条京極の家から、父のもとへ、

玉ゆらの露もなみだもとどまらずなき人こふる宿の秋かぜ（しばらくも露も涙もとどまっていないで散ることである。亡き人を恋慕するこの家で秋風に吹かれて。）

と詠んで送られたのは、哀れさも悲しさも際限なく、悶絶《もんぜつ》するばかりの巧緻《こうち》な歌ぶりである。「玉ゆら」とは、少しの間ということである。最後に「秋かぜ」と置いたことまで、しみじみと心底に沁《し》み入るのに、「なき人こふる」とあるのも、実に悲しく感じられるのである。俊成の返歌に、

秋になりかぜの涼しくかはるにも涙の露ぞしのにちりける（秋になり風が涼しく変わったのにつけても、涙が露のようにしきりに散る。）

とそっけなく詠んでいるのが、何とも理解できない。しかし、定家は自分の母親のことなので、哀れにも悲しくも、悶絶するように詠んでいるのは当然である。俊成は、自分の妻のことであり、自身はもう老人なので、いまさら「やるせない、悲しい」などと言っては不釣合なので、ただ「季節が秋になって、風が涼しく」と何ともないように言っているのが、かえって何も思いつかないほど感動的である。

144 定家の歌では、とくに恋の歌が心底に沁み入って、どうこう言えないほどに素晴らしい

ものが多いのである。だいたい定家に対しては、有家《ありいえ》・雅経も、通具・通光《みちてる》もくらべものにならない。家隆だけは恋の歌を見事に定家に近いところを詠まれています。

145定家が言われたことには、「歌の構想を練る時は、常に白氏文集《はくしぶんしゅう》の「故郷に母有り秋風の涙、旅館に人無し暮雨の魂」という詩を吟じなさい。この詩を吟ずると、気分が崇高となって、自然と良い歌が詠めるのである」と。また「蘭省《らんしょう》の花の時錦帳《きんちょう》の下、廬山《ろざん》の雨の夜草庵の中」という詩も吟ぜよ」とある。「旅館に人無し暮雨の魂」というのは、旅先の宿所にたった一人で居るところに、ぽつぽつと雨が降り出すのは、ほんとうに心細いものである、という詩である。「なき人こふる宿の秋かぜ」の歌も、この詩の境地にぴたりと合っているのである。

146新羅《しんら》明神の御神詠は、続古今集に入っている。

から船にのり尋ねにとこしかひはありけるものをここのとまりに(唐舟に乗って教法を尋ねてはるばる来た甲斐《かい》があるというもの、この唐崎《からさき》の泊まりに達して。)

弘法大師の、

法性のむろ戸ときけど我すめば有為の浪かぜたたぬ日ぞなき(ここ室戸は、仏法の真理から漏れることのない無漏《むろ》の地と聞くが、私が住むと人為的な現象の最たるものである波風が立たない日はない。）
という御詠歌は新勅撰集に入っている。このようにさまざまな神仏も、皆、歌をたしなまれるので、歌は深い秘密を有するものなのであろう。

147「思ひきや」「我が恋は」という五文字を、この四、五十年来詠んだことはない。思うになるほど両方とも気障《きざ》で嫌味な詞である。「我が恋」と言わなくたって、他の誰があなたの恋を論ずるか、と思えるのである。「思ひきや」の代わりに、「思はずよ」「知らざりき」などと詠むのである。

148人麻呂の御忌日は秘密にすることである。そういう事情で、総じて知っている人は少ないのである。三月十八日である。しかし人麻呂影供《えいぐ》はこの日は催されなかったのである。六条藤家《ろくじょうとうけ》の顕季《あきすえ》の行った人麻呂影供は夏六月である。

149名人になる者は、最初からそのことが知られるものである。家隆卿が幼くして、
霜月に霜の降るこそ道理なれなど十月に十はふらぬぞ（霜月にはその名からも霜が降るのはもっともであるが、それならどうして十月に十は降らないのであろうか。）
と詠みましたのを、後鳥羽院は優れた人物になるに違いない、と感歎《かんたん》されたのである。

さて、名人の歌を前もって多く読んでいると、必ず構想力が先に向上するため、そして構想力ほどには表現力は自由に使えないから、構想力だけが上達してしまったのがすこぶるたちがわるいのである。表現力は事物を観察する度合とは関係ないのである。もちろん、言葉遣いが巧みでも、構想力が働かねば歌は詠めない。だから事物を観察するときにはよくよく注意が必要である。

150「花の八重山」とあるのは、歌枕ではない。足柄《あしがら》でも多く八重山と詠んでいるのである。つまりただ幾重にも重なった山ということである。

151建保《けんぽう》名所百首の題で、初心者は歌を詠んではならない。名所には、その場所で昔より詠み慣わしている題材があるので、新しく詠む歌もおおよそは昔のものと同じである。独創の余地はほんのわずかである。初心者の頃は、名所の歌を詠みたがる。それは、簡単だと思えるからである。私どもも歌が詠めない時は、名所を詠むのである。名所を詠むと、二句や三句すぐに詞《ことば》が埋まるものなので、それほど自身の力は込めなくともよい。「高嶋や勝野《かちの》の原」や「さざ浪や志賀の浜松」などと詠めば、既に二句は埋まるのである。私はもう四十年余り歌を詠んでいますが、いまだにこの建保名所百首の題を詠んだことがありません。昔の人は、皆堀河百首の題を初学の稽古《けいこ》に詠んだものです。しかしながら、堀河百首は、ちょっと詠みにくい題である。初心者では、二字題などの、もっと自然で単純な感じの、詠み馴《な》れているものがよい。月や花といった、まっとうな題で詠むのがよい。弘《こう》長《ちょう》・宝治《ほうじ》・建久《けんきゅう》・貞永《じょうえい》といった年代の百首歌の題で詠むのがよいであろう。

152初心者のうちは、「月に寄する恋」「花に寄する恋」などの寄物《よせもの》の題は、詠みにくいように感ずるのである。そして、「見る恋」「顕《あら》はるる恋」などの題でも、何かに寄せない題は詠みやすいように感ずるのである。熟達しては、寄物の恋の題はやさしくて、ただ「聞く恋」「別るる恋」などとあるのが大変なのである。「暮春に鐘を聞く」という題で、このように詠んだ。

　この夕入相《いりあひ》の鐘のかすむかな音せぬかたに春や行くらん（春の終わりの夕方、霞の中から入相を告げる鐘がおぼろげに聞こえてくる。霞の立っていない、音のしない方向へと春は去っていくのであろうか。）

　こんな風にいかにもなだらかに詠み馴れるのがよい。そうはいっても、それは極北に到達した後で、初心者の境地へ戻ってきた時、こんな和歌が詠める次第である。水上の月は、手で取るのは一見簡単そうであるが、実際に取ろうとしたら取れないようなものである。この辺りの具合は、簡単には会得できないことである。

153 かいやには「かびや」「かひや」と二つの解釈がある。俊成は鹿火屋である。顕昭《けんしょう》は飼屋と考えたのである。六百番歌合の時の応酬に見えております。

154 千五百番歌合の時分は、家隆の和歌は世間に知られていない。

155 「河に寄する恋」という題で、このように詠んだ。

あだにみし人こそ忘れやす川の浮き瀬心にかへる浪かな（不実な出会いをしたあの人は簡単に私を忘れるであろうが、野洲《やす》川の浅瀬に波が寄せて返るように、私の心には繰り返し恋の辛《つら》さが思い出される。）

「浮き瀬心にかへる浪かな」という、第五句がよい。辛い思い出は、何度でもすぐに心にぶり返してくるものである。

156 「短夜《みじかよ》の月」という題で、このように詠んだ。

水浅き蘆間《あしま》にすだつ鴨の足のみじかくうかぶよはの月かげ（水深の浅い蘆間に巣立つ鴨の足のように、ほんの僅《わず》かな間、水面に光を宿す月である。）

鴨の足というのは、和歌には趣向が奇抜に過ぎるようであるけれども、短という題の字に主眼を置いてこんな風に詠んだのである。

157「山に寄する恋」という題で、このように詠んだ。

逢坂の嵐をいたみ越えかねて関のと山に消ゆるうき雲（逢坂の嵐がひどく吹くために関を越えられず手前の山に消えてしまう浮き雲のように、妨害が激しく逢瀬《おうせ》を遂げられないまま空しく恋を断念させられてしまうことだ。）

ある者が「この御詠は、恋の歌のようにも思えません」と言ったとか。そこで「このように風の歌として詠みならわしているものであります」と答えられたとか。

158「停午《ていご》の月」とは、天空の中央にある月のことである。何日の月であっても、天空の中央にある月は、みな停午の月である。

159「祈る恋」題では、どこの神様も詠んでよいのである。「年もへぬいのるちぎりは初瀬《はつせ》山《やま》」と定家も詠みましたので、仏にも祈ってもよいのである。良経公の、「いく夜われ浪にしほれて貴船《きふね》川」という和歌は、貴船社には夜参するので「いく夜われ」と詠んだのである。

160「富士の氷室《ひむろ》」というのは、本歌があることなのか、たいへん不審である。氷室のある場所はたくさんあるが、富士に氷室があると詠んだのは、まだ見たことがない。順徳院《じゅんとくいん》の御製も「富士の氷室」とはないのである。その御製に「限りあれば富士のみ雪の消ゆる日」とあるのは、万葉集に「富士の雪は六月十五日に消えて新たに六月十五日に降る」とあるので、これを受けて「さすがに限度があるので富士の雪も消える」と詠まれたのである。さてその御製に「冴《さ》ゆる氷室の山の下柴」とあるのは、氷室がある場所に居て、富士のことを出したのである。その意は「富士の雪が消える夏の日でも、氷室はまだ寒い」と言っている御製なので、富士に氷室があると詠んだ御歌では全くないのである。「高嶋やあど川柳」とは…。

161 折ふしよ鵙《もず》なく秋も冬枯れし遠きはじ原紅葉だになし（ちょうど今時分、百舌鳥《もず》が鳴いた秋の風景も冬枯れて、遠い櫨原《はぜはら》も紅葉さえ見えない。）これは「思ふともよも知らじ」を隠した沓冠《くつこうぶり》の折句の歌である。これはさっと詠めたのである。どんなに詠もうとしても、詠めない時もある。らりるれろがある時は、特に詠めないものである。

村上天皇の御治世に、女御《にょうご》・更衣など多くの方々へ、

逢坂もはては往来の関もゐず尋ねて問ひこきなばかへさじ（逢坂の関といっても、もはや往来を妨げる関守もいない。逢《あ》いたいので私を訪ねて来て欲しい。来たら帰すま

い。）
と詠まれて差し上げられたところ、皆真意を理解されないで、ある女御で「尋ねて問ひこ」とあったので、「参上せよ」という御製であると早合点して、その夜天皇のもとへ押し掛けられた方もいたし、また理解できませんという旨の返歌を申し上げた女御もいらっしゃった。その中でただ一人、広幡《ひろはた》の更衣という御方から、薫物《たきもの》を進上されたのを、結構だとお思いになった。「あはせたきものすこし」という沓冠の歌であったのである。

162「爐火《ろか》」の題では、埋火《うずみび》も焼火《たくひ》も詠むのである。しかし「埋火」の題では、爐火は詠まないのである。

163「虎に寄する恋」の題では、時刻の寅《とら》は詠まないのである。時刻の寅だって動物の虎のことではあるが、暦の寅は字も違っている。この題は生きている虎のことなので、「虎ふす野べも」とか「石にたつ矢」など詠んでいるのがよい手本である。暦の寅はインと字音で読む。

164「虎の生けはぎ」ということが、新撰六帖《しんせんろくじょう》題《だい》和歌に見えている。作者の為家卿が大納言であったところ、さらに子の為氏が大納言に任じられようとして、この官に欠員があれば任ずるが今はないので無理である、という。そこで父為家卿を辞退させて前大納言とし、為氏が大納言に任じられたのである。このとき為家は自らの感慨を述べて、「虎の生けはぎ」と詠んだのである。

165「巌《いわお》の苔《こけ》」という題で、このように詠んだ。

乱れつついはほにさがる松が枝《え》の苔のいとなく山かぜぞふく（こんがらがりながら巌にぶら下がる松の枝に生える苔の糸を絶えず山風が吹いているよ。）

「苔のいとなく」とは、さがりごけは巻かれて糸が垂れるものであるから、そこで「苔のいと」と詠んだのである。「いとなく」は「あしのいとなく」など言うのと同じで、休みのないことである。舟子…。

166懐紙を書く際に、下方は余白を空けないのである。上方は十分に空けてあるのがよいのである。

167「首夏《しゅか》の藤」という題で、このように詠んだ。

夏来ても匂ふ藤浪あらたへの衣がへせぬ山かとぞみる（夏になっても美しく映えている藤の花は、衣替えをしない山と見てしまうことである。）

万葉集では「荒栲《あらたえ》の藤江」と詠んでいる。藤の花の房は、木の根はゴツゴツとしていて、しかも優美なものであるので、「荒栲の藤江」といったのである。

「荒栲の衣」と詠んだことはこれまで全くないのである。まったく、私が初めて詠んだのである。しかし「白妙《しろたえ》の衣」という句も、白く妙なる衣ということなので、「荒栲の衣」と表現することも、どこにもさしつかえはなかろうと存じます。

168 「郭公《ほととぎす》を待つ」という題で、このように詠んだ。
年もへぬ待つに心はみじかくて玉のをながき時鳥《ほととぎす》かな（郭公を待っていると心には時間が短いように感じたが、それも積み重なって、年月が経ち、驚くほど長生きをしたことである。）

「玉のをながき」とは、私の身の上である。七十歳まで生きたので、「玉のをながき」ということになる。毎年郭公は待たれるものなので、「年もへぬ」と詠んだのである。こんな風に詠んでは、いったい何の役に立つかとは思うけれど、人と同じような歌を詠むまいと努めるため、まるで藪《やぶ》山に入り込み雑木の繁みを掻き分けて進むかのように苦労して詠んでいるのでございます。

169 「夢に寄せる恋」という題で、このように詠んだ。

涙さへ人の袂《たもと》に入るとみし玉とどまらぬ夢ぞうきたる（魂ばかりか涙さえもあの人の袂に入っていった夢を見たが、覚めれば魂はとどまらず帰ってくる、夢とはたよりないことである。）

若紫の巻であろうか、紫の上が、まだ幼くていますのを、光源氏が妻に迎えた時に、「玉藻なびかん程ぞうきたる（玉藻が靡《なび》く程に浮遊している―幼い女君の将来が不安でございます）」と乳母が詠んだのは、まだ幼稚な年頃の人を迎えても、生涯一緒に居られるであろうか、あるいは嫌われる性分なのかも分からない、それなのに妻に迎えてかしずいておくのは、なるほど頼りない事である。このような不安を「玉藻なびかん程ぞうきたる」と詠んだのである。さて私が「夢ぞうきたる」と詠んだのも、自分の魂があの人の袖の中へと飛んで入ったと夢に見るのであるが、そのままとどまってはいられないので、我にかえるのである。そこで「玉とどまらぬ」と言っているのである。自分の魂が人の袂に入ると見ても、夢から覚めればもう帰って来ているのである。夢を詠むのに「見る」「覚むる」など言うと、手垢《てあか》がついてよくない。「入ると見し」と言ったことで、夢を見たという内容は感じられるので、「覚むる」と言わなくとも、「玉とどまらぬ」と言えば、もう夢から覚めたということは知られる。袖に入ると見たのにとどまらないので、夢は頼りなく浮遊しているのである。

170「卯月《うづき》の郭公」という題で、このように詠んだ。
　時鳥おのが五月を待つかひの涙の滝もこゑぞすくなき（時鳥よ、自分の時を得る五月を待つ間は、待つ甲斐《かい》もなく流す涙も、鳴く声も、まだ少ないのであるな。）
　伊勢物語の「我が世をば今日か明日かと待つかひのなみだの滝といづれ高けん（自分は不遇で世に出る時を今日か明日かと待っている、しかしその甲斐もなく、滝のように流す涙は、あの滝とどちらが高いであろうか。）」とは、行平《ゆきひら》が、鼓《つづみ》の滝を見て詠んだ歌である。それを時鳥の涙の滝にさっと取り替えたので、趣向が新しくなりました。このように少しは変えないと歌は詠めないのである。「待つかひ」とは待つまである。間の字を書く。

171「あまぎる」とは空が曇ることである。「目きりて」「涙きりて」などと言うのも同じことである。

172歌には秀句が肝要である。定家の未来記《みらいき》というものも、秀句につき書いたものである。雅経が「やく塩の辛《から》かの浦」などと詠んだのが秀句である。

173「残月に関を越ゆ」という題を、世間は誤解している。「残月関を越ゆ」と読んで、月が関を越えると理解するのはまずい。月の下、人が関を越える状況である。そういう訳で

「残月に」と読むのである。

174和歌には何かと遺恨が多い。古人の表現を綴《つづ》り合わせ後人の評価を思って歌を詠んでも、満足のゆくことがない。だいたい世間の人皆がよしともてはやす歌を詠んでいたら、ずっとそのままでそこで進歩はとまるであろう。一方、幽玄深遠な、自分の理想とする風体の和歌を詠むと、他人には理解されず、果ては非難の言まで浴びせる連中がいる。こういうところが歌を詠む遺恨となっている。ただ、世間で一様によしとされるものにはやはり取り柄があろうかとも思っている。

「吉野川氷りて浪の花だにもなし」という歌を、良い歌だと人は口を揃えて言ってくれますが、この程度の歌は、朝晩ふつうに詠んでいるのである。

175寝起きなどに定家の和歌を思い出してしまうと、頭がおかしくなる気持ちがいたします。屈折して巧緻《こうち》な風体を詠むことでは、定家の歌ほどのものはない。こういう名人の歌は、言外にオーラが立って、ふと口に出すとしみじみと感じられるのである。六百番歌合の「猪《ゐ》に寄する恋」という題で、このように詠んだ。

うらやまず臥す猪の床はやすくとも歎《なげ》くも形見ねぬも契りを（猪が寝床に横になって安眠できるのも羨《うらや》ましいと思わない。歎いているのも恋の形見、寝られないのも宿縁なのであるから。）

その意は、昼は一日中恋慕して悲しみ、歎くことが恋人の形見である、夜も一晩中まんじりともしないので心を砕くのも、前世からの宿縁であるから、私は猪が床に臥《ふ》してすやすや寝ているのも羨ましくはない、と言うのである。本当にしみじみとする内容である。

友千鳥袖の湊《みなと》にとめこかしもろこし舟のよるのね覚に（この袖は涙で湊のようになり、唐土《もろこし》の船が寄ったように激しく波立つ。そんな夜の寝覚めには、友千鳥よ我が袖を訪ねて来い。）

とあるのは、

おもほえず袖に湊のさわぐかなもろこし舟のよりしばかりに（思いがけず袖で涙の港が波立つことだよ。唐土からの船が入ってきたばかりに。）

という伊勢物語の和歌を本歌にして詠んでいるのである。

176「在所を隠す恋」とは、相手が居場所を隠すのである。つまり居場所を隠されるのである。「厭《いと》ふ恋」も「忘るる恋」も、「厭われる」「忘れられる」である。こうした形の題は、みな「被《らる》」という字を添えて理解するのがよい。

177二十首・三十首のように、数の少ない続歌を詠むには、ちょっと構想を練って詠ませるようにするため、結題《むすびだい》を出し、五十首や百首など、歌数を多く詠むときは、一字題・二字題を出すのがよい。

178 「人妻を憑《たの》む恋」とは、他人の妻に懸想《けそう》することである。源氏物語の空蟬《うつせみ》・浮舟などが題材として良いであろう。私も、

身をうぢと憑み木幡《こはた》の山こえて白浪の名を契りにぞかる（憂き我が身は、宇治にいる他人の妻に懸想して木幡山を越えていき、盗人の名を負って契りを結ぶことだ。）

と詠みました。

179 鶯の声の匂ひをとめくれば梅さく山に春風ぞふく（鶯の声の匂いを求めてやって来ると、梅の咲く山に春風が吹いていたのであった。）

それほど遠い昔ではない集の歌である。匂いということは、どんなものにもあってよいのである。匂いは事物の用であるからである。

180 「晩夏」の題は、暮春・暮秋などと同じで、終わり頃の夏という意である。暮夏《ぼか》と言うのは耳障りであるので、晩夏と言うのである。

181「早苗」という題で、このように詠んだ。
　旅行けばさおりの田歌《たうた》国により所につけて声ぞかはれる（旅に出ると、五月の田植え時のさ降りの歌が、国や場所によって声色が違っていると分かる。）
「さおり」とは五月に田に降りることである。「旅行けば」は、いかがなものかと思われる詞《ことば》であるけれども、古い歌に詠んでいる詞なので、さしつかえないのである。

182本歌に取ること、物語では源氏物語のことは言うまでもない。さらに古い物語も取るのである。住吉物語・正三位・竹取物語・伊勢物語は、皆、物語の中の歌も地の文も取る。

183堀河百首の作者以外でも、その時代の人の歌は、皆本歌に取ってよいのである。西行は鳥羽院の北面であったから、堀河院の御代には詠んだ歌がたくさんあるはずである。よって、西行の歌は本歌に取ってよいのである。

184初心者の間は、とにかく際限なく稽古《けいこ》をするべきである。一晩に百首、一日に千首といった、速詠歌をも詠むのである。一方で五首や二首を、五日六日かけてじっくり思案することもあってよい。このように馬を疾走させるように速詠歌を詠んだり、逆に手綱を引っ張るようにして沈思して詠んだりすると、テンポの伸び縮みが自由にできるようになって、名人になるのである。最初から一首だけでも良い歌を詠もうとすると、一首二首すら詠めず、結局向上することもないのである。

185 閑中の雪、花盛り、まさか木、上《かみ》つ枝《え》。

186 「落花」という題で、このように詠んだ。

さけば散る夜のまの花の夢のうちにやがてまぎれぬ峯の白雲（桜は咲いたと思うと夜の間にはかなく散り、夢のうちに消えてしまったが、桜とみまがう白雲は消えることなく峰にかかっている。）

幽玄体の歌である。幽玄という美は、心の中にはあるが詞では表現できないものである。月に薄雲がかぶさっているのや、山の紅葉に秋の霧がかかっている趣向を、幽玄の姿とするのである。これはどこが幽玄なのかと問われても、どこがそうだとは言えないであろう。これを理解しない人は、月はこうこうと輝いて、一片の雲もない空にあるのが素晴らしいのに、と定めて言うことであろう。幽玄という美は、およそどこがどう趣味が良いとも、絶妙であるとも言えないところによさがある。さて「夢のうちにやがてまぎれぬ」の句は、源氏物語の和歌から来ている。光源氏が、藤壺《ふじつぼ》中宮に逢《あ》って、

見ても又逢ふ夜稀なる夢のうちにやがてまぎるるうき身ともがな（夢のようにはかな

い一夜の逢瀬《おうせ》を持ちましたが再びは難しいので、このままこの夢の中に消えていきたいと思う。）

と詠んだ歌も、幽玄の姿である。「見ても又逢ふ夜稀なる」とは、以前も逢わず、以後も逢えまいので、「逢ふ夜稀なる」とは言うのである。この夢が覚めないままで、夢を見ながら命が尽きたら、そのまま全ては闇に消えるはずである。「夢のうち」とは、逢瀬を指しているのである。「あなたに逢ったと見えているこの夢の中に、そのまま我が身も没して、夢とともに果ててしまえよ」というのである。藤壺中宮の返歌には、

世がたりに人やつたへんたぐひなく憂き身をさめぬ夢になしても（後世の語りぐさとして言い伝えるでしょう。類例のないほど情けないこの身をたとえ覚めない夢のうちに消したとしても。）

とある。藤壺は光源氏にとっては継母である。それなのにこんな事があったので、たとえ情けない自分の身は夢の中に消えたとしても、不名誉な評判はとどまって、後世の語りぐさとされるに違いないというのである。光源氏の「夢のうちにやがてまぎるる」という意を、しっかり受けとめて詠んだのである。

私の歌の「さけば散る夜のまの花の夢のうちに」とは、花を咲いたかと見ると、夜の間にはや散っている。夜が明けてみると、雲は夢に没せずそこにあるので、「やがてまぎれぬ峯の白雲」と詠んだのである。「夢のうち」とは咲いて散るまでを指すのである。

187「田の蛙」の題で、このように詠んだ。

ゆく水にかはづの歌を数かくや同じ山田に鳥もゐるらん（鳴く蛙の歌の数を流れる水に書こうとして、同じ山田に鳥も降り立っているのであろうか。）

この鳥は鴫《しぎ》である。しかし鴫は秋の鳥なので、ただ鳥と言えば、何の鳥かはっきりしない、ということで好都合なのである。苗代にはあらゆる鳥が降りているのである。

188夕日の光が残っている山の陰で、蜩《ひぐらし》が鳴くほど、興趣を覚えるものはない。さて「蜩の鳴く夕かげの大和撫子《やまとなでしこ》」と言っているように歌を転ずることは、難しいことである。「蜩の鳴く夕かげ」とあると、その下は雲とも日影とも書くであろうに、「大和撫子」と転じたのは、ちょっと結びつかないようであるけれども、見事に転じている。定家の、

蘭省《らんしやう》の花の錦の面影に庵かなしき秋のむら雨（蘭省の花盛り、錦の帳《とばり》の下で栄華を誇る面影が、草庵で秋の村雨を聞いていると思い出されてくるよ。）

という歌も考えれば面白いのである。「蘭省の花の錦」を「秋のむら雨」に転じたのである。これは「蘭省の花の時錦帳《きんちよう》の下、廬山《ろざん》の雨の夜の草庵の中」という詩の境地を借りたのである。蘭省・錦帳とは御所のことである。

189 「潮のやほあひ」とは、「八百合」と書くのである。四方八方より潮が満ちて流れ込む境目を、「やほあひ」というのである。

190 「そよさらに」「そそやこがらし」などという詞は、名人のふりをした詞である。好んで詠んではならない。嫌味で気障《きざ》な感じがするのである。

191 「深夜に夢覚む」という題で、
　秋のよはながらにつくるためしまでおもひね覚の夢のうき橋（秋の夜はたいへん長く、あの長柄《ながら》の橋が再建された例まで思って寝たが、覚めて見た夢の浮橋は夜更けに途切れてしまったことだ。）

とお詠みになったが、「ね覚の夢」という事はありえない事である。「ねざむる夢」と詠むべきであるということで、直されたのであった。

192 一首懐紙は、「詠」の字の下に題を書く。「詠松有春色和歌」、こんな風に書くのである。紙ついで和歌は三行と三字で書くのである。懐紙の奥を広々と余したのも見栄えが悪い。紙面いっぱいに合わせて書こうとするのもよくない。「詠」の字より前の空いたくらいに、歌の後の余白を書き残してあるのがよいのである。歌の行間のあまり広いのもよくない。

かといって三首歌を書く時のような行の幅でも悪い。ちょっと広く空けて書くのがよい。在俗者は「春日同詠――和歌」と書き、全て一行で収めるのである。出家者はただ「詠――和歌」とだけ書くのである。さらに「詠」の字の上に「夏日」「秋日」「冬日」などと書くのを、端作《はしづくり》と言うのである。

193 和歌は極信《ごくしん》体で詠んだら、道を踏み外すことはあるまい。しかし極信体はなるほど勅撰《ちょくせん》集にふさわしい一つの歌風ではありますが、それぱかりでは達人の名を取ることは難しいであろう。これは全く御子左《みこひだり》家が三流に分かれて以来、次第にこんな風になっていったのである。京極為兼は生涯の間、ひたすら奇矯《ききょう》な歌のみを好んで詠まれたのであった。同じ時代に、二条為世《ためよ》はいかにも謹厳な極信体を詠まれたために、頓阿・慶運・浄弁・兼好といった高弟も、みな師家の歌風を継承して、極信の体だけを歌道の到達点と思って詠みましたので、この頃から和歌がつまらなくなったのである。各流派に分裂する前は、俊成・定家・為家の三代とも、いかなる体をも詠まれていたではないか。

194 「里の時鳥《ほととぎす》」という題で、このように詠んだ。
あやなくも夕の里のとよむかな待つにはすまじ山時鳥（不条理なことに夕方の里に声が響いているよ。山の時鳥は待っていたってちっとも山に棲まないのに。）

夕刻にはそもそも里はざわざわするものである。これがもし連歌なら、ここで「人」と明示しなかったら、一体「何の声が響くのか」と言われることであろう。

195「煙に寄する恋」という題で、このように詠んだ。

立つとてもかひなし室《むろ》の八嶋《やしま》もる神だにしらぬむねの煙は（私の焦がれる思いが、煙のように立ち上るが、室の八嶋を護《まも》る神さえ知らないのであるから、いくら立つといっても詮《せん》のないこと。）

「室の八嶋洩る」から「護る神」へとさっと変化させる箇所で、斬新なものになった。しかしこれも一回限りで「室の八嶋もる」という句を、二度は詠むまいと肝に銘ずべきである。少し昔には「池にすむをし明けがた」「露のぬきよはの山かぜ」といった句は、二度真似て詠んでは名折れと思ったものである。

196実相院《じっそういん》の義運《ぎうん》僧正が大峯《おおみね》に入峯《にゅうぶ》なされるということで、奈良の尊勝院《そんしょういん》へ立ち寄られ、一晩宿って、翌朝早く出立なされたので、尊勝院の院主光経《こうけい》僧正は自ら盃《さかずき》を持って外に出て、御出立をお祝いしましたところ、義運僧正が短冊を一枚手にして、「壮行の歌一首をお聞かせいただきましょう」といって、私に下された。急な事でひどく困惑したのであるけれど、とやかく言って拒み通せない事なので、墨を静かに摺《す》って、書きつけて差し上げました歌である。

このたびは安くぞこえんすず分けてもとふみなれし岩のかけ道（鈴を手にして篠竹《しのだけ》を踏み分けて普通ったことのある、岩に架けわたした桟道を、この度は楽々と越えることでしょう。）

今回は二度目の入案であったために、「もとふみなれし」と詠んだのです。

197 慈円の御弟は、奈良の一乗院門跡《いちじょういんもんぜき》でいらっしゃった。十五夜の名に恥じない明月のもと、中門に佇《たたず》んでおられた時、力者法師がたくさん御庭を掃いていたのが、「御同輩、どのように明月の今夜は慈円の御房が歌をお詠みになるだろうか」などと言い合っている。さて明朝、一乗院門跡は慈円のもとに書状を差し上げられた。その文面は、次のようなものであった。「恐れながら、心中隠さず申し上げます。叡山《えいざん》のトップ、多くの門徒に仰がれる天台座主《ざす》にていらっしゃるのでありますから、真言・天台の両宗を研鑽《けんさん》され、教学を盛んにされますならばともかく、毎日和歌のざれごとに狂っておられますことは、仏門のしきたりに背き、かえって賤《いや》しい俗人の様子と同じに見られますこと、遺憾に存じます。こちらで使っておりますものどもが、昨夜の月を見て御身のことを噂しておりました。まして世間の巷説《こうせつ》は、どんなにかと推量いたします。これ以後は和歌をしばらく遠慮されるのがよいと存じます」と、こまごま諫状《かんじょう》を差し上げられたので、慈円はその頃天王寺別当でもあって、寺におでかけでいらっしゃったので、そちらへ一乗院門跡の書状をもって参上したところ、御返事には、「嬉《うれ》しく拝見いたしました」とあって、さらに一首の歌を末にお書きになっていた。

皆人に一のくせはあるぞとよこれをば許せ敷嶋《しきしま》の道（人間にはみな癖の一つはあるという。だから和歌の道くらいは大目に見られたし。）

と御自筆で書かれて差し上げられたので、一乗院門跡は、「どうにもならぬ」と匙《さじ》を投げられた。

198 「馴《な》れて逢《あ》はざる恋」という題で、このように詠んだ。

世の常の人に物いふよしながら思ふ心の色やみゆらん（世間一般の人に話をするぶりをしていたのであるが、ひそかに慕う心のうちが外に出てしまったのであろうか。）

「世の常の人に物いふ」と言っているのは、俗な表現のようであるが、こうあってもよいであろう。

199 「古寺の燈」という題で、このように詠んだ。

法ぞこれ仏のためにともす火に光をそへよことのはの玉（仏に捧《ささ》げる灯明は仏道を照らすが、詞《ことば》の玉によってさらに光を添えて欲しい。歌道も仏道である。）

こんな風に詠めば、おのずと古寺の意が存する。「古寺」の題で必ず寺と詠まなければならないと思っているのは、奇妙なことである。古もたんなる添字である。ただ寺というまでのことである。

200「社頭の祝」という題で、このように詠んだ。
庵原《いほはら》にあらず長良《ながら》のみ山もるみおの神松浦かぜぞ吹く（駿河《するが》の庵原の三保《みほ》ではないが、ここ近江《おうみ》の長等《ながら》の山を護《まも》る三尾《みお》大社では神《かん》さびた松に浦風が吹いているよ。）
「庵原やみほの浦」という名所は、駿河の国にある。そこでも松を詠んでいた。この歌も同じ「みお」であるけれども、駿河の庵原ではないので、「庵原にあらず長良の山」と詠んでいる。「神のもる」と言うと、祝言の意はある。ここも琵琶《びわ》湖のほとりで浦風が吹くはずなので、「浦かぜぞ吹く」と詠んだのでした。

201歌の愛好者にはさまざまある。茶の愛好者にもいろいろな種類がある。まず茶数寄《ずき》という者はこういうものである。茶道具を美麗に整えて、建盞《けんさん》・天目《てんもく》・茶釜・水指などのさまざまな茶道具を、満足のいくまで取り揃えて持っている人が茶数寄である。これを歌道で言うと、硯・文台・短冊・懐紙など見事に取りそろえて、いつでも当座の続歌などを詠み、そして会所などもちゃんと設えている人が、茶数寄の類であろう。

また茶飲みという者は、とりたてて茶道具の善悪を言い立てず、どこででも十服茶《じっぷくちゃ》などをよく飲み分けて、宇治茶ならば、「三番茶である。時期は三月一日前後に摘んだ茶である」と言って飲み、栂尾《とがのお》茶では、「これは戸畑の薗の茶」とも、あるいは「これは逆《さかさま》の薗の茶」とも飲んでは言い当てる。これはどこの産地の茶と、故右衛門督《うえもんのかみ》入道山名時熙《ときひろ》殿などがそうであったが、口に含めばすぐに言い当てるのを茶飲みと言うのである。これを歌道で言うと、歌の善し悪しを弁別し、歌語の選択にも心をかけ、心の持ち様が正しいか歪《ゆが》んでいるかも明察して、他人の歌の品の上下さえよく見究めなどするのは、なるほど和歌の神髄に通じてよく分かっていると考えられる。これを前に出した茶飲みの類《たぐい》にするのがよい。

さて茶喰《く》らいと言うのは、大きな茶椀《ちゃわん》で簸《ひ》屑《くず》茶でも上質な茶でも、茶といえばとりあえず飲んで、少しも茶の善し悪しをも分からず、がぶがぶ飲んでいるのが、茶喰らいである。これを歌道で言うと、表現を選択することもなく、心の持ち様も問題とせず、下手とも上手とも交際して、いくらともなく和歌を好んで詠んでいるのが、茶喰らいの類である。

この三種の数寄が、どれであれ、同じ仲間であるから、会では席を同じくするのである。智蘊《ちうん》は「私はさしずめ茶喰らいの仲間である」と申しました。

202 初心の頃は、まず人と接して歌を詠むのが最良の稽古《けいこ》である。上達後は独吟してもさしつかえない。はじめから独吟していると、おぼつかないことも多く、そのような歌が感興を誘うようなこともないのである。

203 一度に歌を多く詠むには、最初に思いついた着想を、離さないようにして次々と詠んでいくのである。あれこれと着想を取捨すると詠めなくなるのである。

204 「天つ彦」は太陽の事である。彦星も「天つ彦星」とも詠んでいる。「つ」は助辞である。通常は天彦である。

205 「たちぬはぬ日」とは、七月七日だけは、織女は機《はた》を織らず、裁縫もしないのである。他の時は永久にいつも、機を織るのである。

206 「衣手の七夕」とは、手と言おうとして「衣手の七夕」と続けたのである。これはこんな風でもよかろうかということで、自分で考案したのである。「衣手の田上」のようなものである。「衣手のた」とさえ続ければ、あとはともかくも詠むことができるのである。

207 「手がひの犬」とは、彦星は犬を飼うのである。万葉集の歌に見えている。

208「鵲《かささぎ》の橋」とは、鵲が河の向こうに居て、両側から集まって翼を広げて並び、七夕を渡すのである。「紅葉の橋」と言うのも鵲の橋のことである。紅葉といっても、木ではない。七夕の別れを悲しんで泣く涙がかかって、鵲の羽が赤くなる、それが紅葉に似ているので、「紅葉の橋」とも言うのである。

209「山ぶみ」とは、山道を踏むことである。「山ぶみ」という詞《ことば》は、源氏物語に一箇所だけある。右近《うこん》が初瀬へ参詣《さんけい》して、玉鬘《たまかずら》に出会った事を、帰参して源氏に報告するというところで、「あはれなりし山ぶみにて侍りし」と言っているのである。

210どのような事を幽玄体と言えばよいか。これが幽玄体であるといって表現や内容で考えついたまま明確に言えることではないのであろう。行雲廻雪《こううんかいせつ》体を幽玄体と申しますので、空に雲がたなびき、雪が風に漂う有様を幽玄体と言うのがよいか。

定家の書いた愚秘抄《ぐひしょう》とかいう書に、「幽玄体を物に譬《たと》えて言うなら、ちょうどこんなものである。唐土《もろこし》に襄王《じょうおう》という王様がいらっしゃった。ある時、襄王が昼寝しようといって午睡をなさっているところへ、神女が天から降りてきて、夢か現実かはっきりしないまま、襄王と契りを結んだ。さて別れの時刻が来て襄王は名残を惜しんで恋慕なさると、神女は

「私は天上界の天女である。前世からの約束があり、今ここに来て契りを結んだ。地上に留《とど》まれるものではない」と言って飛び去ろうとしたので、襄王は恋慕の思いを抑えかねて、「それならば、せめて形見をお残し下さい」と仰せになると、神女は、「私の形見としては、巫山《ふざん》といって宮中から近い山がある。この巫山に朝にたなびく雲、夕方に降る雨を御覧になれ」と言って消え去ってしまった。この後、襄王は神女を恋慕して、巫山に朝にたなびく雲、夕暮に降る雨を形見として見遣《みや》りなさるのであった。この朝の雲、夕暮の雨を見遣るような姿をこそ幽玄体と言うのがよい」と書いてある。

これもつまり、どこが幽玄であるかという事は、各人の心中にあるはずである。ことあたらしく言語で書き表し、心中で明らかに分別するような事ではないのではないか。ただ雲が流れ漂っているような姿を幽玄体と言うのがよいか。内裏の紫宸殿《ししんでん》の花盛りに桜が咲き誇っているのを、衣袴《きぬばかま》を着た女房四、五人が見遣っているような有様を幽玄体と言うのがよいか。これらを、「どこが一体幽玄であるか」と尋ねるとしても、「この所が幽玄であろう」とは言うことのできない光景である。

211 隆祐《たかすけ》の歌は、若い頃は、父の家隆卿にも劣らず期待が持てるように思われましたが、長じて後、ひどく劣化したと定家が言われたと聞いて、「それなら後年の歌は仕方ないにしても、若い時の歌を勅撰《ちょくせん》集に入れてくださらないのか」と隆祐は恨んだという。家隆の歌を、定家はどこか不吉な寂しさがあるといって懼《おそ》れられたが、案の定、家隆・隆祐・隆博《たかひろ》と、わずかに孫の代までで絶えてしまったのは不思議なことである。

212「花を翫《もてあそ》ぶ」という題で、このように詠んだ。

一枝の花の色香をかざすゆゑいとどやつるる老の袖かな（色も香も素晴らしい一枝の花をかざしているために、いちだんとみすぼらしく見える老人の袖である。）

雪の時は、粗末な物を着ているのが、ひどく粗悪に見えるものである。

213家隆は四十歳以後ようやく歌人の名を得た。それ以前もどんなにか歌を詠んでいたであろうけれど、評価されることは、四十歳以後であった。頓阿は六十歳以後歌道で名声を得たのである。このように昔の名人も、初心者のうちから名声があったことはない。稽古と愛好とを、長い年月にわたり続けて、遂《つい》に声望を得るのである。昨今の人が、歌の数ならば百首か二百首詠んだだけで、そのまま定家・家隆の和歌に擬《ぎ》そうと思いますのは、おかしな事である。定家も「歩みを運ばないで遠い所に到達することはない」と書いている。関東や九州の方へは、何日も費やしてようやく到着するものなのに、思い立っては一歩だけで着こうとするようなもの、とか。

ひたすら愛好の心を強く持ち、昼夜の修行をゆるがせにせず、まずはゆったりとした心持ちで軽快に詠む癖をつければ、求めてもいないのにおのずと感興あふれる境地へ行きつくはずである。但し後京極《ごきょうごく》摂政良経公は、三十七歳で薨去《こうきょ》なされたが、生来の名人でいらっしゃって、素晴らしい和歌をお詠みになった。もし八十歳、九十歳の高齢まで長生きされたならば、さらにどんなに珠玉をお詠みになられたかと世に言われたものでした。宮内卿は二十歳にも満たず亡くなったので、いったいいつ稽古も修行も積んだのかと思われるけれども、名声があったのはこれも生来の名人であったゆえである。このような生まれつきの名人においては、仏教でいえば、「発心の時点で既に大悟を開いている」ということなので、修行を積むまでのこともない。しかし、そうでない連中は、ただ絶えず修行に励んで年月を送る者に必ずおのずと大悟を得る時が来るはずである。そこでは愛好心にまさる手段も要諦もないのである。はるか昔でも、愛好心の強い人たちは、古今集など歌道の秘事の伝授、あるいは勅撰集への入集《にっしゅう》なども許されました。真の愛好心さえあれば、どうして大悟する時が到らないことがあろうか。

解　説

作者　正徹は南北朝時代末期、永徳元年（一三八一）の生、本姓は紀氏、幼名は尊命丸、長じて正清と名乗った。備中国小田《おだ》郡（現岡山県小田郡矢掛町）の国人領主小田氏の出身と伝えられる。少年期より京都にあって、冷泉派の武家歌人として高名な今川了俊（貞世）より親しく教えを受け、歌道の修行に励んだ。了俊の没を一つの契機として応永二十一年（一四一四）に出家し、禅僧となったと考えられている。道号を清巌《せいがん》、法諱を正徹と称した。京都五山の一つ東福寺に入り、同じく万寿寺の書記を務めた。このため徹書記《てつしょき》・清巌和尚《せいがんおしょう》とも称される。その後、歌人として立つことを決意し、寺を出て洛中の今熊野ほかに居所を構え、招月庵《しょうげつあん》と号した。

時の歌壇では室町幕府将軍に信任された飛鳥井家《あすかいけ》と、これを擁する二条派が大勢を占めていた。冷泉家に師礼を取った正徹は足利義教に嫌悪され、勅撰和歌集（新続古今集《しんしょくこきんしゅう》）への入集を拒否されるなど不遇の一時期もあったが、一方で有力守護大名に知己も多く、比較的安定した生涯を送ることができた。しかし何よりも求心力の低下した歌道家を尻目に、党派にとらわれず旺盛な作歌活動を展開したことが重要で、プロ歌人の嚆矢《こうし》と称してもよい。長禄三年（一四五九）五月九日、七十九歳で没した。家集草根集《そうこんしゅう》は門弟正広《しょうこう》の編にかかる。総数一万首を越す詠が現存し、質量ともに室町時代第一の歌人の名に恥じない。

正徹の歌風は厖大な作品数に比例して多様であるが、最も注目されるのは、難解複雑な表現を厭わず、言葉の持つ情緒を引き出しこれを多層的に重ねつつ、縹渺《ひょうびょう》とした雰囲気を湛えた作品であろう。新古今集に心酔し、とくに藤原定家を讃仰して止まなかった正徹の前衛的な作品は、定家を一歩進めて、時に象徴的、時に夢幻的であり、言語藝術の極北と言える。当然ながら後継者には恵まれず、没後長く異端奇矯とする非難に晒された。近代になって再評価が進んだが、まだ一般に知られた存在とは言いがたい。正徹物語は晩年の歌話をまとめたもので、内容は多岐に亘るが、自作の解説や古歌の鑑賞を含み、正徹の歌風・歌論を知るには最上の手引きとなる。

成立年代・筆録者　ともにはっきりしたことは分からないが、ある程度まで絞り込んだ推定が可能である。年代が特定できる談話のうち最も新しい内容は98段で、文安四年（一四四七）正月一日作の自詠について解説している。この年正徹は六十七歳である。さらに168段でも「七十まで生きたれば」と述べているから、これは概数として、およそ文安四〜五年の成立とするのが通説である。但し文安五年を下限とするのは筆録者として蜷川智蘊《ちうん》

（同年五月十二日没）を想定して導かれた推定である。智蘊は必ずしも筆録者と見られない上に、209段は宝徳二年（一四五〇）二月十四日作の自詠を話題にした可能性があり、成立時期はもう少し引き下げられるかも知れない。
いわゆる「聞書」の形式であり、筆録者が別にいたと考えられ、門弟の正広や智蘊らの名が挙がっているが特定に到らない。文体は正徹の一人称でほぼ統一されているが、稀に三人称が混じる。筆録者は正徹の談話に接してその場ではキーワードのみを記録し、ついで文章を整えたと見られ、推敲が十分ではない章段、キーワードだけが遺されている段も見受けられる。しかし正徹の口吻がそのまま感じ取られる箇所も多く、日頃親しく教えを受けた者の筆にかかることは間違いなかろう。

内容　本書はもとより体系的な著作ではなく、さまざまな話題が脈絡なく並んでいるが、時には連想の赴くまま、鎖のように話題が展開していくことも見られる。その意味で正徹が価値を見出した徒然草との関係も注目される。但し冒頭に定家への信仰告白を置き、掉尾に歌道における数寄の精神の重要さを説いたのは、編纂者の意図を感じさせる。
晩年の正徹に親近した者が多く武家であったことから予想できるように、筆録者ないし読者は歌道の初学者であり、これを配慮して談じたとおぼしい。内容は比較的平易でありかつ具体性を旨としている。以下本書で取り上げられた主要な話題を、当時の詠歌の技法とあわせて解説する。

(1)題詠などの詠歌技法　当時の和歌は歌題を得て詠む、いわゆる題詠《だいえい》によったが、このため多くの歌会は「続歌《つぎうた》」と呼ばれる方式で営まれた。通常は百首から数十首程度の、四季・恋・雑を組み合わせた歌題がその場で示され、参加者が分担して詠むものである(題の書かれた短冊を籤《くじ》などで探り取った。これを「探題《たんだい》」といい、続歌としばしば同義となる)。あらかじめ題が示され懐紙に清書して提出する兼日の歌会に対し、格式は劣り座興のように扱われることもあったが、この時代、続歌は最も日常的な詠歌の場であった。

さて、題詠では題意を過不足なく満たすように詠まなくてはならない。しかし題字をそのまま直訳的に詠み込むことは必ずしも要しない。抽象的内容であれば婉曲に表現した方が効果的な場合もあるし、場合によっては敢えて読まないこともある。しかも題は複数の概念を組み合わせた、二〜五文字からなる結題《むすびだい》が主流であり、時に「従《リ》レ門帰《ル》恋」「等《シク》思《フ》二両人《ヲ》一恋」といった、複雑な難題に及んでいる。本書で、ある題に対していかなる素材を詠むことで題意を満たすか解説したり、結題に物語や故事を摂取する詠法を詳しく説明するのは、こうした時代の要請に応じたものである。

(2)歌語解説　当時の本歌取り技法では古歌の詞を取る必要があったが、既に意味が分からなくなったり、解釈にも混乱が生ずるものがあった。このため、折に触れてその解説を求められたのであろう。二条派は原則として三代集、それも優美な雅語に制限するのに対し、冷泉派は古語や俗語の発掘に積極的であった。正徹もしばしば自作に用いている。こうした姿勢は、歌語の拡充と解釈に意欲を燃やし続けた師今川了俊の薫陶によるもので、実際に正徹に与えられた言塵集《ごんじんしゅう》をはじめ、了俊晩年の歌学書と重なる部分が多い。

(3)歌体論・創作論　新古今時代には三体和歌（131段参照）に見られるように和歌のスタイルを論ずることが流行したが、その定義となると、時期により歌人によりまちまちであった。最高の価値を与えられた「幽玄体」も十全の理解は難しかった。幽玄・長高《ちょうこう》・有心《うしん》以下十の歌体を立て例歌を示す定家《ていか》十体《じってい》やいわゆる鵜鷺《うさぎ》系偽書《けいぎしょ》が、定家に仮託されて偽作されたのは、これを理解しようとする希求が強かったことを意味しよう。正徹の幽玄体の理解も愚見抄または愚秘抄に依拠し、定家その人の考えとは距離があることに注意したい。この時代に、十体は審美的な規準として浸透し、心敬の連歌論、世阿弥・禅竹の能楽論などにも広がっていたが、正徹物語の解説は実作に結びつけての見解として傾聴に値しよう。難解極まる自讃歌を行雲廻雪体《こううんかいせってい》として解説した18段、源氏物語や「朝雲暮雨」の故事を引いて幽玄体を説明した186段・210段はよく知られている。審美的な内容に及ぶ時も談話は具体性に富み、抽象的な空論に陥ることはない。また初心者を念頭にした稽古の心得、創作時の心の持ち様についてもしばしば説かれているが、これも毎月抄や鵜鷺系偽書の影響が濃い。実は歌道師範による「まっとうな」歌論書ほど、題詠や本歌取りなど個別の詠歌技法に比重が置かれ、こうした切実な問題意識に応じていない。自身の経験も交えつつ惜しみなく創作の秘密を開陳した正徹物語はその意味で貴重である。

(4)会席作法・故実 歌会は、格式の高いものであればあるほど、文台・座席などの室礼、懐紙や短冊の書式、披講《ひこう》の回数など、厳格な作法故実に則って開催されなければならない。続歌会でも同様で、開催場所・時期、あるいは参加者の力量に応じて題を設定する必要があった。出題の心得などは文学上の事柄とも思えるが、やはり大きくは会席作法の一部を形成しているのである。正徹は歌道家の末裔をさほど重んじていなかったが、こうした領域における師説の重みは認めており、門弟にも語ったのであろう。

(5)古歌・自作の解説 本書には一二〇首弱の和歌の引用があり、しばしば表現の妙味や込められた作意につき語っている（古歌ではもちろん定家が最も多い。作者を明示しない引用歌は、出典の判明しないものも含め、ほぼ正徹の自詠とみなしてよい）。自歌自注が多いのは、難解であるため、作意の解説を求められたのであろうし、自身が他人の歌をよく理解することが歌道の修行になると語っている（24段など）。古歌への理解の深さを示し、また創作の内情を明かしたものとしてきわめて興味深い内容である。但し、これも(1)に記したように、多くは題の世界をいかに深く表現するか、という問いへの例歌として示されていることに注意したい。

(6)歌人・作品に関する逸話　以上を補完する意味で、気楽に語られた後日談・ゴシップの類である。最も言及されるのは定家・家隆ら新古今時代の歌人である。それ以降の歌人はあまり高く評価していないが、南北朝期の頓阿《とんあ》・慶運《きょううん》ら和歌四天王は在野歌人の先輩として意識していた。歌道にとどまらず、いわば文学史的視野に立った作品評価が見られるのも特色である。徒然草作者としての兼好を発見したのも正徹物語である。とはいえ、新古今時代からは既に二五〇年、和歌四天王とも一世紀の隔たりがある訳で、老人のことでもあり、典拠不明の内容や、記憶違いも相当に多いので、注意が必要である。

内容については以上である。さらに附言すると、伏見院の書風を論じて当時の会所の室礼や唐物《からもの》・調度品の話題に及んだ107段、公武が交じった歌会での故実を説いた120段、その頃流行の茶道に寄せて数寄の精神の重要さを語った201段など、室町社会の雰囲気を生き生きと伝え、藝術や風俗に関する貴重な史料となっている。当時の口語とおぼしき語が見受けられることも興味深い。正徹の出自と関係し、禅語に由来する表現も目につく。こうした点、今後考察する必要があろうと思われる。

諸本　伝本の数はかなり多い。諸本は、巻を分けないもの、上巻のみのもの（1～106段）、下巻のみのもの（107～213段）、以上の三種に大別される。なお上下巻の区分は主として分量的な事情に過ぎないらしい。そして巻を分けない本は「正徹物語」「正徹日記」、上巻のみの本は「徹書記物語」「正広筆記」「樵談記」、下巻のみの本は「清巌茶話」などと題している。このうち「徹書記物語」の伝本はことに多い。

つとに稲田利徳氏により諸本研究が行われ、上巻部分は四類一〇種に、下巻部分は二類七種に分類されること、上下巻を分離しない形の本を原態と見るべきことなどが明らかにされた。その後も新たな伝本がいくつか発見されたものの、稲田氏の分類を修正する必要は認められない。

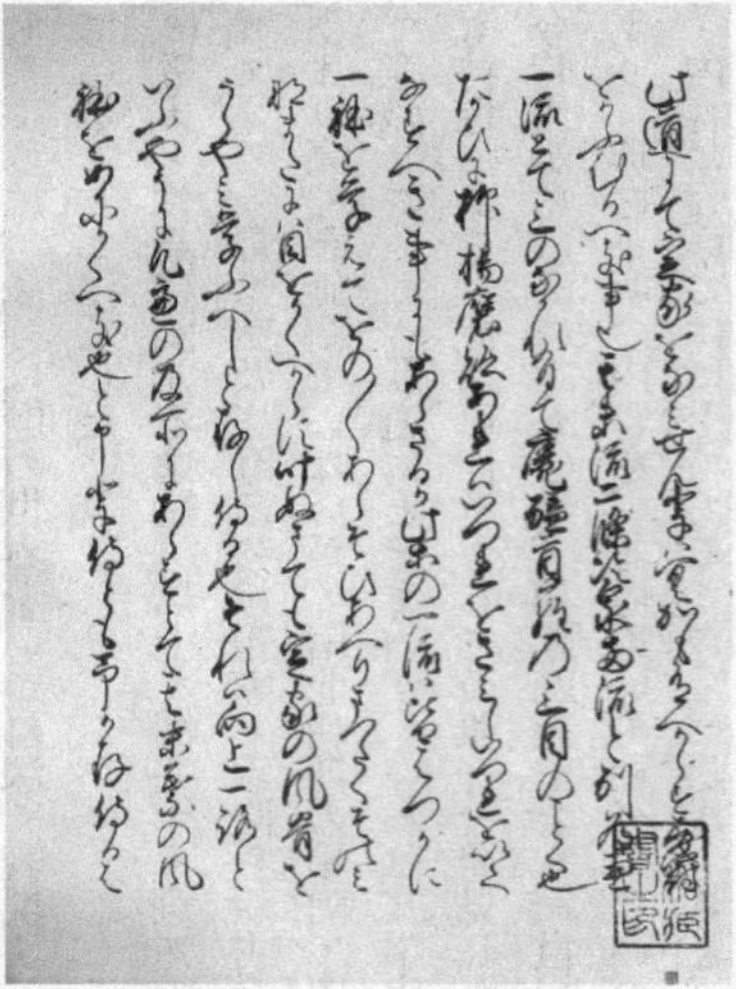

底本（国文学研究資料館蔵）冒頭

諸伝本のうち、書写年代が最も古いものが国文学研究資料館蔵本（一一・二九）である。奥書に「右這《コノ》一冊《ハ》東素珊《そさん》ノ以《テ》二自筆本《ヲ》一書写《シ》畢《ソヌ》」とあり、ほぼ室町後期写と見られる。素珊は晩年正徹の門に出入りした東常縁《とうつねより》の孫か甥に当たる武家歌人で、伝来も注目されよう。日本古典文学大系65『歌論集　能楽論集』の底本となった。但しこの本は異本との校合によって本文が不純な形となっていることが指摘されており、かつ虫損のために判読不能の箇所が夥しい。

一方、同じく国文学研究資料館蔵本（一一・二八）は江戸前期の書写であるが、その本奥書によれば永正十四年（一五一七）十月、やはり東素珊自筆本を書写した本の転写にかかる。本文も前記の東素珊本と同系統であるが、古い形をとどめている。本書でもこの本を底本とした。

底本と校合本　底本の書誌は次の通りである。

列帖装一冊。紺地金泥山家松竹描金砂子散し後補表紙（二三・五×一六・八cm）、中央上に金泥斐紙紙題簽《だいせん》を貼り、「正徹物語」と墨書。見返しは布目地金泥砂子散らし、秋草花を描く。本文料紙は斐紙。一面十行書。墨付七五丁、遊紙後一〇枚。江戸前期写。冊首に長方形朱印一顆を捺す、印文「久松蔵書之印」。

底本は章段分けはおろか、改行も施されていないので、内容を吟味して計二一三の章段を立てた。各章段には私に標題を与えた。

底本には独自の誤脱も多いので、他本で校訂した。二巻本の写本では東素珊本、国立歴史民俗博物館蔵本（江戸初期写、田中穣旧蔵典籍古文書のうち）、肥前島原松平文庫蔵本（一一七・八四、江戸前期写）を参照した。同じく寛政二年（一七九〇）版本は合理的な本文を持ち参考となるが、一部は意改の結果と思われる。上巻のみの写本では清浄光寺蔵本（永禄三年（一五六〇）写）、熊本大学附属図書館寄託永青文庫蔵本（江戸前期写）、肥前島原松平文庫蔵本（一一七・八五、江戸前期写）、下巻のみの写本では同文庫蔵本（一一七・八六、江戸前期写）を校合に利用した。

主な校注書

日本古典文学大系65『歌論集　能楽論集』（岩波書店、久松潜一ほか校注、昭三六）
和泉書院影印叢刊32（和泉書院、田中裕編、昭五七）＊寛政二年版本の影印と略注
新編日本古典文学全集49『中世和歌集』（小学館、井上宗雄校注・訳、平一二）＊正徹詠を含む段の抄訳注
歌論歌学集成11（三弥井書店、稲田利徳ほか校注、平一三）
Conversations with Shōtetsu : Shōtetsu monogatari / translated by Robert H. Brower ; with an introduction and notes by Steven D. Carter (Michigan monograph series in

Japanese studies ; no. 7) (Ann Arbor : Center for Japanese Studies, The University of Michigan, 1992)

主な参考文献

稲田利徳『正徹の研究　中世歌人研究』（笠間書院　昭五三）
井上宗雄『中世歌壇史の研究　室町前期』（改訂新版　風間書房　昭五九）
田中新一「正徹の出家年時―正徹研究ノート」（國語と國文學五四巻三号　昭五二・三）
稲田利徳「『正徹物語』掲載の正徹歌の評釈（上）（中）（下）」（岡山大学教育学部研究集録五四～五六号　昭五五・七、五五・八、五六・一）
村尾誠一『残照の中の巨樹　正徹』（日本の作家23　新典社　平一八）

追記　小川剛生『新版　徒然草　現代語訳付き』（角川ソフィア文庫　平二七）、同『兼好法師―徒然草に記されなかった真実』（中公新書　平二九）も参照されたい。

主要歌書解説

脚注・補注に引用されている主な歌学書・歌論書を五十音順に挙げた。便宜上、連歌論書など周辺のものも含めた。複製・影印・翻刻・校注は入手しやすいものを中心に掲げた。

【あ行】

鵜本末《うのもとすえ》→愚秘抄

詠歌一体《えいがいったい》　藤原為家著。一巻。文永七年（一二七〇）頃成立か。詠歌技法を平易に解説する。冷泉家で尊重された。真作である広本（甲本）に対し、後人が制詞（ぬしある詞）の部分を抄出した略本（乙本）も流布した。ともに校注を『歌論集　一』（中世の文学　三弥井書店）などに収める。

詠歌大概《えいがたいがい》　藤原定家著。一巻。承久三年（一二二一）頃成立か。本歌取り技法などを漢文体で説いた部分と、八代集より一〇〇余首を抄出した「秀歌体大略」の二部よりなる。校注を日本古典文学大系65、新編日本古典文学全集87などに収める。

永正日記《えいしょうにっき》　飛鳥井雅俊著。一巻。永正末年（一五二〇）頃成立。懐紙短冊の書式、披講の作法などの会席作法と、歌題・歌詞の解説からなる。翻刻を山本啓介『詠歌としての和歌　和歌会作法・字余り歌―付〈翻刻〉和歌会作法書』（新典社）に収める。

【か行】

歌林《かりん》　今川了俊著。一巻。応永十八年（一四一一）成立。和歌の本質、歌道の大綱に触れた序に続いて、八雲御抄に倣って歌語を世俗言・由緒言・料簡言などに分類解説する。翻刻を水上甲子三『中世歌論と連歌』（私家版）に収める。

桐火桶《きりひおけ》　一巻。鎌倉後期成立か。定家作に仮託された鵜鷺系偽書の一つ。序に続いて古今・万葉の秀歌、歌仙の評、三ヶ大事ほかの秘伝からなる。影印を冷泉家時雨亭叢書40、徳川黎明会叢書和歌篇4、古今集注釈書影印叢刊4に収める。

近代秀歌《きんだいしゅうか》　藤原定家著。一巻。承元三年（一二〇九）、将軍源実朝に遣わした。歌論の部分と秀歌例の部分からなり、和歌史批判を通じて「余情妖艶体」を提唱し、そのための方法として本歌取りの技法を説く。校注を日本古典文学大系65、新編日本古典文学全集87などに収める。

近来風体《きんらいふうてい》　二条良基著。一巻。嘉慶元年（一三八七）成立、翌年修訂。頓阿・為定ら同時代歌人の寸評、それらの人々から聴取した歌道の意見、ついで禁制詞の出典を考証した「制詞事」の三部からなる。二条派歌学に影響を与えた。近来風体抄とも。校注を歌論歌学集成10に収める。

愚見抄《ぐけんしょう》　一巻。鎌倉後期成立か。定家作に仮託された鵜鷺系偽書のうちで最も古い内容を持ち、また冷泉流で重視された。本とすべき歌、歌体論、詠歌技術、秀歌・歌人評釈などからなる。校注を鑑賞日本古典文学24に、影印を冷泉家時雨亭叢書40に収める。

愚秘抄《ぐひしょう》　一巻ないし二巻。鎌倉後期成立、二条家庶流の為実が関与したか。鵜鷺系偽書の一つで鵜本末とも。内容は二巻本で十体論、歌人評、漢詩と和歌、句切れ、親句と疎句、心と詞、稽古論、さらに和歌逸話、撰《せん》集《じゅう》故実、会席作法など多方面に及ぶ。正徹・心敬・世阿弥らの藝術論に与えた影響も著しい。影印を冷泉家時雨亭叢書40に収める。

愚問賢注《ぐもんけんちゅう》　一巻。貞治二年（一三六三）成立。二条良基が呈した歌学上の疑義二十九箇条に、頓阿が答えたもの。作歌の理念、心と詞、本歌取り、制詞、題詠、稽古などの問題を取り上げ、二条派では聖典視された。校注を歌論歌学集成10に収める。

兼載雑談《けんさいぞうたん》　一巻。文亀元年（一五〇一）以後永正七年（一五一〇）までに成立か。猪苗代兼載の談話を養子兼純が筆録。連歌付合、歌語の考証、当時の歌人・連歌師の逸話に触れる。校注を歌論歌学集成12に収める。

恋歌一軸《こいうたいちじく》　一巻。正徹の詠草の一つ。恋歌のみ三二六首を収め、うち二一一首は草根集には見えない。草根集とは別種の、現在は散逸した詠草から後人が抄出して題別に排列したものらしい。伝本は正宗文庫蔵伝正広筆室町後期写本一軸のみで、翻刻はノートルダム清心女子大学古典叢書に収める。

耕雲口伝《こううんくでん》　一巻。花山院長親（子晋明魏）著。応永十五年（一四〇八）成立。初心者向けに心詞論・当座歌と兼日会の心得・古歌の体などを説くが宋学の影響が見られる。校注を歌論歌学集成11に収める。

後鳥羽院御口伝《ごとばいんごくでん》　後鳥羽天皇著。一巻。およそ建保から嘉禄頃（一二一三〜二七）の成立、隠岐《おき》遷幸の先後は結論を見ない。前半では初心の人への至要七箇条を説き、後半では「近き世の上手」一五人の歌風を論ずる。新古今歌人評、とりわけ定家への批判が注目される。校注を日本古典文学大系65、歌論歌学集成7に収める。

古来風体抄《こらいふうていしょう》　藤原俊成著。二巻。建久八年（一一九七）成立、建仁元年（一二〇一）再訂。式子《しょくし》内親王に献ずるか。上巻に万葉集、下巻では古今集から千載集までの勅撰集から秀歌を抄出し、要所に解説を加えて歌風の変遷を体得させる。影印を冷泉家時雨亭叢書1、校注を日本思想大系23、『歌論集二』（三弥井書店）、新編日本古典文学全集87、歌論歌学集成7などに収める。

言塵集《ごんじんしゅう》　今川了俊著。七巻。応永十三年（一四〇六）成立。古語はもとより新奇世俗の歌詞を広く集成し注解した書。了俊の同類の著作のうち最も浩瀚《こうかん》。巻一奥書によって尊命丸と名乗っていた若き日の正徹に写し与えたことが分かる。翻刻を荒木尚編『言塵集本文と研究』（汲古書院）に収める。

【さ行】

鷺本末《さぎのもとすゑ》　↓三五記

ささめごと　心敬著。二巻。寛正四年（一四六三）成立、後年修訂。和歌連歌創作の心構えを問答形式で記す。定家偽書を通しての新古今風の重視など、正徹の主張とも重なる。校注を日本古典文学大系66、歌論歌学集成11などに収める。

三五記《さんごき》　一巻ないし二巻。鎌倉後期成立、為実が関与か。鵜鷺系偽書の一つで鷺本末とも。内容は二巻本で上巻は十体論、下巻は六義六体、親句と疎句、歌の点、人麻呂・赤人優劣論などで、愚秘抄と重なる内容が多い。広く流布し、正徹も書写している。影印を冷泉家時雨亭叢書40に収める。

招月庵詠哥《しょうげつあんえいが》　天理大学附属天理図書館蔵。春夏秋冬恋雑に部類、三〇七首を収める。これまで知られない新出の家集（川上一氏教示）。

正徹千首《しょうてつせんしゅ》　室町中期成立か。草根集十五巻より抄出して四季恋雑に類題排列したもの。編者は一条兼良か。草根部類千首和歌とも。新編国歌大観4所収。

正徹の家集・詠草《しょうてつのかしゅうえいそう》　↓恋歌一軸・招月庵詠哥・正徹千首・常徳寺蔵正徹詠草・草根集・草根集私鈔類題

常徳寺蔵正徹詠草《じょうとくじぞうしょうてつえいそう》　永享六年（一四三四）一年分の日次詠草。七八一首。半数以上の歌が草根集に見えず、詞書も詳しい。伝本は香川県三豊市常徳寺蔵の室町期写本のみ、私家集大成7補遺編に翻刻。

井蛙抄《せいあしょう》　頓阿著。六巻。康安元年（一三六一）頃成立か。各巻は風体事・本歌取・禁制詞・同名名所・同類歌・雑談からなり、幅広い内容を持つ。翻刻を日本歌学大系5、校注を歌論歌学集成10に収める。

草根集《そうこんしゅう》　正徹の家集。日次本十五巻と類題本六巻の二系統がある。日次本は門弟正広の編纂《へんさん》にかかり文明五年（一四七三）一条兼良の序がある。巻一は百首歌など定数歌、二～三は永享～文安年間（一四二九～四八）の日次歌、四～六は四季恋雑の部類歌（年次未詳）、七～十四は宝徳～長禄年間（一四四九～五九）の日次、十五は残葉。一一二三七首を収める。類題本は室町後期に日次本を基に四季恋雑に部類したもので一〇六四〇余首を収める。日次本は私家集大成6に、類題本はノートルダム清心女子大学古典叢書、新編国歌大観8に収録される。

草根集私鈔類題《そうこんしゅうししょうるいだい》　安田躬弦《みつる》編。六巻。類題本系草根集、および現在伝わらない、永享六年（一四三四）前後の作を集めた「招月庵詠草」より八九七首を抄出し四季恋雑に部類したもの。類題草根和歌集とも。文化十一年（一八一四）刊本がある。

【た行】

定家十体《ていかじってい》　伝藤原定家撰。一巻。鎌倉後期成立か。定家が立てたという十の歌体（幽玄様・長高様・有心様・事可然様・麗様・見様・面白様・濃様・有一節様・拉鬼様）に、それぞれ相当する例歌二八〇首を分類排列したもの。鵜鷺系偽書との関係があり仮託の疑いが濃いが、後世強い影響を及ぼした。翻刻を日本歌学大系4に収める。

東野州聞書《とうやしゅうききがき》　一巻。康正元年（一四五五）頃成立か。室町幕府奉公衆で歌人であった東常縁が、師事した歌人の談話や京都歌壇の動静を記録したもの。常縁は尭孝《ぎょうこう》の門弟であるが正徹のもとにも出入りし、貴重な談話を書き留めている。校注を歌論歌学集成12に収める。

【な行】

二言抄《にごんしょう》　今川了俊著。応永十年（一四〇三）成立。歌詞《うたことば》・唯詞《ただことば》を差別する二条派歌人に反論し、自由な詠みぶりを認めることを強く主張して、冷泉為尹の立場を激励援護する。了俊の晩年の著述活動の最初のもの。冷泉家和歌所の人々に宛てる形で執筆しており、和歌所江不審条々とも称する。校注を歌論歌学集成11に収める。

【は行】

筆のまよひ《ふでのまよひ》　飛鳥井雅親（栄雅）著。文明六年～延徳元年（一四七四～八九）成立。将軍足利義尚の為に、題詠技法を説く。翻刻を日本歌学大系5に収める。

【ま行】

毎月抄《まいげっしょう》　伝藤原定家著。一巻。一本の奥書には承久元年（一二一九）にある人に与えたとある。内容は十体と有心体、心と詞、秀逸、本歌取り、題詠、歌病、歌詞の用捨などを取り上げ、問題意識は広く深く、定家歌論書のうち最も充実かつ重要なもの。鵜鷺系偽書の源泉の一つとなっている。校注を日本古典文学大系65、『歌論集　一』（三弥井書店）、新編日本古典文学全集87などに収める。

無名抄《むみょうしょう》　鴨長明著。建暦元年（一二一一）以後まもなく成立。詠歌技法、歌人逸話、歌体論、和歌故実などにわたる。微温的ながら平易な文章によって多くの読者を得た。当時流行した「幽玄体」について解説を試みた「近代歌体事」の段はとくに有名。影印を天理図書館善本叢書44、校注を日本古典文学大系65、歌論歌学集成7に収める。

【や行】

八雲御抄《やくもみしょう》　順徳天皇著。六巻。初稿本は承久三年（一二二一）以前に、精撰本は文暦元年（一二三四）頃成立。各巻は正義部・作法部・枝葉部・言語部・名所部・用意部で、それまでの歌学知識を集大成した書。後世に大きな影響を与えた。翻刻を日本歌学大系別巻3、『八雲御抄―伝伏見院筆本』（和泉書院）などに、巻一～四の校注を片桐洋一編『八雲御抄の研究』（和泉書院）に収める。

【ら行】

落書露顕《らくしょろけん》　今川了俊著。一巻。応永二十年（一四一三）頃成立か。冷泉為尹に対する批判に抗弁して為尹を擁護した書。とくに冷泉為秀や二条良基より歌道・連歌についての正統を伝えていることを述べる。了俊の一連の著作のうち恐らく最後のもの。校注を歌論歌学集成11に収める。

了俊一子伝《りょうしゅんいっしでん》　→了俊弁要抄

了俊口伝《りょうしゅんくでん》　今川了俊著。一巻。明徳三年（一三九二）成立か。現存の伝本は三部構成で、第二部は二条流の作法書が混入したと見られるが、第一部と第三部は冷泉流の会席作法を伝える。翻刻を山本啓介『詠歌としての和歌　和歌会作法・字余り歌―付〈翻刻〉和歌会作法書』(新典社)に収める。

了俊日記《りょうしゅんにっき》 今川了俊著。一巻。応永十九年(一四一二)成立。一族の関口某に宛てたもの。内容は歌詞・唯詞および古歌の注解で、言塵集・歌林と重なるものが多く、二言抄以来の持論を繰り返す。翻刻を伊地知鐵男編『今川了俊歌学書と研究』(未刊国文資料刊行会)に収める。

了俊弁要抄《りょうしゅんべんようしょう》 今川了俊著。一巻。応永十六年(一四〇九)成立。子息彦五郎に宛て、「愚老が歌を詠みならひし」経験を述べ、さまざまな稽古《けいこ》の心得に触れて、歌道修練の手引きとしたもの。歌人・名歌のエピソードも交える。日本歌学大系5に収める。

【わ行】

和歌庭訓《わかていきん》 二条為世著。一巻。嘉暦元年(一三二六)成立。定家・為家の教えを祖述しつつ、伝統の枠内で新しい風情を求め、俗語や古語を斥《しりぞ》け、優美な表現を追究せよと説く。校注を歌論歌学集成10に収める。

和歌所江不審条々《わかどころえふしんのじょうじょう》 →二言抄

索引

一、本文中に現れる固有名詞（人名・書名・地名・建造物名等）および主要な文学用語を五十音順に排列し、頁数を示した。歌題・歌語は「　」で括って示した。
一、同一頁内に複数度出現する場合は、一度示すにとどめた。
一、よく似た呼称や表記が複数存する場合は、通行のそれに代表させた場合がある。
一、本文中の異なる表記については適宜見よ項目を立てた。著名な別称がある場合もそれに準じた。
一、人名は実名のみを挙げたが、外国人は姓名を示した。読みは通行の読み方によった。但し、定家（ていか）・道風（とうふう）など、一部の有名人は慣用の読みに従った。
一、項目の後の（　）内には、人名には姓ないし家名、本文中の表記、著名な別称などを注した。歌枕・地名には国名、院家には本寺などを注した。

正徹物語《しょうてつものがたり》

現代語訳付《げんだいごやくつ》き

正徹《しょうてつ》　小川剛生《おがわたけお》＝訳注

平成23年 2月25日　初版発行
令和7年 3月30日　10版発行

発行者●山下直久

発行●株式会社KADOKAWA
〒102-8177　東京都千代田区富士見2-13-3
電話　0570-002-301（ナビダイヤル）

角川文庫 16702

印刷所●株式会社KADOKAWA
製本所●株式会社KADOKAWA

表紙画●和田三造

●お問い合わせ
https://www.kadokawa.co.jp/（「お問い合わせ」へお進みください）
※内容によっては、お答えできない場合があります。
※サポートは日本国内のみとさせていただきます。
※Japanese text only

ISBN978-4-04-400110-0　C0195

◆◇◇

角川文庫発刊に際して

角川源義

第二次世界大戦の敗北は、軍事力の敗北であった以上に、私たちの若い文化力の敗退であった。私たちの文化が戦争に対して如何に無力であり、単なるあだ花に過ぎなかったかを、私たちは身を以て体験し痛感した。西洋近代文化の摂取にとって、明治以後八十年の歳月は決して短かすぎたとは言えない。にもかかわらず、近代文化の伝統を確立し、自由な批判と柔軟な良識に富む文化層として自らを形成することに私たちは失敗して来た。そしてこれは、各層への文化の普及滲透を任務とする出版人の責任でもあった。

一九四五年以来、私たちは再び振出しに戻り、第一歩から踏み出すことを余儀なくされた。これは大きな不幸ではあるが、反面、これまでの混沌・未熟・歪曲の中にあった我が国の文化に秩序と確たる基礎を齎らすためには絶好の機会でもある。角川書店は、このような祖国の文化的危機にあたり、微力をも顧みず再建の礎石たるべき抱負と決意とをもって出発したが、ここに創立以来の念願を果すべく角川文庫を発刊する。これまで刊行されたあらゆる全集叢書文庫類の長所と短所とを検討し、古今東西の不朽の典籍を、良心的編集のもとに、廉価に、そして書架にふさわしい美本として、多くのひとびとに提供しようとする。しかし私たちは徒らに百科全書的な知識のジレッタントを作ることを目的とせず、あくまで祖国の文化に秩序と再建への道を示し、この文庫を角川書店の栄ある事業として、今後永久に継続発展せしめ、学芸と教養との殿堂として大成せんことを期したい。多くの読書子の愛情ある忠言と支持とによって、この希望と抱負とを完遂せしめられんことを願う。

一九四九年五月三日

角川ソフィア文庫ベストセラー

角川ソフィア文庫ベストセラー

新版 蜻蛉日記Ⅰ・Ⅱ
現代語訳付き
右大将道綱母
川村裕子訳注

美貌と歌才に恵まれ権門の夫をもちながら、蜻蛉のようにはかない身の上を嘆く二十一年間の内省的日記。難解とされる作品がこなれた訳で身近に。

新版 枕草子（上）（下）
現代語訳付き
清少納言
石田穣二訳注

紫式部と並び称される清少納言の随筆。中宮定子に仕えた日々は実は主家没落の日々でもあったが、鋭い筆致で定子後宮の素晴らしさを謳いあげる。

和泉式部日記
現代語訳付き
和泉式部
近藤みゆき訳注

為尊親王追慕に明け暮れる和泉式部へ、弟の敦道親王から便りが届き、新たな恋が始まった。百四十首あまりの歌とともに綴られる恋の日々。

紫式部日記
現代語訳付き
紫式部
山本淳子訳注

気鋭の研究者による新たな解釈・わかりやすい現代語訳による決定版。史書からは窺えない宮廷生活など、『源氏物語』の舞台裏のすべてがわかる。

源氏物語（1）〜（10）
現代語訳付き
紫式部
玉上琢弥訳注

日本文化全般に絶大な影響を与えた長編物語。自然描写にも心理描写にも卓越しており、十一世紀初頭の文学として世界でも異例の水準にある。

更級日記
現代語訳付き
菅原孝標女
原岡文子訳注

十三歳から四十年に及ぶ日記。東国からの上京、物語に読みふけった少女時代、夫との死別、などついに憧れを手にできなかった一生の回想録。

大鏡
佐藤謙三校注

文徳天皇から後一条天皇まで（八五〇〜一〇二五年）の歴史を紀伝体にして藤原道長の権勢を描く。二人の翁の話という体裁で史論が展開される。

角川ソフィア文庫ベストセラー

堤中納言物語 現代語訳付き　山岸徳平訳注
世界最古の短編集。同時代の宮廷文学とは一線を画し、皮肉と先鋭な笑いを交えて生活の断面を切り取る近代文学的な作風は特異。

改訂 徒然草 現代語訳付き　今泉忠義訳注　吉田兼好
鎌倉時代の随筆。兼好法師作。平安時代の『枕草子』とともに随筆文学の双璧。透徹した目で自然や社会のさまざまを見つめ、自在な名文で綴る。

新古今和歌集（上）（下）　久保田淳訳注
勅撰集の中でも、最も優美で繊細な歌集。秀抜な着想とことばの流麗な響きでつむぎ出された名歌の宝庫。最新の研究成果を取り入れた決定版。

方丈記 現代語訳付き　簗瀬一雄訳注　鴨長明
枕草子・徒然草とともに日本三代随筆に数えられる、中世隠者文学の代表作を、文字を大きく読みやすく改版。格調高い和漢混淆文が心地よい。

平家物語（上）（下）　佐藤謙三校注
仏教の無常観を基調に、平家一門の栄華と没落を描いた軍記物語。和漢混交文による一大叙事詩として後世の文学や工芸にも取り入れられている。

新版 百人一首　島津忠夫訳注
素庵筆の古刊本を底本とし、撰者藤原定家の目に沿って解説。古今の数多くの研究書を渉猟し、丹念な研究成果をまとめた『百人一首』の決定版。

宇治拾遺物語　中島悦次校注
鎌倉時代の説話集。今昔物語と共通する説話も多く、仏教説話が多いが民話風な話も多く入っている。和文で書かれ、国語資料としても重要。